今典釋詞

王爾敏 著

【新訂本】

新訂本自序

「今典」一詞，創始於史學大師陳寅恪，在其述論史傳寫作之議敘時，提及其個人通熟古典而卻不能掌握「今典」。他雖重視這新問題，而在其晚年亦未能順手檢尋今典以傳後世，令人深感遺憾。

鄙人在二十世紀九十年代（一九九〇年以後）仍在台灣中央研究院任職，乃開始覓擇所謂之「今典」詞目。每一詞目以簡潔申敘，明其界義。搜輯若干詞目，乃冒昧寄奉台北《歷史月刊》公之刊布，起始即標明「今典」。總名之為《今典釋詞》。累積多年，終能裒輯成書，而於二〇〇八年五月在上海刊印問世。是學術大類中新添小小門類，要成為汪洋學海中添一礁嶼。貿然出現，彌望同道方家憐而肯定。

我既開此今典之新體，以配古典之琬琰，不過區區末學之羽翼耳。但既闢此學，自當循遵其舊規。既謂之典，須具嚴格體例，乃能期之恒久。鄙人私計，所主今典，決當與世之成語嚴加區別。古典固自有之。若臥薪嘗膽、完璧歸趙，俱出春秋戰國之史乘，若借箸代籌、蕭規曹隨，皆據漢初故實。惟若舉胡天胡帝，乃出《詩經》，保殘守闕乃出《漢書》，各有來歷，而只能待之為成語，而不能用之為古典。成語尚多來自史冊。如杯弓蛇影、鼹鼠飲河，俱是成語，不得視為古典，乃亦學人共識也。因是今典亦不可與成語混併。至於庶民俗語，則不必計慮也。

「今典」此一小小門類，出於鄙人開創，當仁不讓，未敢辭也。惟在學術言，宜有識之士齊來參與，共襄盛舉。鄙人才疏學淺，備感孤掌難鳴，尚祈同道方家，憐我之孤，恕我之愚，出而相助，實深馨祝。

民國一〇七年一月二十六日
王爾敏序（時年九十一歲）

初版自序

《今典釋詞》之主體內容，分二十次於二〇〇六年至二〇〇八年在台北《歷史月刊》分期發布，實際上乃在二〇〇七年九月草成最後一組（第二十次），寫出時間不出二〇〇六至二〇〇七兩年。惟在十年以前亦早在《歷史月刊》以今典釋詞之題發布若干期，今將之排在後面，其實早在三十年前（一九七七）已有若干篇收載於拙書《檮乘小品》之中，乃是最早，卻未定之為今典釋詞，雖是最早，卻要排在全書之後。此是一個經營過程，和成書形式交代。

今典包括兩個意旨，典即指典故，今即指近代。是有一定時段的劃分，以區別於古典。談今典即是談近代現代典故，史家一向著重在正名問題，以防記載受誤解與曲解。是以不似今時常見人講故事，會說他是講一個掌故。在史家的立場，前代學者如章學誠是把掌故與故事分別得很清楚，這裡若用英文對譯，可以容易分判。故事譯作story，掌故譯作institution。而以institution也是廣義用法。總之，掌故並不等於故事。如此可以看出本書只講掌故而並非講故事。

中國固有史籍，乃是史家智慧結晶成果，二十五史必須少不了掌故記載，例如《史記》之八書、《漢書》之十志，就是前代史家所傳世的掌故，全然是禮儀、政制、天文、地理、曆法、刑律、食糧、工程、錢幣、稅鈔，以及學術等，俱為史家列載之掌故，也全不是故事。

鄙人從師學藝，追隨大師郭廷以先生，所進修研治史學，乃得提升兩種師門所教才藝，一為年代學，一為掌故學。鄙人自是末學後進，但於此兩項特長可謂是能入堂奧。同門之中在年代學造詣言，有三人在我之上，他們是魏秀梅、陸寶千、王家儉三位教授，在掌故而言，應該是我為最先。此亦非信口雌黃，看我的著作，屬於掌故之書有：《清季兵工業的興起》、《淮軍志》、《明清時代庶民文化生活》、《明清社會文化生態》、《晚清商約外交》、《中國古先智慧今詮》、《近代上海科技先驅之仁濟醫院與格致書院》、《五口通商變局》，以及本書《今典釋詞》，俱應屬於掌故之類。此外我尚有一些文章如〈南北洋大臣之建置及其權力之擴張〉與清代勇營制度。凡此皆可覆按，可以供大家比較。我何敢河漢其言？

進而再可宣揚我的掌故學功力與開講專課，我在做研究之外，在二十世紀末至二十一世紀之二〇〇一年，曾在台北之師範大學歷史研究所八年之間為博士班開講三門新課。其一，「近代名人箋啟」，只講一年，此課多人可開，不再開講。其二，「中國古代典籍」與其三，「掌故學」，兩者分年輪講，前者講四年後者講三年。此兩課乃我一手開發之專課，亦正代表我個人在史學上之開拓，我並不獨佔，但願有學力者同開此課。說到「掌故」，我多年私輯之古代掌故詞彙有兩匣卡片，而不包括今典。到此我敢說有能力繼承業師郭夫子，就是在於我的八年教學與此冊《今典釋詞》，到此我敢祝告業師在天之靈，表示不會辱沒師門。

國內學界不以拙作為瑣屑零碎之卑微小道，而投以品藻，鑑賞嘉許者有賀照田先生，兩次相告，稱述「荷蘭水」一條詞彙。增強鄙人信心，決計綜匯一集，以呈獻學界觀覽。彌望海內法家賜予定評。

二〇〇七年十月十八日
寫於新大陸之柳谷草堂

引白

《今典釋詞》這一命義，是鄙人於十多年前，尚未退休之時在台北的《歷史月刊》上多次提示一些近代現代常用或偶用的詞彙。大約每次提出三、四個今代詞目，作一簡單疏解。因為不是古典，因稱今典。乾隆時期，王念孫、王引之常以上古經傳為界域，為古典作疏解，故有王引之所著的《經傳釋詞》。鄙人豈敢與前賢名家作比，借其前軌，專為今典申解，為後世稍留些許參考資料，掇拾大學問之外的零星遺珠碎玉，也可能上登高明之採擇，自是一種貢獻。

今典普通出現，甚不起眼，見者全不經心，專門學者亦少重視，往往隨潮流浪花起伏而流失於無形。實在而言，我之所謂今典，命義上自是立定堅穩，卻完全是些瑣屑零散的語詞，例如說番鹼、燕梳、紅毛泥、鬼子樓之類，有誰會作深一層考究？為後人留下一點解說？即今解說，也是難登著作之林。因是世上只有古典註釋家，而無今典解說人。二十多年前我曾開始做一點搜錄工作，當時定名為「遺獻備采」。今時改用「今典釋詞」亦是十多年前所題稱，刊布於各期《歷史月刊》，我看我才是真的做了些搜索爛銅碎鐵的工夫。但求傳之後世，不望納入著作之林。

今典詞目雖是瑣屑蕪雜，卻是近代史上產物，我既是生平以研治近代史為職志，勢不可罔忽其存在而不加顧盼，這是我要勉於從事的基本動因。不過我真正祈望近代史學者同道也都於今典稍加留心，稍加搜輯。這是學術界大家之事。一二人之力，難有大作為。

像這樣今典釋詞，不過是雕蟲小技，高明之家多不願動手去做，不免任其流失，事後頗難追補，同時，別看價值不高，做起來也真有些重重困難。我原在二十多年前即已想到，開始漫不經心的略有搜集，十多年前在台北發表，即命題為《今典釋詞》，刊布一段時間，工作一忙，亦無暇兼顧，就停擱下來，一拖又是十餘年。今天想起來重拾舊技，仍是深感平時不用心，準備不認真。雖是有些覺識，而用心不多，出力太少，以至做來也不能得心應手。奉勸凡治近代史同道，認清這也是史家應盡的責任，莫以善小而不為。我今做來，當反省如此。

古今文家造詣，於用字之精當，遣詞之恰切，要求甚高，思辨至審。必先事充分掌握字詞含義，方可免卻失誤。今見廣眾讀書治學之人，行文漫不經心，用字不加磋磨。或自恃才高，依馬萬言，往往草草成章，亦終難免無心疏漏，萬一成名，遂不免誤導後生。此類名家吾亦見及甚多，姑勿列舉。世人或疑我危言聳聽，願引一些前代積非成是之詞，以為見證。甚盼識者不再故犯，所舉者皆為共喻常見之詞，但使人知，不必遽改。若「洋洋自得」，原為「揚揚自得」，出於《晏子春秋》、《史記》。「綽綽有餘」，原為「綽綽有裕」，出於《詩經》。「掩耳盜鈴」，原為「掩耳盜鐘」，出於《呂氏春秋》。「興師動眾」，原為「興事動眾」，出於《呂氏春秋》、《韓詩外傳》、王充《論衡》。「胡天胡地」，是錯用，原為「胡天胡帝」，出於《詩經》。「抱殘守闕」，原為「保殘守闕」，出於《漢書》。「趾高氣揚」，原為「志高氣揚」，出於《史記》。「鑼鼓喧天」，原為「簫鼓喧闐」。「天無二日，民無二王」，原為「天無二日，土無二王」，出於《禮記》。這些常見例子，只是偶拾而錄，一向未嘗用心收輯，在此列舉，以證明向來積非成是，由來已久。若不加以追考，探究本原，釐正定詁，則使語文淆亂，莫衷一是。如其不信，願再舉近期仍有滋生之新典，世人不察，竟隨風氣播揚，大眾附和，又不免積非成是。茲舉兩目如下：

其一，二十世紀三十年代以來，文家流行新典，是謂「打秋風」，喻意廣泛，但是多指利用各樣機會，向他人斂些錢財，只是不違法理人情討人家一點便宜。其實這在明清時代是久已行用的典目，叫做「抽豐」，向來少人留意，卻在近時被一些學識不足的文人誤引成了一個新詞。若果留心，明清的正式文書少見（清代則有），而市井小說家文家則向未犯錯，可見之於《綠野仙踪》、《肉蒲團》這些三流小說。直到清末李伯元的《南亭筆記》已是二十世紀初了，他也是引用「抽豐」，而新詞「打秋風」尚未出現。但到了三十年代，就已有文人用秋風來代替了。

我們今代學者文人先進，無知而自信，眼高而手低，丟掉了「抽豐」，打起來「秋風」，尚要表現得意創作。用句平民歇後語可以形容，就是「歪嘴子吹火」：一股邪氣。

其二，更近期的三十年間，就是七十年代甚至八十年代至今，台灣出了一個新典是謂「散財童子」，這是被一些庸劣的官吏自嘲或譏諷庸劣的官僚而叫響的。媒體最喜散播，或謂我不是散財童子，某某是散財童子。意思突顯爽利。卻是翻用佛家有正面意義的「善才童子」，這或足以使人誤信佛家確有那一位尊神叫做「散財童子」，其實是由此把名詞攪得混亂。

在此要重視的是沒有人認真隨時搜輯當代隨時出現的新典，更是很不容易考察新典的詞意界說，鄙人雖在嘗試，而實難分神兼顧，勉強做一點工夫，未必愜意，且無暇細心考究，而今只能提示典目，略加申解，以待後之賢者進而釐正，則十分心願。學術是天下之公器，吾已言之屢矣。至盼有多人從事，必能有功於後世。

二〇〇六年一月十五日
於新大陸之柳谷草堂

附說

我自十餘年前在《歷史月刊》開闢《今典釋詞》這一個近代詞類的淺俗介紹，宗旨自在提供較正確的普通常識。雖是講解時諺時典，卻非屬嚴肅性之研究學問，旨在簡易說明，而決不做引據考證。自來保此風格，甚望識者明白，而不責以學術討論。自然必有不同識見與故說。本文僅在介紹，亦不作評判與比較，我自充分負責立說之有本，謹把握陳說之謹嚴精簡，不敢任意編造。

既為當代用典作釋詞，照前賢典範與詞類註解習慣，自要力求簡明易曉。如此，自要避免長篇大論，力求減少用字。如此做法，一個一個詞彙排出，難免見出雞零狗碎，則絕對無法避免。成典本在以少馭多，此一言概全面，如「塞翁失馬」、「破釜沉舟」、「投筆從戎」、「指鹿為馬」，各是簡單數字，可以立即反射出各自有一段故事。這就是功能所在。豈可氾濫文字？

這樣的寫作，不像哲學之解義，但凡性、命、空、色，一個字可以宣講兩小時，使天花亂墜。文學家形容山川、林野、花木、鳥蟲、英雄美人，俱憑心志才華，委婉刻鏤，以生花妙筆，倚馬萬言。這些做歷史俱引以為戒，決不能信口雌黃，亦不能任情想像。所以做釋詞功夫，更不能隨手灌水。必須字字精當，並有根據。因此算起稿費最為吃虧，趕不上哲學家和文學家。

我做釋詞，不過是研治學問餘技，同道近代史家，雖多飽學，多不肯來掇拾散亂的碎屑，每人具此能力，無人下此身段。但經我做過之後，其實才學不足，難免疏漏，尚祈學界同道多加指正。如另立門戶，也作一些疏解，自是學界盛事。

王爾敏

民國九十五年六月二十八日

目次

卷九

卷十

卷十一

卷十二

卷十三

卷十四

卷十五

卷十六

卷二十

卷二十一

卷一

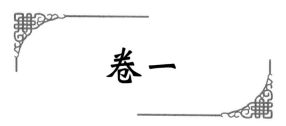

十字門

十字門是一個地名，在廣東省珠江口，由五個小島近聚相夾，而自然形成垂直交叉的十字形水道。這五個小島是大橫琴島、小橫琴島、潭仔島、西沙島、九澳島。歷史上歷經宋、元、明、清，凡是出洋行海貿易之商船，自廣州、澳門出航，勢須通過十字門，方可進入放洋航道。我搜集三個十字門地圖。曾在《近代中國》一四三期，二〇〇一年六月刊布，就教同道方家。

十字門之五島，近於濠鏡澳外海。自明季嘉靖三十六年（一五五七），地方官海道副使汪柏允許葡萄牙人入濠鏡澳居住。是即澳門落入葡人之手的開始，但是葡人長居澳門之後，屢思擴張領地，先由陸地漸及海島，地域擴大倍蓰。惟並無法吃下附近十字門五島。直到二十一世紀初中國開澳門特區，五島始全部畫入澳門特區。乾隆十六年（一七五一）印光任、張汝霖著《澳門紀略》，論述地理形勢，開首即指出十字門地標：

> 濠鏡澳之名，著於《明史》。其曰澳門，則以澳南有四山離立，海水縱橫貫其中，成十字，曰十字門。故合稱澳門。

前賢地方官所解，已成世人共喻，自當從信。實則就珠江口全面大勢而言，其由海入江形勝，江東海口有虎門，江西海口有澳門。自外而駛入者先通過虎門，自內江而出洋海外者，先通過十字門。至少是明清兩代所形成之習慣。十字門有其長期航海通路價值。而現代又將輔助澳門特區，發展為海上都市價值。

十里洋場

十里洋場正確形容上海公共租界及法租界地區。這個稱呼大致形成於光緒二年（一八七六）中英簽訂「煙台條約」之後。由於條約規定但凡各口外人居住地區，要全部免繳釐金雜稅。為此就自然迫使中國畫定各口岸洋人居住界址，遂正式形成獨立於中國行政管轄的外國租界。上海租界之內就具有自治權力。公共租界的政府稱工部局（Shanghai Municipal Council），法國租界稱公董局（French Municipal Council）。自此時起，中國在上海的主權地就剩下南市（上海縣城）、浦東和閘北這三處了。慢慢在光緒二年至十年之間（一八七六－一八八四）形成一個獨特地區，初稱洋場，後稱「洋場十里」，蓋形容領域寬廣之意。因為同一時期寧波口岸的租界也稱洋場，所以上海為標示本身地區名號，居民遂稱之為十里洋場。

十三行

在此只介紹簡約的詞目，不能細說。學界老前輩梁嘉彬先生著有《廣東十三行考》，是三十年代一部三十萬字的巨著，到今仍是最具權威的著作，前無古人，後人也不能及。我們祇是取備常識，自然勢須一切從簡。

廣州原叫番禺，自紀元前三世紀南越王趙佗時代已是大都會。不過在我們夜郎國大人物看來，也不過鼻屎般大小。而十三行則又是不到廣州萬分之一的一隅坊巷。不過地點雖小，關係甚重，史家無不明白。

豈有輕忽之理？

十三行是專營對歐洲國家做中外貿易的專業行商，自是牙行，卻被稱之為洋行，應是始自清初所形成。經營者稱為洋商，全是指華人所當。西歐來船販貨，則是稱為夷商，到港要賃住洋商為夷商建蓋的西式棧房，不是夷商出資，也非夷商建蓋，而是洋行必有的供夷商居住存貨之所，被稱之為夷館。更明確者是洋行都開設在廣州西城外珠江岸邊，形成街道叫做十三行街。

廣州是個自西漢以來的大都會，單只做生意買賣，把街市坐賈小販除外，要分為三大門類。就是本港行、福潮行、外洋行三類。其中本港行是專做朝貢國家帶來商貨並採購華貨的固定買賣，無論來去，出口入口，全是免稅。而福潮行主要是國內外省來往商貨，而以福建潮州佔最重要商貿。其他來自五嶺以北各省之貨，亦投行於此類。

只有外洋行才是專門經營歐洲夷商船貨之進出貿易，十三行即是這專業的定名，經梁嘉彬、汪宗衍考證，十三行之名早已著名於康熙二十六年（一六八七）以前，洋行數目有時二十餘家，有時不到十家，惟十三行稱謂不變。

十三行洋商必須身家殷實富厚，並須向粵海關申請到經營出入口特許執照，光是這一道費用就得花費二十萬兩白銀。洋商之間又須有互相擔保財務，彼此往往通財借貸。

每一洋商均懂得善待夷商，對夷商有諸多照應，有誰會故意慢待、冷落夷商呢？問題來了，就是洋商受官家管轄，要洋商擔保夷商以及約束夷商，皇皇官家堂規，十分苛刻的限制夷商行動，官家不直接管，全要假手洋商限制夷商。洋商不能違背官令，種種規制也就一直維持下去。

一般常情是這樣，外國洋貨船到珠江口，護航的武裝船必須遠駛，停泊外洋，商船則暫停虎門，向巡海道衙門請求上駛入江，虎門礮台放行，貨船即可進至黃埔停泊。先將船上所附礮位拆下，通知洋商駁運貨物存放十三行貨棧，水手不許下船，重要商伙一起住進夷館。十三行夷館貨棧，面對江邊，背接坊巷，但其街區兩端均加欄桿阻隔，夷商居住夷館，只能在江邊空地活動，街區內小巷購買日用物品，其區外則不能出遊，更不准進廣州城。惟每月准夷商由洋商派通事到海幢寺和陳家花園野放遨遊二日，後改為每月初八、十八、二十八三日外出遊玩，洋商並須將外遊名單開報給南海縣。這樣苛酷規制，竟在廣州行之百年，自可算是一大弊政。歷史事實就是這樣。只能保存此項記載。想想馬禮遜（Rev. Robert Morrison）自一八〇七年來華傳教，直至一八三三年去世，這樣的拘束困悶生活也都過了，能不令人敬仰其誠篤信仰，宏忍毅力？

歐洲無論何國來商，不能自做買賣，必須投洋行議價售貨，出貲購貨，洋商所取佣金是百分之三，並收取夷館租金。售貨購貨完畢，報告海關報繳稅餉船鈔之後，取得海關蓋印放行紅單，至此再把礮位裝回船上，即可經西礮台、十字門出海放洋回國。

有人會說中國閉關自守，這是沒有知識的人講的不負責任的話，請他閱讀一下我的《五口通商變局》就會長進。在此無暇多說，更不暇瑣辯。資料所載，自已有記載清乾隆時代起每年都有外國船隻進口。在鴉片戰爭以前，對歐洲夷商，沒有甚麼優待。洋商生意照做。洋行行名，商主人物，歷來變化甚大。洋商倒歇、破產、逃亡、發配充軍伊犁史不絕書。可是此仆彼起，一直仍是有人願做洋商。十三行這個大共名一直不變，而此起彼落，在清代可查見者不下三十餘家，這是梁嘉彬的辛苦所得，不能泯沒。梁氏重大貢獻，是指出不少洋商是由福建做行海船商來的。亦有不少出於廣州土著。

最著名並能連續三代的行商可舉兩家：其一是起家於乾隆時代中期的同文行，行主名潘振承，其商名叫潘啟官（Puan Khequa），原籍福建，原是行海船商而落戶廣州。其子潘致祥（潘有度）改行名為同孚行，其孫潘正煒均繼承商名潘啟官，財富最雄厚，經營最長久，直延至於鴉片戰爭以後。其二是怡和行，行主原始於伍國瑩號琇亭所創，而以二子沛官，三子浩官任怡和行主以沛官、浩官出名，惟次子秉鈞（沛官）不及三子秉鑑在外奔走之廣，是以伍浩官（Howqua）成為怡和行主定名。伍家原籍福建自擁武彝山茶莊，家道最富，創業於乾隆後期，在官場上用伍敦元之名，屢見之於朝廷諭摺。浩官原傳其四子元華，即伍受昌。元華早歿，又傳五子元薇，即官書常見伍崇曜字紫垣，為縣學生出身。直經營至鴉片戰爭以後，前後三人俱稱伍浩官。在十三行中，財富最雄、生業最盛。為十三行中最有名一家。

在此我將不會採用梁嘉彬先生大著中所排出一八三七年之十三行名號與行主姓名。因為並未表現地面位置，似宜採用鴉片戰前當時人親見親繪之十三行地名稱平面圖，一則可以一目瞭然，二則部位方向、街巷、行址俱能清晰表達，三則是出於當時馬禮遜所繪，足以取信於中外人士。

在西方人記載所繪之平面圖，則有馬禮遜（Rev. Robert Morrison）於一八三二年（道光十二年）以前，所作一種簡圖，同時標出十三個洋行行名。此圖自馬禮遜在世，以迄一八四二年十二月七日（道光二十二年）均為實有情狀，極具參考價值。茲附列於後（見下圖）。

NORTH

THE THIRTEEN FACTORY STREET

THE CREEK ON THE EAST

1.Creek factory, or I'ho (Ewo) hong.怡和行

2.Dutch factory, or Tsih-I hong.集義行

3.English factory, or Pauh hong.寶和行

Hog Lane, or Sun-tau lan.新荳欄

4.Chow-chow hong, or Fungtai hong.豐泰行

5.Old English factory, or Lung-shun.隆　順

6.Swedish factory, or Sui hong.瑞　行

7.Imperial factory, or Ma-ying hong.孖鷹行

8.Bau shun hong.寶順行

9.American factory, or kwang-yuen.廣　元

China St. or Tsingyuen kai. 靖遠街

10.Mingkwa's hong, or Chung-ho hong.明官之行，中和行

11.French factory

12.Spanish hong.

Old Chiha St. or Tung-wan kai.同文街

13.Danish hong. Or Tehing kai.德興街（行）

WEST

RIVER

Each of the factories, or hong, as the Chinese call them, extended from the street on the north to near the bank of the river on the south. The Creek, on the east, runs Parallel with the factories; the river nearly due east and west.

十三路頭

十三路頭並不著名，亦不起眼，國人甚少人知，外國更無人知。史家未必盡知，治近代史或有人知卻只有專門研究都市史、港埠史才會真正注意，加以研判。當然更是必須研治廈門港埠歷史才能獲致深入認識。我雖然三十年前就知道，也非表示比人高明，只是因為早讀過周凱所著《廈門志》（道光十二年刊）而獲得深切領悟，認識到十三路頭的歷史因由與價值所在。

十三路頭的名稱與位置早已淘汰沉埋一百五十餘年，即使經常出入廈門，久居廈門，亦未必知道十三路頭。我們有責任為世人提供一些簡略概念，自當列示一個詞目，公示大眾。

廈門本為嘉禾島上城市之名。宋元向重泉、漳為海上貿易城埠，廈門地名，未入史乘。至明初洪武間始定為水師駐地，入清初，即因明遺臣鄭成功之隔海對峙，乃以福建水師提督長駐廈門，地位遂形重要。雍正五年（一七二七）始正式開放與海外貿易，廈門始具港埠地位。

廈門放洋港埠馬頭在嘉禾島南面沿海，隔海峽面對鼓浪嶼，而海峽不到一千公尺，因鼓浪嶼屏崎南面，形成海峽深水港道，可以避風，自具優良商港條件。其實早自明代，凡出海放洋，大帆船行駛，自必就島之南岸為出入停泊馬頭。由於岩岸水深，遂漸形成十三處便用馬頭，貨一上岸，直闖通路車馬運送各地。由是分別形成固定之十三路頭，路頭之處，即是停船馬頭。總名十三路頭，其個別之名分為：水仙宮路頭、寮仔後路頭、島美路頭、港仔口路頭、新路頭、太史巷路頭、小史巷路頭、磁街路頭、得勝路頭、打鐵路頭、洪本部路頭、典寶路頭、竹樹腳路頭。共十三處馬頭。至道光二十三年（一八四三）五口開放通商，廈門為五口之一，所關外船出入，即確定以停泊十三路頭為準。若干重要路頭，可見於英國檔案記載，有：Suy Seen Kung Loo-tow（水仙宮路頭）、Taou Mei Loo-tow（島美路頭）、Kiang Tsae Kow Loo-tow（港仔口路頭）、Sin Loo-tow（新路頭）、Ta Sze Loo-tow（太史巷路頭），收在英國國家檔案局。

一百六十年後的今天，十三路頭早已不存。地名辭典、漢語大辭典亦查不到，自願略作提示，俾供世人方便查考。

二〇〇六年二月二十二日草成

卷二

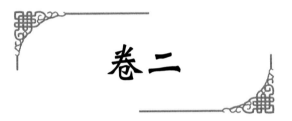

佛郎機（博爾都葛爾雅）

近代學者早留心佛郎機在中國史上的出現。有史家向達、莊申各撰文介紹，此處只提供一般常識，當不能細加引據。

佛郎機之名入史，本是明代人之誤譯，有相當曲折，不須細論。實質而言，當年明季前來之佛郎機，即是歐洲國家葡萄牙，也就是在明嘉靖三十三年（一五五四）進據濠鏡澳（澳門）作永久居留的葡萄牙國人，其時俱稱之為佛郎機。終明之世，佔地通市，而不向中國朝貢。

惟當滿清入主中國，於雍正五年（一七二七）以博爾都葛爾雅國名義（Portugalia）來中國朝貢，遂有官方正名，博爾都葛爾國，並列入貢典，乾隆朝刊印《皇清職貢圖》收有其國圖像。至於晚清始沿用葡萄牙之名。俱在五口開放通商之後。佛郎機之稱自早在清初改正。

大西洋國（意達里亞）

明朝萬曆九年（一五八一），耶穌會士利瑪竇（Matteo Ricci）泛海來華，自稱大西洋人，而實為意大利（Italy）國人。後之到華歐洲人士又有日爾曼人、法人、比利時人種種不一，後世學者可以辨別，而在明季則惟以大西洋國較為通行。惟終明之世，只有教士前來，並無人來貢通市。此非中國閉關，而在於自一六〇〇年後，西方商貿動力始由南洋而推進至中國，一切動力俱以西方國家為主動。其時俱在十七世紀。

近代商貿情勢自然日趨活躍，滿清入關後，即在康熙六年（一六六七）有西洋國遣使入貢，實際是來自意大利。中國官文書則稱西洋國，這裡尚有小小區別，因是在意達里亞，其中要分別治世王和教化王兩個國家，當時後世華人少有覺察，自難辨別來自何國，惟文書上概稱西洋國。當年清廷指定例由廣東貢道入貢。嗣後，康熙九年（一六七〇）、十七年（一六七八）、以及五十九年（一七二〇）均有以西洋國之名遣使來貢之事，並列入貢典，不難查考。直到雍正三年（一七二五）和雍正五年（一七二七）卻有以意達里亞名義來貢者，按其請求之事，俱是要求釋放在監囚禁的西洋耶穌會士，於此可知，此二次之來貢，是由教化王派遣而來，貢品特為豐富多樣。並不用西洋國名義。至此可以推斷，前時來貢者，是由治世王派遣。雍正三年以後，才有意達里亞教化王名目（是即今稱之教宗）。這個大西洋國就漸次少用。意達里亞國名遂即登場。故在乾隆前期刊布之《皇清職貢圖》，其中收有意達里亞圖像。

在此尚要進一步附說，就是嘉道晚清之世，中國官方有把葡萄牙當作大西洋之事，甚至也包括西班牙，惟在清代貢典不載。

紅毛番（和蘭）

中國文書早見之和蘭，始於明季，載入《明史》外國傳。入清改稱賀蘭，順治十年（一六五四）入貢稱荷蘭。至乾隆五十九年（一七九四）有諭旨定名之為荷蘭。

中國文書雖命名為和蘭國，每必指明其為紅毛番，甚至乾隆前期，一向視之為紅毛番，乾隆十六年（一七五一）所出《澳門紀略》形容賀蘭紅毛番云：「其人深目長鼻，髮、眉、鬚皆赤，足長尺二寸，頎偉非常。」道光中葉儒生梁廷枏記載：「荷蘭，即《明史外國傳》所稱之和蘭，又名紅毛番。地在今歐羅巴洲，即熱爾瑪尼（Germania）紅夷。」凡此俱可見十七、八世紀中國官紳所認識之荷蘭紅毛番。

入清朝之世，歐洲各國來華朝貢者，以荷蘭國為最早。順治十年（一六五四）荷蘭來使請求入貢，為清廷議駁不准，十二年又來請貢，旨准進京，派官員護送，進呈方物，賞賜優沃。自是准其五年一次來貢船一隻、護船三隻。列為貢典。

紅毛國（英吉利）

英吉利國先有書英圭黎、英雞黎者，惟英吉利譯稱為習見。清雍正八年（一七三〇）所成之書《海國聞見錄》為較早記載英吉利最正確之紀錄，其云：「英機黎一國，懸三島於吝因、黃祁、荷蘭、佛蘭西四國之間；大西洋尊天主者，惟干絲蠟、是班牙、葡萄牙、黃祁為最，而辟之者惟英機黎一國。今亦奉教惟謹。」據《舟車聞見錄》記載，英吉利之來船互市，俱在雍正八年（一七三一）以後，而廣東碣石鎮總兵陳昂（陳倫炯之父），遍見來華外人之市易者，惟英吉利最為桀傲，曾上奏建言防之。後世果應驗陳昂之言。

英人來者，其體形與荷蘭人近，高鼻、深目、碧睛、赤髯、紅髮虬曲，同於紅毛番，惟為閩粵人呼之為紅毛國人，自雍、乾年代以降，直迄二十世紀，民間習慣，長期稱之為紅毛國。迄於今茲，終未稍改易。

黃旗國（兼及璉國、瑞國）

歐洲各國商船來華，早期必先至澳門，再至廣州，蓋與來朝貢者路徑不同，其不為世人留意者，有黃旗國。早名璉國與瑞國齊名。璉國即黃旗國亦即丹麻爾國，即今時之丹麥（Denmark），以其黃色十字旗為國人辨識。瑞國即是瑞典國（Sweden）。璉國、瑞國，多在記載中同時並稱。這兩國之名，璉國、瑞國在乾隆初期已經出現。但黃旗國之名則一直沿用至晚清時期，達於光緒中葉。

花旗國

十八、九世紀，歐美國家商船來華者日眾，膚色服飾多同，難以分辨國別，較明顯易見者，華民每以旗色圖形之不同，而就旗幟以稱國別，像美國這樣大國也在所不免，就被習稱花旗國。事實所見，歐美各國旗幟，惟美國旗最為花色繁複，有條件稱之為花旗國。當鴉片戰前，道光十八年（一八三八），美國教士高理文（即裨治文 Rev. Elijah C. Bridgman）刊布所著：《亞美理格合省國志略》，其國名已確定傳示於世，但世人少用，仍多用花旗國名，或簡稱美國。其實我華儒者梁廷枏亦早在一八四六年以中文寫出「育奈士迭」（United States），可是迄今也無人使用 United States 這一稱謂，也未再有譯稱。自是美國一詞為最通行。花旗國則是十九世紀一個常稱。

單鷹國

自乾嘉年代以後，在嘉道之際，俱在鴉片戰爭以前，已有自歐洲來華的一些新國家商船，單鷹國即是其一，實為布路斯國即後世習稱之普魯士（Prussia）簡稱布國，又稱部魯西亞，俱自道光朝出現於中國文書，至其所稱單鷹國者，則世人明見其國旗上繪一鷹形。亦是見旗色定國別。

雙鷹國

凡單鷹、雙鷹二國，俱出現道光前期官文書。雙鷹圖像，乃旗繪一鷹而有兩首。所代表者是奧地利國，時稱奧斯馬加國，亦稱阿斯利亞國，或稱阿士突利國自是奧國（Austria）。

日國

注意，在中國近代史上，官私文書所出現之日國，決非指日本國。此甚易解，而國名稱謂最煩亂混淆的是以日國為甚。實質上日國就是西班牙（Spain），與中國發生來往也很早。放在這裡才提及，就是這個日國名稱十分重要的關係。日國全名是日斯巴尼亞國。但早期在中國的官私傳說，也把西班牙指為佛郎機，中國早期記載是佛郎機侵佔了呂宋，且又用「大呂宋」代表西班牙。這些全是明清之際，早期通行之誤傳。至於清代，初出現「以西巴尼亞」（Espanaia）而入於正名之途。然自鴉片戰後，與中國立約通商，即用日斯巴尼亞之國名。自五口通商正式官方定名即是日國，此一正式國名日斯巴尼亞一直沿用到民國前期之北洋政府。所以自晚清以至民國前期，俱為正式邦交國國名，其特別在中國史上被看重為重要邦交國，則是中國華工在其殖民地受虐待而興起之交涉。中國在光緒初年派遣駐日公使是與英國同時為最早之國。是即派遣陳蘭彬（正使）與容閎（副使）為出使美、日、秘大臣。其外交宗旨即是解救在美國和祕魯之華工。日國即是日斯巴尼亞，秘國即是祕魯。因是日國在中國近代史外交史上是十分重要的對手。

芭槐國

芭槐國中方文書少見，世人少知，乃為Bavaria之中譯，在德國統一前，以獨立國商船來華。嘉道之際稱為芭槐國。

甚波立國（咸伯國）

甚波立國又同時被稱之為咸伯國，非出一源，則所譯俱指今世之漢堡（Hamburg），兩個譯稱均可見之於道光時期官方文書。在德國統一以前，以獨立國商船來華貿易。

漢諾威

尚有兩個近代出現最少，能見於官文書最晚的輸入之詞，一個仍具國名背者是漢諾威，即德意志統一前之Hannover。遲至清咸同之間出現於中國官文書。雖不重要，在常識而言，也不能刪略。

三漢謝城

三漢謝城也在德國境，卻不以國名出現，清代咸同兩朝均出現於官文書，比漢諾威僅出現於同治朝自較具重要性。其實這是古老的歐洲十五世紀前一個著名的漢撒同盟（Hanseatic League），起先就是商業城市的結盟，到了十九世紀雖早不用同盟名義，而來華營商仍是團結一體，近代史家命之為Hanseatic Towns，我們這個常識不能沒有。

卷三

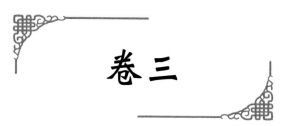

洋船

我們辨解詞類，不可望文生義。這裡洋船一詞。清代前期一直指的是中國商人出洋之船。並無一毫外國船之意。今日之看待洋船，自然是指外國人來船，這並不稀見，可以正式認定洋船就是洋人之船。須知在鴉片戰爭以前，包括葡萄牙人長期佔居澳門，所有西洋商船俱稱番船。番船一詞就附在這裡，不另釋詞。

本不須再費詞申說，但可舉清康熙前期，詩人屈大均所撰〈竹枝詞〉為證：

洋船爭出是官商，十字門開向二洋。

這兩句詩正是敘明中國官商的出洋船，放洋穿過十字門而駛向東西二洋的情形。這首〈竹枝詞〉收於屈大均所著《廣東新語》，是康熙十七年（一六七八）成書，這首詩的寫出，應該更早，可證洋船原義只是指中國海商出洋之船，應無別解。

洋商

這個洋商義旨，也有先後變化。這是自清初以來專指在廣州經營與番船來華貿易的中國商人，決非指來華洋人。一般說法多以康熙朝為前期，直至道光中葉，經過鴉片戰爭之後，才有洋商含義專指外國商人。

有人或問，鴉片戰爭以前也有許多外國商人來華，是有何區別？這也是早已存在的稱謂，就是稱歐美商人為夷商。

請勿輕看早期的中國洋商，這是中國近代史上有相當重要一種角色。洋商純是中國人專做外國人生意的一類商人。無論近代外交史、通商貿易史，俱是史家所追考的關鍵章節。這裡提到夷商，不另作解釋。

洋行

這個詞彙雖普通，也有它自己的演變歷程，不能望文生義。

中國行商坐賈，功能分殊，其職能早存於春秋之世。只是行商形成組織，有行出現，則始自隋朝初年。史界早有共識。

這裡拈出洋行一詞，起初原指中國商人，專門經營外國來華商人在地賣外國貨並買中國貨而藉中國富商居間交易者，此類中國之洋商，則開設洋行以為外國商人商貨投止囤貨之地，中國固然命之為洋行，所有洋行，俱由中國人經營。

惟自鴉片戰爭以後，五口開放通商，自此時起，一切之所謂洋行，則全屬洋人在中國各口岸所開設之洋行，不再為中國人專用，卻為外國人專稱。

清代廣東十三行，自是洋行之典型代表。其名稱維持到清咸豐末年，即已全部消歇。

夷館

夷館一詞也不能望文生義，前面提到夷商，是專指外國來華商人，夷商帶來洋貨到廣售賣，前言是由洋行承接這門生意。須知外國貨船到達珠江口，因中國主權水域，不能任意行駛。有武裝的隨行保護之船須遠泊外海，貨船亦只准暫停虎門外。此時就要有華人保商也就是洋商，向巡海道代為申請貨船入江通行紅印單。但入江亦只能暫停黃埔。先須拆下礮位。再把洋貨由小船向上駁送到廣東洋行。就可住進夷館。這夷館並非出自任何外國人所建產業，而分別由十三行各家自行照洋房形式建成，方便接待夷商與洋貨。居於夷館，須付租金，名雖是夷館，而絕無一處屬外國人屋業。

夷務、洋務

這是兩個不同名謂，而卻是代表同一意涵。在英文表達言，就是foreign affairs。但在第二次鴉片戰爭期間和以前，中國文獻上出現全稱夷務。至一八六一年以後，才以洋務代指。段落分明。有一個相關的詞彙稱做「洋務運動」。這不能當成一個歷史成典。這是因為在歷史上晚清一代並無其說，這是現代歷史家所賦予的一個時代命義。代表後人的看法。不能當做前代掌故。

洋酒

一般人讀史得知西洋人利瑪竇（Matteo Ricci）自一五八一年到華，自必在其居華期間，引介西洋事物。此自十分合理，並符史實，只是我們多人注意其所引介的地理知識、天文數理知識。利氏一六〇一年方到北京，一切影響均應在此年開始。也就是十七世紀開始。

就我們共同的常識判斷，自然會相信利瑪竇也會引進西洋葡萄酒，但苦於難找證據。想想西洋事物那麼多，怎會特別注意到葡萄酒？

我們可以不經心的一下子碰到可靠的證據，直晚到十七世紀後半，在康熙二十五年（一六八六）可以查到荷蘭國向中國進貢，在向來的外國貢品中首見有進奉葡萄酒兩桶。值得重視的是，想不到原來康熙帝很喜愛葡萄酒。可能是在內廷供職的耶穌會士引誘康熙愛好葡萄酒，這一推測全無根據，只有此次荷蘭國進貢，是最具可能性的證據。

梁嘉彬先生早已提供史料，展現康熙中葉特旨指令兩廣總督派人到澳門買回大量葡萄酒，由水陸車船運進宮中使用。這就更可靠了。世人想不到自十七世紀葡萄酒已進入中國宮廷餐飲之中了。

接著下來各朝，西洋入貢尚有不斷進貢葡萄酒，並分別標出紅葡萄酒、白葡萄酒、葡萄紅露酒、葡萄黃露酒四種。

洋飯

像洋飯這種粗鄙的詞類在中國也有嗎？我十多年前在香港介紹過，自然是粵港較早的用詞，後來改稱西餐。那時我有一篇短文，簡單介紹一些前後不同的譯稱。收載在《中國語文研究》，香港中文大學出版，但我並未保留此文。

洋藥

提起了洋藥立刻使人生氣，同時也明白英國帝國主義者侵略中國之陰謀詭計，甚覺可恨也警悟可怕。

這個詞彙在近代史上著名，創生在一八五八年，通行於一八六〇至一九四二年。洋藥一詞，是那時英國外交家和商人創造出的，原來本是英商向中國大量輸入的鴉片。由於中國禁煙，被欽差大臣林則徐收繳銷毀英商鴉片，價值相當於六百萬銀元。英國政府為了討回煙價，興起一場對華戰爭。用掉軍費合銀一千二百萬元。英國侵城略地，迫使中國簽下割地賠款的「江寧條約」。賠款包括三項，鴉片煙價賠六百萬元，軍費賠一千二百萬元，另有往日廣州地方華商歷年積欠英商銀錢須賠給三百萬元。合計全部賠款二千一百萬元。想想這個戰爭豈可不稱為鴉片戰爭？

中國禁煙有正當的防止毒害的理由，戰爭打完既割讓香港，又開放五口通商。而英國卻並不滿意卻又說不出來，那就是英商自此全靠走私鴉片，運進中國。既是違法行為，而為牟利偷運走私則是很不名譽。英人一面大量走私鴉片，一面極意渴求鴉片合法化。這一動念自五口通商開始（一八四二）即已不斷向中國欽差大臣商求鴉片開禁問題。自耆英、徐廣縉以至葉名琛俱不答應。於是其政府首腦，特別是首相巴麥尊（Henry John Temple Palmerston）陰謀策劃最為積極。定案利用所恃最惠國條款，援中美望廈條約（一八四四）所定十二年後可以酌修條約。因是照江寧條約計算，十二年即是一八五四年，於是定計訓令香港總督兼駐華公使包令（John Bowring）向中國要求修改條約八項。鴉片上稅即是其中最具重點一條。這那裡是酌修條約，簡直是重新訂立新約，其強取豪奪欺愚中國無知，俱已表露猙獰面目。此一陰計，籌於一八五二年，立即行動，假借一八五六年廣東一次亞羅船（Arrow）事件發動第二次鴉片戰爭。

第二次鴉片戰爭，英國自然取得勝利，果然未作修約，而是簽了天津條約。鴉片取得條約允許向中國輸入上稅。於是就使鴉片合法化。英人既做此喪天害理、謀財害命之事，卻狡黠的不願承擔售賣鴉片的壞名，於是在輸中國海關稅則是以洋藥取代鴉片貨品之名。故自一八五八年以至一九四二年中國廢除不平等條約，八十多年，海關紀錄資料絕見不到鴉片貨品，那就只能見到洋藥的大量輸入。中國受損害百年，國人若不熟記在心，若不警惕帝國主義者之狠毒，那是自甘受愚，也太過卑賤。做歷史研究之學者，有責任告知國人。

最後要向國人推薦一本英文書，英文正名是*The Controversy Opium and Sino-British Relations*，華裔作者汪瑞炯（W. S. K. Waung）。最能醒目引人注意的，是此書正面附有中文書名。就是「洋藥」二字。特請細看這本洋藥。

洋灰

這本是英文cement的一種中譯，今日習稱水泥，最早原在南方特別是粵、港民人習稱紅毛泥，流行最久，但流通不遠。也有直譯音叫水門汀。入於民國則洋灰最為廣用，直到現今。

洋畫

你有充分常識知道明末利瑪竇來華，首先就帶來天父及聖母像，國人自早有知見。清初中國大畫家吳歷，教名西滿，是最早吸收西畫而引入國畫之人。他在江南受到諸多畫家排斥，也有道理。

其實洋畫（今稱西畫）很早就達於宮廷，滿清皇帝自順治十三年（一六五六）荷蘭國就入貢白石畫二面。嗣後各國尚有進貢皮畫、線畫和國王畫像者，自康熙帝即有上諭，令旅居澳門西洋僧侶，其善於天文、曆算、丹青、鐘表之士，可以來京供職。當然最著名的耶穌會士畫家是郎世寧（Giuseppe Castiglioni）半生供奉內廷，其人其畫，世人無不熟知。

其實洋畫不限於宮廷，粵人早經澳門見識到。《澳門紀略》所記，已是在乾隆十六年（一七五一）前。不但西洋畫早在民間售賣，同時在廣東地方也出現仿製的華人畫匠。商販也都爭相販賣。洋畫這一詞故可在乾隆時代見之於華人記載。

洋氣

說人洋氣，也不是現代出現的詞彙。至少在清代嘉道之際，已有洋氣說法。和今日用意相同。這種風氣，不能確定說在那一年。自是廣東地方最早。

如果不是跨過鴉片戰爭這一大衝擊，而能在嘉道之間出現洋氣這個詞彙，那真是值得重視。在全國而言，只有廣州、澳門會有可能，特別大都會之廣州，市民目見耳聞，只有極少數十三行洋商（華人）之家會突出顯現家道不同風格，抑且應是更少數富豪洋商如潘啟官、伍浩官、盧茂官這幾人，具與夷商夷人密切來往，家庭陳設特有一些西洋器物，方足被稱為洋氣。居住廣州，不能缺少各式各樣自鳴鐘、風景油畫、東主個人油畫寫真。特別是伍浩官、盧茂官請到英國畫家錢納利（George Chinnery）的油畫全身像，雖然都是身穿清朝官服。但可看出洋氣十足。裝飾大型照身鏡，陳設玻璃器皿，洋畫大幅風景，更是乾隆時已在廣州售賣。帶來洋氣，自然會在嘉道時期出現，其時連各地廟會、招墟、村約集肆中，其趕集小販，亦必發售各式洋畫，特別宣叫出「仙姬大景十三行」。意思就是自十三行販來，大型美人半身油畫。這類畫被故宮博物院竟標示為香妃像，當然不是。

須知在一八三九年欽差大臣林則徐到廣州查辦禁煙。因為同時患著小腸疝氣痛，乃是經過伍浩官幫忙，找到美國醫師伯駕（Peter Parker）為林氏治病。這個故事，余光中教授曾經著文介紹。可以旁證那時洋商與外國人交往之頻繁而稔熟。若論洋氣，自然是廣州洋商之家，才真具有代表性。

附記：香港博物館館長丁新豹先生贈予錢納利油畫展覽冊，得見伍浩官、盧茂官畫像。特申感謝。

二〇〇六年七月二十日

寫於新大陸之柳谷草堂

卷四

紅毛鬼子

自清代前期，一般國人觀點，紅毛鬼子所指為荷蘭、英吉利、瑞國（瑞典）、連國（丹麥）之人。這種說法乾隆初年已有記載，其起始傳佈自然更早。所著之代表，逕確指廣州十三行夷館所居西洋商人。乾隆十六年（一七五一）《澳門紀略》錄有文人羅天尺詠十三行歌，其中已熟論「紅毛鬼子」。茲舉其中有關之句：

> 廣州城郭天下雄，島夷鱗次居其中。香珠銀錢堆滿市，火布、羽緞、哆哪絨。碧眼番官佔樓住，紅毛鬼子經年寓。濠畔街連西角樓。（按：濠畔街早為西洋商賈互市之街巷，位於廣州城西角樓外二里之距。）洋貨如山紛雜處。

於此詩歌，可見清朝前期廣州十三行外洋商貨船來之盛況。請注意者是紅毛鬼子已是當年習稱。

港腳鬼子

港腳鬼子原只有郭廷以先生之書有簡單腳注。在近代史上出現較晚，但也在鴉片戰爭之前，而絕跡於鴉片戰爭之後。

港腳鬼子，專指自印度來華經商之洋人。自然是英國人，卻是自印度販貨直接來華貿易，所來之貨船稱為港腳船，其所以出現晚，主要因為英國吞併印度，已至乾隆後期，其來佔領印度者，商人漸以印度為其經營商貿根據地。其引誘力大，賺錢易，尤其鴉片買賣，更是利藪，因而分化。來往貨販，俱以印度地方為主。隨後在廣州活動之中與歐美來商有所區別。乃有港腳鬼子之稱。

鬼子樓

中國民間一般習慣向呼西洋建築之樓為鬼子樓，後來改稱洋樓。須知早在乾嘉時代，鬼子樓是有專指，即指廣州十三行夷館。這個稱謂世人或不能辨。卻在清嘉慶十三年（一八〇八）上了政府官書。這年因為英國與拿破崙戰爭，在海外也有所衝突，英人視葡萄牙為法國盟友，突然以兵船三艘攻下澳門，並要乘機永久佔領，中國豈能坐視？嘉慶帝立命兩廣總督吳熊光以武力驅逐，其時廣東水師卻難以武力趕走英船。吳熊光乃用十三洋行行商出面，諭英商勸令退出澳門。中方也以斷市相威脅，迫使英商從中交涉，勸阻英軍久駐。幾經折衝，終使英軍退出澳門，駕船他去。

吳熊光雖以和平解決此次棘手軍務，卻使皇帝極度不滿，下令革職拿問，並發配伊犁軍台效力。主要在十三行洋商拚死力為廣東解免一次危機。而文獻記載，這些繁複交涉都是在鬼子樓進行，甚至傳說吳熊光也到鬼子樓談判，這是何等失體。難怪其下場甚慘。

鬼子欄桿

這是一種洋貨，在廣州佛山訂貨，加工出口販回歐洲，說來就是金線條、銀線條，因是洋人專用，就稱為鬼子欄桿。乾隆十六年之《澳門紀略》，所載甚明，其形容西人衣料云：

> 衣之制，上不過腹，下不過膝，多以羽毛、哆囉、辟支、金銀絲緞及佛山所織洋緞為之。邊緣以錦金銀鈕聯綴。

這裡可注意者，原來早在乾隆初年，廣東佛山鎮已經出產西洋絲織品，金銀線之為當地出產洋貨，亦是自然形成。金銀線是西洋特有產品，決無可疑。乾隆時荷蘭入貢，進獻金銀線三十觔。中國婦女衣裙之加繡掐金線各式花樣，正是洋名中用，後世各地普見，特別是婦女雲肩，最多用掐金線繡成，金光閃閃，華貴高雅，增飾美姿可觀。

> 道光十九年七月二十四日林則徐奏：五月間聞南海縣知縣劉師陸訪獲省城鬼子欄桿作坊內，有拐騙幼孩逼勒做工之事。先後查起幼孩將及百人，民皆稱快。臣回省後，當向該令詢問，緣粵人叫夷人為鬼子，夷人有一種衣緇，合金銀線織之，遂名鬼子欄桿。近日各省盛行，故廣東省省城仿其織法，因工人難覓，遂騙幼孩至其坊內，勒令印織十丈，不令回家。（鴉片戰爭檔案史料）

鬼子六

在中國近代史上，少有官方紀錄，惟在晚清同光時期北京官場中一個戲謔的稱呼，此是專指恭親王奕訢的一個綽號，形容他屈於洋人，不免崇洋。由於他排行老六，故稱鬼子六。但凡研治正史，自不會關注，亦不載述。惟為前人掌故計。略作提示。

丁鬼奴

丁鬼奴實有專指，乃晚清同光時期，京朝官僚攻伐譏嘲外地官吏丁日昌的外號。有侮辱性質。竟也見之於官員奏牘。今人已不知鬼奴何謂。蓋指黑奴而言。當另作釋詞。在此不能多談人物如何，只是釋詞，不可逾越。

黑奴、鬼奴，乾隆十六年之《澳門紀略》載敘黑奴不下五六處，惟一處較詳明，具引證價值，茲予布陳：

> 其通體黝黑如漆，特唇紅齒白，略似人者，是曰「鬼奴」。明洪武十四年（一三八一）爪哇國貢黑奴三百人。明年，又貢黑奴男女百人。唐時謂之昆侖奴，入水不瞇目，貴家大族多畜之。

於此可見，黑奴、鬼奴等詞，早已通行於清朝前期，《明史》並有記載，應早流行於清初。

牛勝油1

自清道光朝起，以至同治朝，牛勝油一詞屢出現於官方文書，多是與西洋人連帶出現。此詞原是西文使用的 negro 的中譯，中國官方的解釋：「牛勝油者，黑夷之通稱。即華言無來由也。」（道光朝夷務始末卷六二）雖是與烏鬼、黑鬼、黑奴同義，但在我國使用上是比較正確妥當，不至視為一種歧視觀點。

鬼方

這個古老名詞，見於殷商武丁時代，已有三千三百年歷史，怎可看成是今典。不過古代之鬼方是指中國北方草原民族。近代鬼方不是專有名詞，而是形容歐美列強的西方大國。同光年間，李鴻章首創，並常用於和總理衙門大臣研議因應當時外交問題。此非大眾使用詞彙，但在同光時期，是中國應付外交的重要詞類。

鬼頭

這一詞彙世人少有留意，只在清同光時期出現，實指當年郵政中使用的郵票，民間習稱郵票為鬼頭，是指郵票上所印人像而言。

鬼基

這是廣州城西一個地名的別名，但是廣東地方通行。一般知道就是沙面。沙面也是一個俗稱，正式學名，見之於方志書上，是稱做「拾翠洲」。僅浮現於珠江北岸的一個低淺沙洲。在乾隆、嘉慶時代，是遊艇畫舫集中之地，俱載艇妓引誘遊客。來者商賈過客居多。真正文人到此一遊者，只有乾隆五十餘年時有蘇州沈復（三白）來過，並且在此打水圍，結識一位艇妓。這時地名只能說是拾翠洲或是沙面。

世人或竟不知廣州府城被英法軍正式統治有五年之久。自咸豐七年（一八五七）佔領府城捉走葉名琛，就一直統治到同治二年（一八六三）才交還中國。在此期間廣州主人真正是英法官員，當時也有中國的廣州將軍柏貴，兩廣總督勞崇光，卻都變成英法傀儡。

既然英人在廣州當家作主，在中英簽訂天津條約後，給予英法各有賠款。（先是四百萬兩，北京條約後增至各八百萬兩）此時英法因俱是氣焰萬丈，對中國大有予取予求，惟所欲為之志。在廣州英法官員，這時已打定主意要畫出一塊地專供洋人居住，並將領事館也同選一處。既要分別自立，又要不可離廣州太遠。於是就選定沙面作為洋人居住所在。須知這是違反中國主權的事，那時他們欺侮中國愚弱，那裡會有所忌憚？由於其地低淺易遭水淹，就在此同時期要脅地方官派遣大批民工為之加土填高。花費不少銀錢，俱由中國海關墊付。長久日子下來，沙面填土墊成高丘，就名之為沙基。粵人不習稱沙基，自同治初年起，即稱為鬼基。我來此一遊，一則憑弔中國勞工為洋人流血流汗。二則痛恨英人在民國十四年（一九二五）六月廿三日，以機槍大觳屠殺華民四十四人，軍人學生二十三人。受傷民眾五百餘人，這就是歷史上的沙基慘案，要記住帝國主義之可怕可惡。

鬼佬

我曾經到訪過英國，接觸英方人士，見其誠懇公正、愛好知識學問，雖是自尊自信，也是十分禮重別人，於其他各地文化保持高度興趣而虛心。真是有教養能含蓄的一個民族。但我須持兩付眼鏡看英國。十九世紀以來，凡其到華商人外交官，無不驕縱狂肆，貪得無饜，強辭蔑理，得寸進尺。那真不可不防。

我自一九七七年受聘到香港任教，所見上層高官顯吏之華人，俱是識時務之俊傑，也是英政府之走狗，仰英人鼻息，任其爪牙，代行統治。往往奉英皇施捨爵位為光宗耀祖之寵遇。華商同樣軟媚有加。而可敬可服可驚可嘆者，則是稗販、工役、勞苦小民。我稱之為香港頑民。他們對於香港既不能令（令在英人），卻是並不從命。以華人高官難治。我看出粵人本性，是剛強勇毅，百折不撓。抑且忠愛本國本土，輕視洋人。所以美洲的美國、加拿大的太平洋跨洲鐵路俱是由廣東勞工造建。現出驚人效力。

把話要說回來。歷史上英人來華官商，最看重要稱呼名分問題，我有專文刊於香港中國近代史學報，第二期。自一八一〇年起至一八七〇年（並未絕止而是告一段落）在華英使領事一直向中國爭較稱謂問題。同時列入一八五八年天津條約，訂定中國官民不得稱英人為夷狄。外交文書交馳飛向中國政府，未嘗中斷。（拙文有舉證）可是自從一八四一年英國宣布香港為領土。以至一九九七年歸還香港，其所統治下之香港頑民，沒有一天不稱英人為鬼佬。鬼佬者，乃是香港市民對英人的永久稱呼。英國統治香港一百六十年，沒有辦法制止港人稱他們為鬼佬。

兵頭花園

這是一個很普通的小地名，因為地域性高，故只有香港人熟悉。香港居民六百萬人，幾乎人人俱知，十分普通尋常。這個詞彙也要疏解，真不免目光太狹。有理。我也是久住香港才知道這個小地點。就是正確的說是「總督花園」。只是怪，在香港有誰會說總督花園呀？

哎呀！若照夜郎國外交部長看來，香港不過只有鼻屎般大小，而兵頭花園更是這一小塊土地上十萬分之一的小點，有何價值，也被史家列為一典。是也。主要是，在我看來仍然很費申釋，還真是不容易說個明白。

在歷史身價來看，兵頭花園代表英人佔領香港所建造第一座花園。英人在一八四一年一月霸佔香港宣布是英國領土，到了一八四二年的《江寧條約》才是真正中國割讓。有一位普魯士教士郭士立（Karl Friederich August Gutzlaff, 1803-1851）也是香港政府一個最重要的繙譯官員。承香港總督委命，策劃督建總督花園。約在一八五〇年完成，次年郭士立去世。這段故事是出於香港學者李志剛的研究成果。世人相信，這是英政府首建的第一座花園。

既是建成總督花園，怎的竟然會被香港人呼之為兵頭花園？這就需要找我來加以疏解，我想光是香港人也未必說出道理。

我在香港多年，聽到兵頭花園之說，本來以為平常，知道這是香港總督花園，就頗為敬佩香港頑民的幽默感。最後發現這只是膚淺的看法。原來兵頭早就站在香港歷史的最高點上。

在此解說清楚。總督花園很明白，兵頭花園也很明白，因為自從第一任香港總督樸鼎查（Henry Pottinger）起，那時在道光時代，在中國士人筆下，民人口中，俱稱香港總督為兵頭。早的紀錄難見，至少確定在一八四五－四六年間，已是認定香港最高主官就是兵頭。這尚不重要，原來遙遠的背景是比照葡萄牙澳門總督而來。所以香港總督之被稱為兵頭，是根據澳門模式。

澳門模式何時建立，一定為時很早。所能見到多次出現兵頭一詞，並有文字詳說可以舉證者，已經晚到清乾隆十六年（一七五一）印光任與張汝霖合著的《澳門紀略》，願引據所載如下：

夷目有兵頭，遣自小西洋，率三歲一代。轄蕃兵一百五十名。分戍諸砲臺及三巴門。蕃人犯法，兵頭集夷目于議事亭，或請法王至，今鞫定讞，籍其家財而散其眷屬，上其獄於小西洋，其人屬獄候報而行法。其刑或戮或焚，或縛置砲口而燼之。夷目不職者，兵頭亦得劾治。其小事則由判事官量予鞭責。

看看這段記載，已在香港兵頭花園建成之前有一百年。可見澳門模式早有淵源，到了今時又有二百五十幾年，地名雖小，卻可構成歷史證據，幫助史家掌握判析管鑰。特此提供治香港史者略加留意。

最後聲明，有關英人建造兵頭花園，只有香港史家才具有完整知識。我故特先請教香港浸會大學教授李金強博士之後，才可以使我有了寫成釋詞的把握。在此謹記，並申感謝。

二〇〇六年七月二十八日
寫於新大陸之柳谷草堂

卷五

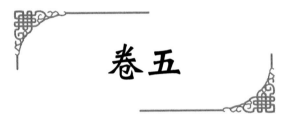

下面所舉流行今典，各有古老來歷。

流行

二十世紀以來，「流行」一詞頗為流行。含義寬博，通行廣遠。人人俱懂，時時見稱。不分國度，流行即通。衣服舟車，飲食茶飯，屋宇園林，聲色狗馬，環肥燕瘦，袒臂光腳，世變代嬗，喜惡無常，然代代異趣，年年更新，風靡一世，永不消歇。乃流行之所賜也。

此詞原出於《韓非子》，定義不同，願列出以供學界參考：

六曰：流行。何謂流行？曰：人主者固壅其言談，希於听論議，易移以辯說。為人臣者，求諸之辯士，養國中之能說者，使之以語其私，為巧文之言，流行之辭，示之以利勢，懼之以患害，施屬虛辭以壞其主，此之謂流行。（《韓非子》八篇）

主義

主義詞類界說，早經孫中山解析明白，他說：主義就是一種思想，一種信仰，一種力量。人人俱知。在此自以常識看待。這是二十世紀流行最廣的詞彙，其義則創始於十九世紀末。我治近代思想史，多年來記采輯一些紀錄，包括梁啟超、王仁俊、馬建忠等人先見。卻不甚放心，去年向哲學家金觀濤夫婦求證，他是擁有七千萬字的近代思想資料。給我寄來一單，收錄不少。惟只有梁啟超的紀錄最早，而未收錄王仁俊、馬建忠所提示的主義。梁啟超的主義出現於一八九六年，王仁俊的主義出現於一八九七年，馬建忠的主義出現於一八九八年。我自感謝金氏伉儷的幫忙。實知梁、王、馬這三人講到主義最早。就是今天通行的哲學思想詞意。

主義這一詞彙，二千年前已有，用意沒有不同，載於司馬遷的《太史公自序》，願抄出來供世人觀覽：

> 敢犯顏色，以達主義，不顧其身，為國家樹長畫。作袁盎朝錯列傳。（《史記》卷一百三十）

弔詭

弔詭一詞，今世流行常用，而哲學家尤工擅之，是二十世紀人人能知者。起先是繙譯西方 paradox 一字，而採用之新意涵。多虧前賢博學多識，能在《莊子》書中找出此詞。若能細讀《莊子》齊物論，就會發現採用弔詭很具智慧。但凡荒謬、混沌、顛倒、矛盾等思想概念，位格錯亂，黑白顛倒，枘鑿不入，名實不符。不能證實，無法澄清的說辭道理，均被命之為弔詭。我在大學教書時，連我的門生莊德仁也知道其辭早出自《莊子》書。茲予鈔附，以供比較，莊子假託得道真人長梧子表述所見：

> 眾人役役，聖人愚芚。參萬歲而一成純。萬物盡然，而以是相蘊。予惡乎知說生之非惑邪？予惡乎知惡死之非弱喪而不知歸者邪？麗之姬，艾封人之子也。晉之始得之也，涕泣沾襟。及其至於王所，與王同筐牀，食芻豢，而後悔其泣也。予惡乎知夫死者不悔其始之蘄生乎？夢飲酒者，旦而哭

泣，夢哭泣者，旦而田獵。方其夢也，不知其夢也。夢之中又占其夢焉，覺而後知其夢也。且有大覺而後知此其大夢也。而愚者自以為覺，竊竊然知之。君乎，牧乎，固哉！丘也與女皆夢也；予謂女夢亦夢也。是其言也，其名為弔詭。（《莊子》齊物論）

解構

解構是文學界新生之辭類，主要是對結構的反動，新文學無不模擬西方文學，追隨風氣，身不由己。先重結構後重解構，不甘落後，重在流行，惟哲學界並未追隨風氣。自未普及學界。字面意義，可作界說，不待深考。惟在中國古代二千年前早有此詞，詞意與今不同，與結構無關，卻具有哲學上一種弔詭的觀點。表現於戰國齊威王宣王時期稷下「名」學家兒說的故事。兒說又叫做貌辨。為稷下先生，故又稱為齊貌辨，主倡「白馬非馬」，為公孫龍之前的名家。要了解兒說有大名，是因為天下之閉結他無不能解。先明白他的故事，才可了解在《淮南子》書中所見的「解構」這一詞意。在此須舉兩種書，先舉《呂氏春秋》君守篇：

魯鄙人遺宋元王閉，元王號令於國，有巧者皆來解閉，人莫之能解。兒說之弟子請往解之，乃能解其一，不能解其一，且曰：「非可解而我不能解也。固不可解也。」問之魯鄙人。鄙人子曰：「然，固不可解。我為之而知其不可解也。今不為而知其不可解也，是巧於我。」故如兒說之弟子者，以不解解之也。

《淮南子》則是根據兒說解閉故事，延伸而提出解構一詞。茲引《淮南子》人間訓證之：

夫兒說之巧，於閉結無不解。非能閉結而盡解之也，不解不可解也。至乎以弗解解之者，可與及言論矣。或明福義推道體而不行，或解構妄言而反當。何以明之？孔子行遊，馬失食農夫之稼，野人怒，取馬而繫之。子貢往說之，卑辭而不能得也。孔子曰：「夫以人之所不能聽說人，譬以大牢享野獸，以九韶樂飛鳥也，予之罪也，非彼人之過也。」乃使馬圉而說之，至見野人曰：「子耕於東海至於西海，吾馬之失，安得不食子之苗？」野人大喜，解馬而與之。說若此其無方也，而反行，事有所至，而巧不若拙。（《淮南子》人間訓）

以上所見，在指哲學上之解構，絕不同於今世流行文學上之解構。有深淺之別，土洋之辨。

寫真

二十世紀流行寫真，而至八〇年代以來，流風甚囂塵上，入於二十一世紀，尤見發燒。始傳自日本，快速風靡台灣，中國大陸也迎頭趕上。

寫真本義簡明，不須煩解。惟近二十年用途，專在少女表現美豔胴體，天然裸露，展示於世人。為美而言，正當而可貴。美女所望非苛，英雄俠士亦何可多讓。不單是當今自由開放。前古也講天生麗質難自棄。若不展現袒裼裸裎，豈能令人傾倒？有了寫真，自能千姿百態，風情萬種。明眸皓齒，珠圓玉潤。艷光四射，惑迷眾生。害得我們政治偉人常流口水，也就一意要伴在美女身旁做一個醜陋的動物。既然有寫真，也省得他老人家天天思念亡故多年的老婆。

寫真風氣是自日本傳來，是固然。而寫真一詞則早在一千二百年前中國已有記載，意旨界域完全相符。約在唐高宗武后時期，時當紀元八世紀，劉知幾隨意中提及寫真一詞，請觀其說：

> 惟夫明識之士則不然，何則？所擬者非如圖畫之寫真，鎔鑄之象物，以此而似彼也。其所以為似者，取其道術相會，義理玄同，若斯而已。（《史通》模擬篇）

再舉同樣在公元八世紀大詩人杜甫（七一二－七七〇）的名詩「丹青引」，亦在吟詠中引入「寫真」。其意旨竟是指人像而言。可舉以參證。「將軍（指畫家曹霸）畫善蓋有神，偶逢佳士亦寫真；即今漂泊干戈際，屢貌尋常行路人。途窮反遭俗眼白，世上未有如公貧。」於此詩，可想見大畫家韓幹的老師，在八世紀已常常為人畫像。可證寫真詞意。

想象

想象一詞人人俱知俱懂，日常使用，極其普通。有何可論可議？但問此詞何來？本意何解？雖然只是普通常識，也是無人能作一個明確解答。我不敢亂解，但請一讀二千年前的《韓非子》，看看韓非作何解說。用來替我解圍。韓非子說：

人希見生象也，而得死象之骨，案其圖以想其生也。故諸人之所以意想者，皆謂之象也。今道雖不可得聞見，聖人執其見功以處見其形，故曰：「無狀之狀，無物之象。」（《韓非子》解老篇）

交際

二十世紀以來，社會風氣大開，人與人的關係多樣而繁複，禮節更是中西兼備，雖然打倒禮教，又生出許多禮教，往往入主出奴，驢頭不對馬嘴。求成反敗，求榮反辱，擲盡財賄，到處碰壁。因是無論貧富，俱重交際之道，交際乃成二十世紀顯學。交際意旨易懂，但卻施行不易，人事複雜，交際也須更加小心，不能太自信，不能太自卑，不能太激進，不能太保守。根本不是深奧學問，而行事卻紆曲複雜。所以自古以來，就須時時請教高人。

交際成為學者對話問題，至少早在紀元前四世紀就有。孟子這位大師，有其高足大弟子萬章向其請教：

萬章問曰：敢問交際何心也？孟子曰：恭也。曰（萬章說）：「卻之，卻之為不恭」，何哉？曰（孟子說）：尊者賜之，曰「其所取之者義乎，不義乎？」而後受之，以是為不恭，故弗卻也。曰（萬章說）請無以辭卻之，以心卻之，曰其取諸民之不義也，而以他辭無受，不可乎？曰（孟子說）：其交也以道，其接也以禮，斯孔子受之矣！

這段對話甚長，全是相關於交際的討論。在此僅抄引五分之一，只看其原則重點就足夠，其餘的舉實對談可以省錄。惟可相信，孟子時代，交際是重要的大問題，而今世卻更為重要。

想想在古代人事清簡禮法有定，像萬章這樣大弟子尚要請教師父如何交際，孟子又不厭其煩相與對話，所佔篇幅不小，豈可視為等閒？可知道理容易明白。做來就處處荊棘。沒有那麼好施展。現代世界更是繁雜混亂，移步換形。於是更須講求交際，忙壞中外大師，有何有效方法開人心竅？我想仍是和二千年前孟子一樣，終歸全是白說。

智囊

智囊是二十世紀一個熱門新詞，尤其盛行於五十年代以後。當然在西方列強而言，更是這整世紀先進標竿，智囊尚有組織，就是智囊團（brain trust），而今（自二十世紀後期起）又被譯稱為智庫。某超級大國更是分別出不同專門領域。顯見十分見效，十分走紅。這自然是供於政治，尤其在於軍事、外交。雖然當代最新，人人熟知。而在中國言亦有古老來歷。所指只是個人卻有兩個代表，出於不同書籍記載。

其一，載於紀元前一世紀之《史記》，見於樗里子甘茂列傳：

樗里子者，名疾，秦惠王之弟也。與惠王異母，母，韓女也。樗里子滑稽多智，秦人號曰智囊。

（《史記》卷七十一）

其二，出於紀元一世紀七十年代，為王充所述：

古者畜龍，乘車駕龍，故有豢龍氏、御龍氏。夏后之庭，二龍常在，季年夏衰，二龍低伏。真龍在地，猶無雲雨，況偽象乎？禮，畫雷樽象雷之形，雷樽不聞能致雷，土龍安能而動雨？頓牟掇芥，磁石引針，皆以其真是，不假他類，他類肖似，不能掇取者何也？氣性異殊，不能相感動也。劉子駿（劉歆）掌雩祭，典土龍事，桓君山（桓譚）亦難以頓牟磁石不能真是，何能掇針取芥？子駿窮無以應。子駿，漢朝智囊，筆墨淵海，窮無以應者，是事非議誤，不得道理實也。（《論衡》亂龍篇）

前人提論樗里子，此是戰國時期秦國名將，侵伐韓、魏有戰功。秦人自非任意加以智囊之號。西漢劉歆，博學多聞，淹貫古籍，網羅而著之於《七略》，史家班固收入於《漢書》藝文志，為上古學術史典範之作。當世譽為智囊，具見一代共識，非偶然也。

二〇〇六年八月八日

寫於新大陸之柳谷草堂

卷六

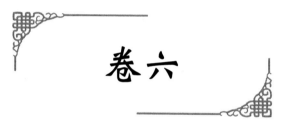

政治

政治一詞流行於今代，啟始自已見於十九世紀之末。近代史上「政治」一詞之通行使用，最晚應在十九世紀末，約在光緒二十年。相信今日俱要遵循孫中山之解釋命義。是謂：政就是眾人的事，治就是管理，管理眾人的事便是政治。這自然是淺顯明白，不待煩言。

雖然現時流行，天天引用，卻應知這一詞彙早已存在二千多年。政治一詞的含義與今日完全相同，而且不是偶而出現，而是學者慣用之詞。這裡可提供兩個證據，一在紀元前二世紀，一在公元一世紀。也就是一在西漢，一在東漢。先說西漢，見於《淮南子》所記：

神農之初作琴也，以歸神；及其淫也，反其天心。夔之初作樂也，皆合六律而調五音，以通八風；及其衰也，以沉湎淫康，不顧政治，至於滅亡。（《淮南子》泰族訓）

再看公元一世紀之書《論衡》所載：

堯遭洪水，使禹治之。寒溫與堯之洪水同一實也。堯不變政易行，知夫洪水非政行所致。洪水非政行所致，亦知寒溫非政治所招。（王充：《論衡》寒溫篇）

在此只舉一條，其實單是寒溫篇一篇，所提示政治一詞已在四次以上。至王氏全書之言及「政治」者何止一二十處。其義俱同於今代。

外交

「外交」是我們現代政治詞彙。指不同邦國間之一切交往及種種形式禮制與習慣。其實，回顧歷史，這一個專門知識領域，不是西方獨有，而是中國上古已十分講究。我們習見孔子的提示，很是重視，若看歷史記載，自是遠在孔子之前就已形成完密體制。只是與西方不同，也不稱做外交。

我們現代重視外交很是積極而嚴肅面對。也滙合成專門學問，大學有外交系的傳授與研究。當然內涵全是西方的一套。因西方領導世界，所以外交規制全由西人確立。中國的自有一套可勿具論，別再述古。只是外交這兩個字詞彙，二千年前也早已出現。和今時定義相同。見之於《淮南子》。

> 外交而為援，事大而為安，不若內治而待時。（《淮南子》詮言訓）

哎呀！驚奇！紀元前二世紀的淮南子，好像是對著我們講的話。我們奔走頻繁到中美和非洲結納外援，又事奉美國大邦，依靠為安。淮南子卻說不如內治安民等待良機更為妥善。

國是

近年來政界、新聞界競談國是，也講國事。政客大僚以至領袖人物，也是大力爭取，裝點聲勢。三年兩載沉澱，大陸鍾意國事，上下口徑一致，台灣政界學界亦鍾意國是，慣常使用。但不論國事或國是其意旨內涵俱同，並無誰是誰非，誰高誰下之別，請放心使用，均不犯錯。

這裡要談，乃因國是自古就有，故事是紀元前六世紀楚莊王時代。文字記載是紀元前一世紀劉向所述。舉以參考，可以清楚認識國是一詞的正確義界，可少爭論。

> 楚莊王問於孫叔敖曰：「寡人未得所以為國是也。」孫叔敖曰：「國之有是，眾非之所惡也。臣恐王之不能定也。」王曰：「不定獨在君乎？亦在臣乎？」孫叔敖曰：「國君驕士曰：『士非我無逌富貴。』士驕君曰：『國非士無逌安強。』人君或至失國而不悟，士或至饑寒而不進。君臣不合，國是無逌定矣。夏桀、殷紂不定國是，而以合其取合者為是，而以不合其取合者為非，故致亡而不知。」莊王曰：「善哉！願相國與諸大夫共定國是。」（劉向著：《新序》卷二）

看了這段故事，可以使我們充分了悟「國是」一詞的真諦。

國族

自甲午中日之戰，中國戰敗，國人自此醒覺，視為大禍將臨，產生危亡意識。全面思想流趨，激於救亡競存，有多重之思辨，多樣之主張，鄙人有數種專文討論，不及引述。惟有一個辭彙自此見於文牘論說，尤熟見於二十世紀反帝國主義呼喚中。其反省自在於保衛國族。邁過五十年代，特至七十年代以後，國族一詞又少人提。實自二次世界大戰結束後，國際主義流行，而國族一詞就日趨褪色。然至二十一世紀起，國族觀念已漸油然復甦。值得學者反覆思考。惟單就國族一詞而言，則亦有古老來歷。可以驗之於《說苑》：

> 晏子曰：君之賜卿位以尊其身，嬰非敢為顯受也，為行君令也；寵以百萬以富其家，嬰非敢為富受也，為通君賜也。臣聞古之賢臣，有受厚賜而不顧其國族，則過之；臨事守職，不勝其任，則過之。君之內隸，臣之父兄，若有離散，在於野鄙，此臣之罪也。君之外隸，臣之所職，若有播亡，在於四方，此臣之罪也。兵革之不完，戰車之不修，此臣之罪也。若夫弊車駑馬以朝，意者非臣之罪也！（劉向《說苑》，臣術卷）

文中國族當指齊國全體，其一國之義與今時無異。有些思想前進的學者，像李遠哲等，聲言要做世界村公民，而竟無一地要收留他們，只好回到台灣做起大官來。這是忘本之人，當予責罵。

立法

二十世紀以來，中國進入民主政治時代，誰人不知立法重要。這個詞意的開先引用，及其闡釋意涵，早在一九〇六年孫中山首先創「五權憲法」學說之時已是宗旨釐定，全國信從，豈待煩言。而今解釋之權可以交託立法委員吧！雖然這個詞類而今天天出現當紅，其實也是古有來歷，在《商君書》出現兩次，可引據比觀，商鞅告秦孝公說：

> 伏羲、神農教而不誅，黃帝、堯、舜誅而不怒，及至文、武，各當時而立法，因事而制禮。禮、法以時而定，制、令各順其宜，兵甲器備各便其用。臣故曰：治世不一道，便國不法古。（《商君書》，更法篇）

同一書又申解言說：

> 國之所以治者三：一曰法，二曰信，三曰權。法者，君臣之所共操也，信者，君臣之所共立也，權者，君之所獨制也。人主失守則危，君臣釋法任私則亂。故立法明分，而不以私害法則治，權制獨斷於君則威，民信其賞則事功，下信其刑則奸無端矣。唯明主愛權重信，而不以私害法也。（《商君書》，修權篇）

立法言自商子，古今應無異義，只是古時由君，今時由民，出處不同，功用自大相逕庭。在此只能弔古，說出淵源而已。

憲法

以現代詞義來看，憲法的今義只是本於西方政治術語constitution的意旨，這是唯一的共喻之定義。自是指一個國家的基本大法，政府憑此制定政策，人民憑此保障權利。無人敢違背，無人敢破壞。道理是如此講，然有元奸巨惡陰險小人會加以篡改，玩法弄權，蠹國殃民。當世亦屢有見。

像這樣涵意的憲法一詞，實晚至二十世紀初才在中國文獻上出現。自一八四四年以來，早有數人介紹到美國，卻並未提及憲法一詞。學者介紹英國，也未論及憲法精神。直到一九〇五年日俄戰爭爆發。報紙上才透露一個專制帝國和一個立憲王國打起仗來，結果日本戰勝，遂使中國湧現立憲言論。憲法一詞也就流通開來。孫中山在一九〇六年宣揭他的「五權憲法」，要算是走在時代前端的代表文獻。因為清廷此時方在開始討論立憲的問題。尚要派大臣出國考察。其外就是一些報紙上的鼓吹了。我無意傅會古史，但可宣告，古代也有憲法一詞，卻是意義不同，願開列以供參考比較。《淮南子》有載：

申包胥竭筋力以赴嚴敵，伏尸流血，不過一卒之才，不如約身卑辭，求救於諸侯。於是乃贏糧跣走，跋涉谷行。上峭山，赴溪谿，游川水，犯津關，躐沙石，蹠達膝，曾繭重胝，七日七夜，至於秦庭。鶴跱而不食，晝吟宵哭，面若死灰，顏色黴黑，涕液交集，以見秦王曰：吳為封豨修蛇，蠶食上國，虐始於楚。寡君失社稷，越在草茅。百姓離散，夫婦男女，不遑啟處。使下臣告急。秦王乃發車千乘，步卒七萬，屬之子虎。逾塞而東，擊吳濁水之上，果大破之，以存楚國。烈藏廟堂，著於憲法，此功之可強成者也。（《淮南子》修務訓）

都會

歐美各國，近代早已分別首府與都會性質功能，但有者會分開兩地。如美國華盛頓和紐約，澳洲坎貝拉和雪梨，加拿大渥太華和多倫多，都是二者分開，各具功能。亦有二者合一之國，如英國倫敦，法國巴黎都是首府兼具大都會。

中國近代，首府是北京，而都會甚多，則有上海、天津、廣州、漢口、南京、青島、重慶。中國在三千多年前的西周起，周都稱京，一路沿承，謹守不變，值得國人驕傲。京城之外的各大城市，只稱都會，與西方同。若問中國何時分別京城與都會，答案所指是在紀元前二世紀的西漢時代。作為京城的長安要稱做京兆。當時有人口六十八萬。再加上鄰近左右兩個相輔的城市，左馮翊，有九十一萬人口，右扶風，有八十三萬人口，合之而稱京師，他地不能取代。然而其他地方著名大城市，則自西漢已有都會之稱。然而為數不多。據班固《漢書》記載，西漢之能稱都會者只有五個。可分記如下：

邯鄲，北通燕、涿，南有鄭、衛，漳、河（黃河）之間一都會也。（《漢書》地理志）

薊，南通齊、趙，勃（勃海）碣（碣石）之間一都會也。（《漢書》地理志）

壽春、合肥，受南北湖皮革、鮑、木之輸，亦一都會也。（《漢書》地理志）

江陵，故郢都，西通巫、巴，東有雲夢之饒，亦一都會也。（《漢書》地理志）

處近海，多犀、象、毒冒、珠璣、銀、銅、果、布之湊，中國往商賈者多取富焉。番禺，其一都會也。（《漢書》地理志）

要知道漢代弄到一個都會之稱的城市佔如何重要嗎？大概除京師之外，要算邯鄲、薊、壽春、江陵、番禺這五個城為最重要了。試比較記載看看：西漢是郡國制，通國的地點是：凡郡國一百三，縣邑千三百一十四，道三十二，侯國二百四十一。（《漢書》地理志）這裡一千多處城市，能稱都會者只有五個。比較之下，自可明白。

公社

公社在二十世紀後半成為天下共曉的詞彙，是共產制度下一種體制。吸引外國政治學社會學學者熱心調查研究。所熟知香港一位有名的社會學家名叫劉兆佳博士，有留學外國背景，申請到鉅款，與同僚合作，大肆搜考研究，著作成書，博得盛名。可是出版不久，公社竟戛然解散停歇，他的樂觀論斷全泡了湯。但卻未影響他的盛名日隆。我和他是大學同事，自然略有聞記。香港回歸之後，劉兆佳博士更被香港特首聘為首席顧問，乃有國師稱號。這都是公社為他博得高位。我提到他，只為寫公社此詞，可以借得高人聲光，免卻遭受批判撻伐。

公社的偉大不是現在，古已有之。宗旨功能不盡相同。二千年前有兩個出處來源。其一在紀元前二世紀的《淮南子》，可引舉參閱：

是月也（指十月），大飲蒸，天子祈來年於天宗，大禱祭於公社。畢饗先祖，勞農夫以休息之。命將率講武，肄射御，角力勁。（《淮南子》時則訓）

這裡公社是天子大祭所在，是何等莊嚴典重。另一來源，見之於紀元前一世紀的《史記》，可舉示參閱：

（漢高帝二年）高祖曰：吾聞天有五帝，而有四何也？莫知其說。於是高祖曰：吾知之矣。乃待我而具五也。乃立黑帝祠，命曰北畤。有司進祠，上不親往。悉召故秦祝官，復置太祝、太宰，如其故儀禮。因令縣為公社。下詔曰：吾甚重祠而敬祭。今上帝之祭，及山川諸神當祠者，各以其時，禮祠之如故。（《史記》封禪書）

這是出於漢初歷史，本之於高帝詔令，承命而立公社，為祭祀上帝、山川諸神祠祀。更是尊崇神聖，無以復加。

鐵幕

二次世界大戰結束後，國際上立現出美俄兩強對峙之局。主義信仰，也成兩大壁壘。世人熟知，不待重述。其時西方領袖人物有邱吉爾創出鐵幕一詞，專指蘇俄共產陣營，成為當世名言，流行有半世紀之久。邱吉爾創作版權不可奪也，自是一代新詞，無可疑也。造成宣傳優勢無可敵也。多人引據，不可掩也。歷史意義不可泯也。

鐵幕一詞中國古已有之，其意涵界說則絕然不同。其源見之於《史記》，略可舉示於次：

蘇秦主張合從六國以抗強秦，遊說六國國君。見韓宣王時，講說一番，無法備舉，論及韓國武備，有以下讚譽之詞：

> 韓卒之劍戟皆出於冥山、棠谿、墨陽、合膊、鄧師、宛馮、龍淵、太阿，皆陸斷牛馬，水截鵠雁，當敵則斬堅甲鐵幕，革抉□芮，無不畢具。（《史記》蘇秦列傳）

看此說辭，戰國之所稱鐵幕，只不過是護身鐵甲而已。並無簾幕之意。故而與前述之鐵幕只是同詞異義，彼此不能相通。

二〇〇六年八月十五日
寫於新大陸之柳谷草堂

卷七

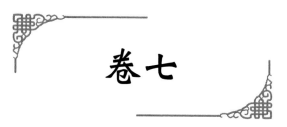

愛國

中國語詞中，愛國一詞原為常用，而自二十世紀初，雖然仍是清末，而在通俗文學之小說與說唱小調中已經不斷出現愛國一詞，表現國人在警覺危亡之恐懼與世界虎狼之國對中國無饜之求，強取豪奪之隱恨。終竟於此時代群起愛國之呼求。特別至於民國二十年（一九三一）九月十八日，日本帝國主義者大舉進兵，侵佔我東三省，更激起中國全民危亡意識，愛國呼聲更不斷流布，直迄抗戰勝利，實為全國上下老少青壯婦孺廢疾人人俱蘊蓄愛國心情，以為抵抗外侮打倒帝國主義之最簡易淺白的呼聲。這裡也要釋詞，使勿忘國恥與亡國傷痛。

愛國一詞在戰國時代已有所見，可以考見於一段故事：

> 秦令樗里疾以車百乘入周。周君迎之以卒，甚敬。楚王怒，讓周，以其重秦客。游騰謂楚王曰：昔智伯欲伐仇由，遺之大鐘，載以廣車，因隨入以兵，仇由卒亡，無備故也。桓公伐蔡也，號言伐楚，其實襲蔡。今秦者，虎狼之國也。兼有吞周之意，使樗里疾以車百乘入周，周君懼焉，以蔡、仇由戒之。故使長兵在前，強弩在後，名曰衛疾，而實囚之也。周君豈能無愛國哉？恐一日之亡國，而憂大王。楚王乃悅。（《戰國策》西周策）

文中愛國一詞與今時同義。

國務、制度

以詞意而言，國務與制度兩詞不同義界亦各自具功能。此事十分明顯，在本文放在一起，僅為典源同在一處，二者並非相通，但卻同地出，同時並舉。自可免重複舉證。質言之，此處所列兩詞，乃是各自獨立，彼此應無關繫。

二十世紀民國肇建以來，國務為政治上通行詞類，網羅萬機，掌司百僚，舉凡國家要政俱須以國務概括之。自民初之唐紹儀，今時之溫家寶自俱稱為國務總理，各部會首長乃得為國務委員。亦當可推見其重要性。國務一詞底是當今要典，而實亦古有其說，意旨相同。

大談制度，亦是現代新典，在抗日戰爭之後方見流行，二十世紀後半，為政治學家帶起，大著歷代政治制度研究書，成為風氣。二十世紀至今，無論學人政客，大小官紳，俱都常用並習見制度一詞。雖然很現代，卻亦早見於古代法家之書。舉證以供學者對照：

凡將立國，制度不可不察也，治法不可不慎也，國務不可不謹也，事本不可不摶也。制度時，則國俗可化而民從制；治法明，則官無邪；國務一，則民應用；事本摶，則民喜農而樂戰。夫聖人之立法化俗，而使民朝暮從事於農也。不可不知也。（《商君書》一言篇）

這裡舉證，甚盼識者以國務與制度作兩詞看待，免使後人疑我有混淆之嫌。

經費

經費為今時官私文牘習見之詞。所指機關公司經營過程中之種種金錢聚散收放之周轉開銷，自是普通常識。然推之中古，早有出現，意義全同，可舉八世紀時劉知幾所記：

先是，秦（前秦）秘書郎趙整修撰國史，值秦滅，隱於商洛山，著書不輟。有馮翊、車頻助其經費。整卒，翰（梁州刺史吉翰）乃啟頻纂成其書。以元嘉九年起，至二十八年方罷，定為三卷。（《史通》古今正史）

鄙人學識譾陋，雖在此舉證古籍，卻不能保證此例最早。祈盼識家指教。

介紹

介紹一詞，日日常用，人人熟見，何須疏解？彼此之間為溝通橋樑，中間聯繫，是為介紹。惟古今同詞同義，卻書為紹介，今久不用，以為稀見。昔年陳寅恪先生著《元白詩箋證稿》書中迭言紹介，吾則末學寡識，曾議其後。果然受到漢學家老前輩陳祚龍先生來文駁正。當然引領受教，使讀書更加用心。下舉一例，可知紹介出處：

此時魯仲連適游趙，會秦圍趙，聞魏將欲令趙尊秦為帝，乃見平原君曰：事將奈何矣？平原君曰：勝也何敢言事？百萬之眾折於外，今又內圍邯鄲而不能去。魏王使將軍辛垣衍令趙帝秦，今其人在是，勝也何敢言事？魯連曰：始吾以君為天下賢公子也，吾乃今然後知君非天下之賢公子也。梁客辛垣衍安在？吾請為君責而歸之。平原君曰：勝請召而見之於先生。平原君遂見辛垣衍曰：東國有魯連先生，其人在此，勝請為紹介而見之於將軍。辛垣衍曰：吾聞魯連先生，齊國之高士也。衍，人臣也，使事有職，吾不願見魯連先生也。平原君曰：勝已泄之矣。辛垣衍許諾。（《戰國策》，趙策三）

馬路

世人習知馬路為何物，三尺童子俱曉，還待學者疏解？也許人人大意，不能料到紀元前六世紀就已常用，意旨與今日全同。請一參考《左傳》所言，公元前五百二十二年有記載：

> 丙辰，衛侯在平壽，公孟有事於蓋獲之門外。齊子氏帷於門外，使祝蛙寘戈於車薪以當門，使一乘從公孟以出。使華齊御公孟，宗魯驂乘。及閎中，齊氏用戈擊公孟，宗魯以背蔽之，斷肱，以中公孟之肩，皆殺之。
>
> 公（在平壽之衛侯）聞亂，乘，驅自閱門入。慶比御公，公南楚驂乘。使華寅乘貳車（即副車）。及公宮，鴻駵魋駟乘于公（即四人擠在同車）。公載寶以出。褚師子申遇公於馬路之衢，遂從。過齊氏，使華寅肉袒，執蓋以當其闕。齊氏射公，中南楚之背，公遂出。寅閉郭門，踰而從

公。公如死鳥（死鳥地名）。析朱鉏宵從竇出，徒行從公。（《左傳》昭公二十年）

此段文字，若將人名地名一一指出，讀來不難。人名有衛侯、公孟、齊子氏、祝蛙、華齊、宗魯、慶比、公南楚、華寅、鴻騮魋、褚師子申、析朱鉏等。地名有平壽、蓋獲、死鳥等。

行李

行李是官宦客商出外旅途舟車往返，隨身攜帶備用諸物之箱笥包袱之屬，明清至今，說部常見，世人熟知。其詞則早見之於紀元前七世紀，但所指實義則完全不同，古今有別，值得對照參酌。可見於《左傳》所載，事在紀元前六百三十年：

九月，甲午。晉侯、秦伯圍鄭，以其無禮於晉，且貳於楚也。晉軍函陵，秦軍氾南。佚之狐言於鄭伯曰：國危矣！若使燭之武見秦君，師必退。公從之。（燭之武）辭曰：臣之壯也，猶不如人；今老矣，無能為也已。公曰：吾不能早用子，今急而求子，是寡人之過也。然鄭亡，子亦有不利焉。許之。夜，縋而出。見秦伯曰：秦晉圍鄭，鄭既知亡矣。若亡鄭而有益於君，敢以煩執事。越國以鄙遠，君知其難也。焉用亡鄭以陪鄰？鄰之厚，君之薄也。若舍鄭以為東道主，行李之往來，共其乏困，君亦無所害。且君嘗為晉君賜矣，許君焦、瑕，朝濟而夕設版焉，君之所知也。夫晉，何厭之有？既東封鄭，又欲肆其西封。不闕秦，將焉取之？闕秦以利晉，惟君圖之。秦伯說，與鄭人

盟，使杞子、逢孫、楊孫戍之，乃還。（《左傳》僖公三十年）

引文中所見之行李一詞，古在指稱行人之官，也就是穿梭列邦之外交官。絕與現時通行意義不同；而今時定義自亦完全異於前古。

滿貫

此詞原本是繩子穿銅錢達到全繩用到盡頭，也就是銅錢貫滿全個繩子之意。若果家產萬貫，豈不就是一個財主？引申義對於造孽最深，作惡最多者，也稱之為滿貫，成語所謂之惡貫滿盈的就是。卻絕不用作形容做善事。打小牌有習用大滿貫小滿貫說法，也是由繩子貫滿銅錢引申而來。自是常識。像這樣淺俗詞句，也是從古代傳承下來，戰國末期韓非子就有引稱：

有與悍者鄰，欲賣宅而避之。人曰：是其貫將滿矣，子姑待之。答曰：吾恐其以我滿貫也。遂去之。故曰：物之幾者，非所靡也。（《韓非子》說林下）

甘脆

甘脆常詞，日有所聞，人俱通曉。一般形容爽快利落，直截了當。其原出於嗜嘗咀嚼，口感肉糜、魚蝦、醢酪、瓜菓，喜愛甘美酥脆等滋味。今時用引申義，人俱忘掉甘脆來自飲食味覺。然古代文書，尚存原典，見於紀元前三世紀《呂氏春秋》：

故曰：遇合也無常，說適然也。若人之於色也，無不知說美者，而美者未必遇也。故嫫母（著名醜女）執乎黃帝，黃帝曰：厲女（汝）德而弗忘，與女（汝）正而弗衰，雖惡（醜惡）奚傷？若人之於滋味，無不說甘脆，而甘脆未必受也。文王嗜昌蒲葅，孔子聞而服之，縮頞（縐著鼻子）而食之，三年，然後勝之。（習慣）（《呂氏春秋》遇合篇）

有理

二十世紀也會流行有理，看來荒謬，反映人心浮動。主要是處在顛倒是非黑白的世代。帝國主義侵略土地，無不恃強蔑理，卻無不振振有詞，提出堂而皇之大道理。雖然如在於我們，還是得真正占理，對抗強權就是公理。

天天看厭偽善的政客大談公法公理。學者若要用心，可以細考誰真誰假，然而有理總會被掌握在強者手裡。我非有權有勢，只是一介書生，去年就出一本叫做《揄揚京戲有理》，為中國戲劇存續暴白拙見。雖是採用「有理」一詞，卻決非追隨潮流。根據取自古人陳說。請看《淮南子》的說法：

規（圓規）之為度也，轉而不復，圓而不垸（轉動），優而不縱，廣大以寬。感動有理，發通有紀，優優簡簡，百怨不起。規度不失，生氣乃理。（《淮南子》時則訓）

《淮南子》在講天地四時，闡說五位、六合。宏論浩瀚，博大精深。全是申述天地自然之理，所示有理一詞，只有微處。鄙人不敢輕易引用，未作拙書依據。拙書《揄揚京戲有理》，只是雕蟲小技，既談戲劇，要找同道中先賢名家借來號召。故而引括元代戲劇家鄭光祖之言。宣揭宗旨，鄭氏曰：

天地之中，一陰陽也，陰陽分而天地定，陰陽交而萬物生。天地有理，陰陽有理，萬物有理。

（《醒世一斑錄》）

雖然世變紛乘，我們愈是弱勢，愈要占得有理。思緒謹循，目光開亮，不要跟著流行風氣浮沈。

掛羊頭賣狗肉

我國二十世紀期間，無論政治多樣，學術尤變幻百端，世人為之眼花繚亂，神魂顛倒，中無主宰，難辨真偽。僉壬之人，學殖空乏，卻點子多多。不免大用廣告手段，打出新奇名號，或宣揚理論，或暴表政術，號召群眾，網羅信徒。雖然鍍金招牌閃亮，而貨色粗製濫造，言談鄙陋膚淺。而這些得道高人，仍不厭講經說法，天花亂墜。世人受騙，甘被愚弄。或得醒覺，遂噱稱為是掛羊頭賣狗肉。雖是俗典，表現洞察世情。深值引重。這一說法，古代早有，出於兩種書，竟是同一故事。請先弄明白，反轉來說，一個說詞，兩種喻境，應是同曲異功。春秋齊國晏子的故事，如下：

靈公好婦人而丈夫飾者，國人盡服之。公使吏禁之，曰：女子而男子飾者，裂其衣，斷其帶。裂衣斷帶相望，而不止。晏子見，公問曰：寡人使吏禁女子而男子飾，裂斷其衣帶，相望而不止者何也？晏子對曰：君使服之於內，而禁之於外，猶懸牛首於門，而賣馬肉於內也。公何以不使內勿服，則外莫敢為也。公曰：善。使內勿服。踰月，而國莫之服。（《晏子春秋》內篇雜下，此故事又見《說苑》卷七）

所見懸牛首賣馬肉與掛羊頭賣狗肉，二者聲口相同，但各自彈射功用不同。看來古典不具吸引力，而今典則淺顯突出，彈射力強，攻伐效果高。其在瞬息多變之世代如今時，也就需要廣，出現頻，鬼蜮伎倆難逞，欺世盜名之徒亦難逃揭發，自是一個重要今典。

挾天子以令諸侯

在此提示「挾天子以令諸侯」算是今典，學界必有疑議，卻一定人人俱知這一詞句，乃是常識，一概放心引用。特別是當代外交史大師唐德剛先生最善用於當今之國際現勢。自從二十世紀中葉誕生了「聯合國」這一個世界性機構，美國在國際舞台向來執牛耳，半世紀以來，一直是挾聯合國以令諸侯，用來維持獨霸世界地位。唐氏立說，明快精準，真一語中的，形容切當，具見史家透視眼光，令人欽服。

在眾家知書之士不難想到明代《三國演義》所描述的奸雄曹操是挾天子以令諸侯。真要感謝這種通俗性歷史教材，令我們廣泛熟知這個典故，提出這一句話，就會回味到一大串奸雄故事。真是功效宏大。雖是如此簡單鮮明，若要推求典源，卻要一下子跳到紀元前四世紀。此是出於縱橫家張儀所陳說，願為舉示以供參考：

司馬錯與張儀爭論於秦惠王（公元前三三七到三一一年在位）前。司馬錯欲伐蜀，張儀曰：不如伐韓。王曰：請聞其說。對曰：親魏善楚，下兵三川，塞轘轅、緱氏之口，當屯留之道，魏絕南陽，楚臨南鄭，秦攻新城、宜陽，以臨二周（東周、西周）之郊，誅周主之罪，侵楚魏之地。周自知不救，九鼎寶器必出。據九鼎，按圖籍，挾天子以令天下，天下莫敢不聽，此王業也。（《戰國策》秦策一）

可注意一點，就是典源本來是：挾天子以令天下。而非以令諸侯。不惟《戰國策》如此寫，《史記》張儀列傳所載亦同。乃至劉向《新序》也作此相同記載。直到晚清光緒二十年（一八九四）王闓運門人，翰林院檢討宋育仁亦是引稱「挾天子以令天下」。典源自無足疑。但是奉勸世人不必為此而改作，此典已深入人心，已是天下共喻，沒有必要堅僻固拒。

丙戌中秋節（二〇〇六年十月六日）

寫於新大陸之柳谷草堂

卷八

這裡要略為提出一些西文之中譯詞類，不免粗簡枯燥，但有些妙譯、有些拙譯，且拙劣之譯什佰倍蓰。而雅譯真少，主要是凡治近代史則決然不能躲過。我人也極費破解，亦有不少譯詞，已難以找出原文。是所遺憾。恐怕也是治史之家共同難題。

看來妙譯最難，陳三井教授為我舉示一個，是把Fontainebeleau譯為楓丹白露，甚是典雅，當是出於江浙學者之手。特別是用上海話讀之是最恰切。

再舉雅譯，則有嚴復所譯之赫胥黎（Thomas Henry Huxley, 1825-1895），嚴復此譯是古今絕唱。蓋形容人類進化學者，是用遠古傳說中赫胥氏時代之民為最恰切。此正可見嚴復古學根柢之厚。

今代並非沒有雅譯，像迷你裙、愛滋病俱是恰切精品。像互動（interaction）這一詞就是濫譯。三十年前我著文批評過。他們全不看前人史家張蔭麟是如何譯法。

三十年前我到美國夏威夷大學訪問一年。他們校區用當地土民稱之為Manoa Valley，我為之譯為蔓娜娃，以為情景語音俱合。仍當請教高明。以下即須展放枯燥了。

中國的雅典

世人不知中國有個名城被西方人稱做中國的雅典。所指的就是杭州。當時是在清咸豐八年（一八五八），提出的人是英國來華教士楊格非（Rev. Griffith John）他是在一八五五年到上海，天天念著想訪問杭州。自有記載說：I intened, as soon as possible, to proceed to Hang-Chow, the Athens of China, which is only 150 miles from Shanghai。後來楊格非到了杭州遊觀四天，跟著又記述說：At the beautiful city of Hang-

Chow, the Earthly Paradise, according to the Chinese saying, Mr. Lea（另一位英國教士, William Knibb Lea）and myself spent four days.其時間應在一八五八年九－十月間。他們自然要傳教講道。但也對杭州著名勝地：聖因寺和昭慶寺遊觀。這些古典名勝而今久已不存，真有損中國雅典之名。（參見Ralph Wardlow Thompson, Griffith John: The Story of Fifty Years in China.）

後來楊格非去漢口傳教，一住就是五十年。是中部地方一位重要名人。

中國的布萊頓

布萊頓（Brighton）是英格蘭島最南面臨海的市鎮，是英人夏日遊樂戲水及沙灘席臥享受悠閒的勝地。向南面海，修築人工長堤，直伸入海，供人深水游泳、跳水以至帆船穿梭。我在旅英期間到訪此地兩次，每次只有半天，當年聞知凡台灣留英人士，也多半結伴來此，聽其津津樂道。我之來此，一次與台灣來的朋友同來，一次是參加英國當地旅遊團。兩次我都曾進入英王喬治四世所創建的Regent Pavilion，我把它譯作攝政園。外表是阿拉伯回教寺穹頂殿堂，而宮內陳設裝飾俱仿中國皇宮。英人保護良好，華貴堂皇，很壯麗美觀。並印有說明圖發售，我也買了來。

請別忘記，中國人對於布萊頓並不陌生。中國最初駐使英國參贊黎庶昌曾到此一遊，寫下「卜來敦記」傳世，為時在一八七六－七七年間。另有駐英公使薛福成曾來此地小住數日，著有「白雷登避暑記」傳世。如果說我們也有一個中國的布萊頓，那是何所指？說的就是山東的煙臺，西方文獻從來不稱煙臺，而稱芝罘（Che-foo），這是出於英人的一般印象，起先也是到過煙臺的英國教士提出倡說，而英國商人外交家也跟著承認。光緒初葉的駐華公使威妥瑪（Thomas Francis Wade）在和李鴻章交涉條約時就指定到煙臺見面。所以就在一八七六年議訂了《煙臺條約》。總之煙臺就是旅華英人所喜愛的地方。煙臺自然條件遠過於英國布萊頓，主要有芝罘半島伸入大海，備受英人喜愛。

般那畢地

舉出這一譯名，出於一八一五年英國攝政太子（Prince Regent）所寫致中國皇帝嘉慶的書信。為先業師郭廷以先生引據於近代史書。般那畢地所指就是今世熟知的拿破崙。這裡引據英皇太子書信之譯文如次：

> 我老國王（George Ⅲ）撫有一國，地方遼闊。今因年老有病，將通國地方事務，全交與長子掌管（即George Prince Regent）。我太子時常思念天朝乾隆太上皇帝英明恩德，萬邦欽服。我太子自攝政以來，一向與佛蘭西國戰爭，無時寧息。今因將佛蘭西國假王般那畢地（Napoleon Bonaparte）捉獲，另立佛蘭西舊王親人做佛蘭西國真王，本國與各國俱寧靜無事。我太子是以專差大臣，敬詣天朝，叩見大皇帝。

後世不遵此譯，而亦用字不定。如一八六三年丁韙良（William Alexander Parsons Martin）繙譯《萬國公法》其中使用拿波良以為正名。似此一代梟雄，其不同譯稱，不可不知。

沃爾日

站在般那畢地的敵對方面，就是沃爾日，也就是英國國王喬治三世和喬治四世。這種更早出現原自清乾隆晚年，在五十八年（一七九三）英國派遣馬戞爾尼（George Macartney）出使中國的時期，George III的中譯是用沃爾日，這也是從郭廷以先生近代史書中取得的。

插白1

下面要略論兩三個錢鍾書所破解的譯稱。錢氏破解近代譯詞甚多，茲舉三個以為代表。

其一，羅亞爾科里叱阿甫非西昇斯。其英文原詞則是Royal College of Physicians。

其二，納慎阿爾畢覺爾嘎剌里。其英文原詞是National Picture Gallery。

其三，阿博爾立真里斯卜羅德克升蘇賽野得。其英文原詞則是Aborigines Protection Society。

像錢鍾書乃是今代國學大師，而同時精通西文，吾自欽服其精於唐宋詩學，尤敬仰其西方文學之精博，真乃當代博雅大家。無人能望其項背。只是也有偶而失誤。似未及慎教門下。所見其於清人宋育仁所著《泰西采風記》，其中譯詞有「由吝爬雷斯」一語，其門人破解之為英文Unit Place。此譯有誤。吾十多年前有文載於韓國西江大學《東亞研究》第七輯，一九八六年刊。文中引用「由吝爬雷斯」，所采英文原詞是Union Parish。這只是英國地方教區住民之聯合，他國所無。知之者少。在此請教方家。

插白2

在此也略舉我在做研究時所破解的一些譯詞：

其一，鼻連士阿刺巴，其原英詞是Prince Albert，就是英女王皇夫。

其二，丙次阿不爾，其原來英詞也是Prince Albert，與上舉相同。

其三，沙・有哥哈，其原英詞是Sir Hugh Gough，乃鴉片戰爭時英國陸軍統將。

其四，沙・外廉巴駕，其英原詞是Sir William Parker，乃鴉片戰爭時英國海軍統將。

其五，羅洛堅，英原詞為Royal General。

其六，未士洛云，英詞為Viceroy。

其七，馬凝接，英詞為Major General。

其八，馬鼇士列，英詞為Magistrate。

其九，比利呢布顛剃衣彌，英國語詞為Plenipotentiary。

其十，贊你留，英原詞為General。

其十一，押米婁，英原詞為Admiral。

其十二，班地文，英原詞為Van Diemen's Land，此係地名，但早已不見於地誌。因為自從一八五六年改名稱為Tasmania，就是澳洲南面的大島。我解地名不一，但只在此提示一個地名。

其十三，魏灑，再增一個地名，這就是Versailles，是國人熟知的梵爾賽宮。但道光時期文獻官方稱之為魏灑。

其十四，沛根，英原詞是Pagan，這一語詞在十九世紀文獻上是對國人的貶詞。命之曰：沛根人。

總括而言，這是舉例，無法多列。請教同道識家。

因地密特

此詞英文原字是intimate，就是親密的、交好的意思。一點不錯，須知在鴉片戰爭結束，江寧條約訂後，大清欽差大臣耆英與英國代表樸鼎查（Henry Pottinger）通信文書，已經使用因地密特稱呼，並用中式抬頭書寫，這使英方在華人士驚訝而讚歎，像這樣中朝高官，雖已年老，而能如此對洋人親切稱呼，特別是因應英國禮貌習慣，這是十分難得。實博得一致稱讚。（可參看拙文：《耆英外交》）

斯大尼老儒臉

此譯真粗俗，但是很重要。此是人名，就是法國十九世紀最著名，最受人尊敬的大漢學家儒蓮（M. Stanislas Julien）。早期中國學者王韜為作傳。

這個譯稱的提出，是在咸豐五年（一八五五）六月十七日，法國駐上海領事艾棠（B. Edan，在中文常見的譯名是伊擔），致信給中國官員吳煦。對於法國學界之重視中國文物書籍以至人文來往抱很大希望，可以明白那時法國漢學界的概況：

本領事先拜懇貴府辦一要事：因本法國有一博學之士名斯大尼老儒臉，乃是西洋諸國第一通達中國文學者。該士曾托貴府所已識之本主教孟大人（孟振聲，Bishop Joseph Martial Mouly, 1807-1868）在中國代買漢滿書有二十餘年，未嘗尋獲。貴府書通萬卷，諒知各書出處，本領事倚相好之誼，敢請代買，以助本領事之光榮也。西洋諸國，惟法國多年為第一熟習學問才藝者，諒貴府已聞而知之矣。（以下尚有暢論法國學術之精深，渴望中文書之般切，不及細載）（艾棠此信收入於《吳煦檔案中的太平天國史料選輯》）

鴨那吉思

此詞出於駐英參贊宋育仁在光緒二十年（一八九四）所提，英原詞是anarchist意譯就是無政府主義者。其重要性是表示西方近代這一思想是在此時引進入中國，同一時間，宋育仁也大談俄國虛無黨。一八九四年實俱已出現。而並非出現於中日甲午戰後。

根鉢子

此一譯稱早出現於同治光緒之際，原詞是gunboats，有何重要，就是李鴻章在同治年間已在批評閩滬兩廠所造新式輪船，只是相當於西洋的根鉢子，那是不足應戰的。後來他在光緒元年（一八七五）朝廷畫定海軍經費之後，就一意要購西洋新式軍艦，所需者乃是重型戰艦。李鴻章不是智慧不夠，而是國家財力不濟。根本思考，李鴻章全思慮到了。

殷勤

中國在一八七二年創設輪船招商局，由盛宣懷、朱其昂、鄭觀應、唐廷樞等人督辦推動，購買外洋客貨船運載漕糧及旅客。到此之時，「殷勤」一詞也跟著出現。Steam engine是每船必具。於是engine就被招商局官員譯成殷勤。可能是出於盛宣懷之手，現在只能在盛氏文獻中著作中見到殷勤這一詞稱。乍看就會誤解。我在編輯盛氏文獻，也就破解此譯。後來使用不便，於是改稱引擎。此詞甚好，不致引人誤解。可能仍是出於盛宣懷所譯。

阿屯姆

阿屯姆在我國文獻上出現，可見者為一八九六年天才語文家沈學所引，出其書《盛氏元音》，出書之年他方二十四歲。原來自十九歲以英文寫書名*Universal System*。而在其二十二、三歲時輯譯成中文，命之為《盛世元音》。阿屯姆就是今日所謂之原子（atom）。沈氏論其為宇宙攝力之本原。義與今同，但卻足代表十九世紀中國言原子者之先驅。

二〇〇六年十一月十九日寫於
新大陸之柳谷草堂

卷九

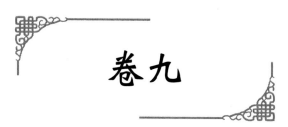

阿爾熱八達

此詞在歷史上已是清代前期，自是十七世紀一個詞目。實則關乎中西學術文化，更重要之點，乃是啟始於康熙皇帝的引用與申解。當年大數學家梅文鼎受康熙帝之禮重，而將其孫梅瑴成引進宮廷「蒙養齋」陪伴他演習算學，這個阿爾熱八達算法傳授就是出自於康熙皇帝。這裡可引據梅瑴成的記敘云：

> 供奉內殿，蒙聖祖仁皇帝授以借根之法，且諭曰：西人名此書為阿爾熱八達，譯言東來法也。敬受而讀之，其法神妙，誠算法之指南。而竊疑天元之一術，頗與相似。（《清史稿》梅瑴成傳）

就此看，康熙是精於算學。故能尤其一手編成《數理精蘊》一部大書。

不過康熙所告訴梅瑴成的話，有三個詞要解釋清楚。一是阿爾熱八達，這是西文Algebra的音譯，在今天是中學生初高中俱要讀的《代數學》，自是人人共知。二是「東來法」，這是西歐人指認這門學問是從東方傳來的，在十七、十八世紀，中國學者誤認為這個東來法是指中國。其實是指的阿拉伯地區。三是康熙皇帝傳授梅瑴成「借根之法」。自然同樣是指代數學。只是自十七世紀以至十九世紀，中國學者久已熟用「借根法」而一致命之為「借根方」。可知的有效證據是在同治三年李鴻章致總理衙門大臣書信，尚在引用「借根方」（見《海防檔》機器局），實直到李善蘭到北京同文館講授算學，其時方改稱代數學，直到今天。

伯理璽天德

在中國文獻首次出現「伯理璽天德」這一詞目，可確定指實是在一八四四年，是很嚴肅的出於美國遣使來華建交，表現於美國國書上的正式譯稱，就是將President譯成伯理璽天德。凡我史界學者，以至知書之士，向來稱譽此一譯稱的精妙莊肅，推之為高雅譯品。

世人若果進一步考究，像這樣高妙譯筆，想知道出於誰手，則是很難。在一八四四年在華著名的寫美國史的人有兩位，一是美國教士裨治文（Elijah C. Bridgman），他在一八三八年出版了《亞美理格合省國志略》，但其書只言美國統領，未用伯理璽天德。但裨氏乃美國人，仍有可能尤其譯出。另一位華人學者梁廷枏，在一八四四年著成《合省國說》，但可肯定說，他也是寫美國統領，而亦無緣承擔繙譯國書之任。

處理美國國書之繙譯，中美雙方俱都重視，在此可舉直接相關文獻，俱出於道光朝《籌辦夷務始末》，道光二十四年八月十四日兩廣總督耆英奏：

> 當經密飭即選道潘仕成僱覓能識夷字之人，將該夷國書發交詳譯。正在辦理間，復據該夷使顧盛（Caleb Cushing）呈稱：前繳國書若照本國文字進呈大皇帝御覽，恐辭不達意，是以乞求本處士人譯好謄正，於要義均無遺漏等語。並將譯漢國書一件呈送前來。查閱並無違悖字句，當將該夷使所呈漢字之件，復交即選道潘仕成，飭令能識夷字之人與原書詳加核對，大意俱屬符合。

於此可以知道，美國國書係美使顧盛請當地通曉英文之華人學者代譯。即不能查得此人為誰。現在可一參看美國國書起首一句：

亞美理駕合眾國伯理璽天德玉罕泰祿（John Tyler，第十任總統）恭函，專達於大清大皇帝陛下。

至此應可相信，這份國書的一切文字，俱是美國來使在廣州當地譯成的。自非出於西洋教士之手。中國草莽自有高人。就總統大名王罕泰祿，也是使之莊肅富貴。

文思爾喀什爾

此詞出於一八六六年斌椿所著《乘查筆記》，是近代中國派遣最早旅遊歐洲八個月行程的活動，記下來到英國的文思爾喀什爾訪觀。這是甚麼所在？就是英國的一處皇宮Windsor Castle，今時習稱溫莎宮。

司鐸火木

此詞出於一八六六年張德彝所著《航海述奇》，他在此年承總理衙門派為斌椿旅遊歐洲的隨員。和斌椿父子及其同文館二位同學鳳儀（字夔九）、彥慧（字智軒）共五人使團，一路遊訪歐洲十國，非洲一國與亞洲四國。此是到達瑞典國也就是藍旗國京城，記載為司鐸火木，西名即是Stockholm。今世譯稱大為不同。

麥士尼為能

此是一個英國人名，在清同治前期到達中國，本名叫做 William Mesny，今世史家已多不知其人，實在中國官方文書在同治、光緒之間長期出現。我曾在英國見到他的大紅名刺，大書麥士尼為能。在中國西南省分先在四川後在雲貴承地方大吏引重，辦理軍械購置與製造。先後服務於丁寶楨、岑毓英、潘霨等人旗下。在中法越南戰爭期間，代中國地方官製造槍礮。越南使臣阮述在一八八二和一八八四之間在華活動，其日記中提到麥士尼為能。我的香港中文大學大學前輩陳荊和教授退休之後，擔任中國文化研究所所長。他精通法文、日文，當時他在整理《阮述日記》，準備詳加註譯，承他不棄，邀我為之校訂，是我將若干奇怪字改正並補上麥士尼為能的原文名。承他本之史家嚴格精神，在附註中說明我的效勞微力。前代長者之醇正誠謙，令我永誌不忘。像陳教授這種風範，今日學界少見。在此順便為之暴白。

美士克勒白

此詞出於一八九八年，為久居上海的天才語言學家沈學所提，他自十九歲以英文寫書，五年後又譯成中文，號曰《盛世元音》，梁啟超在一八九六年《時務報》上為之撰序刊布。但此詞不在其中，而係一八九八年在澳門《知新報》刊布其所提示的上海傳習西洋的一種神祕會社，稱之為美士克勒白。自然是完全洋化西俗。我有對沈學研究，刊布於二〇〇五年國立台灣師範大學《歷史學報》，文中註譯美士克勒白就是Mask Club。在此提出，仍然向同道識家請教。

煙時披里純

在二十世紀三十年代文人，最喜文章言語中間夾帶英文譯音字，不及在此細舉。惟在文家思想家中間，卻以引稱煙時披里純為最受人喜愛與仰重，世人俱知此詞是本之於英語inspiration，意譯就是靈感、啟悟、敏覺的意思，雖然人人引稱，而在中國誰是創先使用者？恐是多數人難於解答。大家可以回顧前塵想一想。

由於此是小焉者一個日常用辭，自是無人特意大肆搜考，使有考據能力的人窮究苦索。在我是無意中見到，可以敬告學界！此詞最早啟用於馬君武，為時甚早，是在清光緒三十二年（一九〇六）。相信沒有人比他更早。他有一首詩，繫年作於丙午，就是一九〇六年。是他恭賀高劍父新婚之詩。可引以為據：

娶妻須娶意大里，嫁夫當嫁英吉利。我讀歐史每懷疑，知是英雄欺人語。羅馬詩豪說但丁，世間童孺皆知名。自言一卷歡神曲，吾婦煙時披里純。只今更說偷通族，地球到處立新國。史家謂是婦人力，殖民辛苦家庭樂。化學有要旨，分子之原是原子。吾民未造新家庭，侈言新國徒為耳。金山高劍公（高旭），與吾言此理。自築萬樹梅花庵，造新家庭自隗始。二十世紀之六年，秋中花好明月圓。天地歡喜群靈集，我來聽詠關雎篇。七龍五鳳然華燭，莞蒻挑笙陳綺席。天女排雲擁桂冠，飛仙奏仗張鈞樂。我祝高劍公，並祝劍公婦。澄清天下先一空，改革社會雙聯臂。猗歟休哉，琉璃之杯香雪酒，舉杯齊起為君壽。（見《馬君武先生文集》）

附曰：吾早知梁啟超曾在一九〇二年宣示「煙是披理純」一詞，竟忘卻添注本文，謹申抱愧之情。近年吾聞學界後生有人要研究馬君武，但願俱能鑑賞其詩才。

炒扣來

注意：自此以下共三則詞目，係湖南嶽麓書社鍾叔河先生譯解，特此聲敘。「炒扣來」一詞，出於一八六六年張德彝所著《航海述奇》。在二十年前鍾叔河編註此書時就已解明是指chocolate，今日最常見的巧克力。但這個炒扣來的譯稱，應該是中國文書中最早出現之詞，當引張氏所載：

> 辰刻客人皆起，在廳內飲茶（指在輪船餐廳）。桌上設糕點三四盤，麵包片二大盤，黃奶油三小盤，細塩四小罐，茶四壺，加非二壺，炒扣來一大壺，白沙糖塊二銀碗，牛奶二壺，奶油餅二盤，紅酒四瓶，涼水三瓶。客皆陸續飲食。（《航海述奇》）

冰積凌

這個詞目冰積凌，也是鍾叔河先生譯解。亦出於一八六六年張德彝所著之《航海述奇》，意思很恰切，就是今日習見的冰淇淋（ice cream），自是十分流行，不及張氏譯稱之精準。可作參考。張氏記述，說得更是簡明正確：

有冰積凌者，以雞卵、牛乳、紅酒、白糖等物調和成冰而食。其製法不一，味亦各異。（《航海述奇》）

雖然，有些詞目，乃日常習見普通之物，而何時引進，世人多不經心。高才博學尤不屑一顧，惟自甘無知，自然也是可恥可哂。

英國衣、法國信

此類詞目今人不解，先有陳三井教授在二十年前作過解說，同時期有鍾叔河先生的提示，在張德彝所著《航海述奇》中加以標示。雖然如此盡心，世人仍多不知，仍有釋詞必要。為略省文字，在此先引據張氏載述：

又聞英法國有腎衣者，不知何物所造。據云：宿妓時將是物冠於龍陽之首，以免染疾。為之設想，牝牡相合，不容一間，雖云卻病，總不如赤身之為快也。此物法國名曰英國衣，英國稱為法國信，彼此推諉，誰執其咎？趣甚。（《航海述奇》）

想東西歐之先進令人驚羨，想想中國在一八六一年方始計議成立總理各國事務衙門，一八六二年方始招生開辦同文館，一八六三年方始請人繙譯《萬國公法》，一八六四年方始刊印《萬國公法》，一八六五年方始邀請丁韙良（William Alexander Parsons Martin），字冠西，到同文館教授《萬國公法》。不到一年，斌椿在一八六六年銜命旅遊歐洲，斌椿固然年逾六旬，惟其同行使團主體五人，斌氏攜同兒子廣英隨行，此外三人鳳儀（字夔九）、德明（字在初，即張德彝）、彥慧（字智軒）俱是同文館學生，前二人英文館出身，後一人法文館出身。其幕後主持全程旅途規劃者，最重要就是中國總稅務司按察使銜赫德（字樂彬，Robert Hart），赫氏細心安排，又特別派遣東海關副稅務司德善（法人，字一齊，Emile de Camps）和廣東副稅務司包臘（英人，字龍梅，Edward C. Bowra）陪同旅歐，可以與各國作直接交涉，設想十分周到，用心十分細密。

重要之點在於像這三位同文館學生和斌椿兒子廣英俱在英少之年。三位學生最多學習四年，就派上用場，正見清廷之決心，然此三人俱年在弱冠。每人只有十多歲。可以清楚知道張德彝只有十七歲，能寫出精妙典雅的《航海述奇》，讀之令人驚歎。大陸學者鍾叔河有先驅眼光，在八十年代提出「走向世界」，可使世人猛醒。未料這批登程先驅的童子，方才睜眼看先進國家的歐洲世界，劈頭就撞上英國衣、法國信傾巢湧來，搞得眼花繚亂，不知所措。以後的日子，真擋不住歐洲性病輸入。真可悲也。

二〇〇六年十二月四日成草

卷十

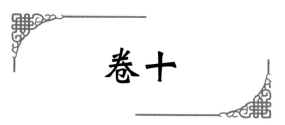

船堅礮利

此是近代史上一個常見詞彙。自道光中葉以降直延至二十世紀，常見於中國文獻。此非偶然，亦非尋常。乃是中國主國政者上自朝廷下至知書文士，論及西方外力衝擊，普遍提及西洋列強之船堅礮利，其重要代表時代創發於道光中葉之對英鴉片戰爭。中樞重臣、封疆大臣多於朝議奏牘中論述。我四十年前曾作統計，只道光朝提論者不下六、七十位，俱出於朝內朝外大吏之稱述。表現出一個時代變局的共同覺識。故其詞具有歷史動力代表性。

夷性犬羊

此詞頻見於道光中葉鴉片戰爭前後之官方文書。俱出於朝內朝外高官巨宦之手。少見於草野文士之作。清朝內外臣工，遇及因應鴉片糾紛與英方磨擦，英人自一八三二年以來，即與廣東大吏爭較利權，自是桀敖不馴。每以武力相脅。地方大吏窮於因應，即每言及夷性犬羊，為行文中常見之詞。不過此詞只通行於道咸兩朝，同治朝以後少見。惟在對外關係上，則充分顯露中國朝野之對外心態。

不動聲色

本人研讀三朝《籌辦夷務始末》，見及道光朝鴉片戰爭前後一段時期，地方封疆大吏，與外人接觸，特別是對付英商英官，雖在平時，亦必抱持冷漠靜觀態度，即五口通商以後亦頻採此法，而向皇帝奏明，表示應付外夷不動聲色。而不動聲色之精神，普遍見於兩廣、閩浙督撫之奏牘。

在此可舉五口通商之後福州開放最晚，原因在於英方派不出適當領事。晚一年開埠通商。商船來者甚少。只是傳教士就先來到福州城內租到「神光寺」房屋居住，立即引起福州士民群起反對。其時福建巡撫徐繼畬與英國領事交涉，主要理由正大，乃是商埠已開在城外，中國並未同意開於城內。英方開埠之初，也就勸令教士遷出城外租房。福州市民也就停止爭鬧。惟徐繼畬上奏，則陳敘經過，自詡出於不動聲色，而暗中施以巧計，以驅走洋教士：

> 臣等現辦此事，雖不動聲色，無非借民以拒夷，並未強民以從夷，有驅夷之實，而無驅夷之迹。不拂民之情，而可關夷之口。此皆臣等鎮靜籌辦之實在情形也。（見《松龕先生奏疏》卷上）

清代官僚政治與官場規例，有太多可譏議之處，不及在此深論。而於洋人來往，無論其差等或平行，外交行動豈可施用不動聲色態度，只有貽誤事機。不過其時官員對待洋人並不視為外交。即令退十步評斷，此種不動聲色之態度亦殊拙劣。然則，此亦年年官場習見情景，我們不能不使之列入史乘。

四百里、五百里、六百里

道光中葉鴉片戰爭爆發，沿海各省與清廷中樞，軍書旁午，朝命上諭尤加急迫。其時朝廷寄諭與疆臣馳奏，俱經兵部由驛傳送。但凡加急之件，無論上諭與奏摺均必加註四百里或五百里或六百里字樣。鄙人讀清代文獻，熟見此一類文字。

但凡軍書馳遞，一般以每日三百里為最速。所有公牘不能過此，惟當戰況瞬息轉變，乃使戰報必須加速，不能隨便亂用。故必須明白載入軍書正文之末，以供日後查驗。

鄙人讀史所見，各上諭奏牘填註加急飛遞里程四百里、五百里、六百里。道光、咸豐兩朝，兵部遵行無誤，未啟疑誤。然在同治九年（一八七〇）五月發生天津教案，法國領事被殺，各教堂修女多人被殺，乃是極嚴重外交事件。而總理衙門與直隸總督曾國藩、三口通商大臣崇厚之間，往返軍書飛馳，乃至六百里加急之件多次延誤。總理衙門遂行咨文給兵追查致誤原因。可以引據。七月初十日行兵部文：

> 本衙門現與三口通商大臣、直隸總督等處來往公文，俱係六百里釘封，事關緊要，萬難刻遲。乃本日准三口大臣等函稱：查出近日本衙門遞去六百里文件，遲至兩日半甫行遞到。本日接三口來文，其遲誤相同。現經三口大臣轉飭查究等因。本衙門查每日遞送各省文件，有應由六百里遞送者。誠以事關緊要，恐沿途稍有稽延，所關匪淺。查天津距京城並不甚遠，六百里文件竟遲至兩日半之久，似此任意延擱，實非尋常遲誤可比。若不切實根究，必致貽誤事機。應由兵部行文，速即按站確查，究竟本衙門遞呈三口文件，何處積壓？務須查出，按例究辦。庶不致再有延擱。（見《教務教案檔》第二輯，第一冊）

清人筆記，特有追考軍書驛程之淵源，清晰明確，頗值提供學者參考，出於王之春所記。（王之春字

灼棠，湖南清泉人。曾於光緒二十一年（一八九五）奉使賀俄皇登基）

驛書不過六百里：今軍事至急者，驛書日六百里。考《三國志》陳泰傳：泰每以一方有事，輒以虛聲擾動天下，故希簡白上事，驛書不過六百里。又考《漢書》：屈氂乘病置為急遞，日行四百里。古以四百里為至速，至三國時乃定此限耳。（王之春著，《椒生隨筆》）

雖然清代驛站遍布全國，執行俱很嚴格，官方的朝野溝通，很具效力，惟自西洋在十九世紀中葉以後有了電報發明，中國固步自封，不免跟著落伍了。

萬年和約（江寧條約）

請不要一看不過是普通常識，就會不屑一顧，我也來釋詞，正要提醒大家要有一點正確認認，有些小地方，歷史家也須小心留意。我非河漢其言。

第一，單說這個條約的名稱，同時有兩個稱謂出現，在大部的學者所著《中國近代史》俱稱之為「南京條約」，多年來為人們共喻常識。但從根本知識言，這個條約自始就叫做「江寧條約」。不過大家從俗，我不反對。連我的業師郭廷以先生的《近代中國史》也大書「南京條約」。其他史家著作更是如此。這是配合西書的講法，所有西書俱用「南京條約」。百年來史書似已定案。其實在此說來，「南京條約」這一稱謂，在西文書是站得住，在中文書是不符史實，我敢向你大膽陳說，清朝上下文獻，在晚清七十餘年間，從來不出現「南京條約」一詞。我們的老師輩學者，在民初風氣之下，多半是配合西方學界定論，以免引起無謂爭執。惟在一個專業治史者而言，我們作研究乃根據史料，必須謹嚴的引用「江寧條約」，方是符合於史家本分。特別是做學術論文。在此重複說：晚清朝野官方文獻，只出現「江寧條約」一詞，絕無「南京條約」一說。若要引據，只有前者為真，後者自是配合洋人記載。

第二，把《江寧條約》說成是「萬年和約」有何根據？是否可信？我的回答都是正面肯定的。郭廷以所著《近代中國史》，作為一個重要章節標題，有其一定信持。參考《江寧條約》起始引言可見：

大清大皇帝、大英君主，欲以近來不和之端，解釋，息止肇衅，為此議定，設立永久和約。

此是約文原句，可作根據。而在談判雙方言，英方每亦稱言要簽訂永久和好條約，永不再興兵作戰。不過在一八五四年二月十三日（咸豐四年正月十六日）英國外相克蘭頓（Lord Clarendon）訓令香港總督兼駐華公使包令（John Bowring）到華上任，須向中國提出要求修約。但向中國兩廣、兩江總督提出要求，中方官員反駁，原來即是訂下萬年和約，怎可任意要求修改？

英方決定要求修約，其所依據頗有曲折。主要是一八四四年（道光二十四年），中美兩國簽訂《望廈條約》，其中規定過十二年約，為因應時變，其約文可稍作修訂，中英之間原無此項條文。但在道光二十三年耆英與英方全權代表樸鼎查（Henry Pottinger）會同公布《五口通商章程》，接著又簽訂《通商附黏善後條款》，西方稱為《虎門條約》，在此條款中有一條規定：

西洋各國商人，如准其一體赴各口貿易，即與英人無異。將來設有新恩施及各國，應准英人一體均沾。

此即史家向稱之最惠國條款，中國原不覺其關係重大，此時英國利用此條款援照《望廈條約》十二年修約之條，要向中國要求修約。此之修約非指《江寧條約》而是要修改《虎門條約》。

《萬年和約》一直被英國用到二十世紀末。英相沙其爾夫人到中華訪問，與鄧小平爭執。仍是聲稱依恃三個條約統治香港，所指萬年依恃的皇皇條約就是：《江寧條約》、《北京條約》、《香港新界擴界協議》。英國自然以「萬年和約」看待這些條約。決無分毫含糊。

第三，不少中國史家講起來把《江寧條約》看成是喪權辱國條約。現在言論自由，誰作如何看法，各持眼光文據，我自不須理會。我個人看法就是遵從這一觀點。

關於史事常識，凡是何人在何時何處簽訂這個條約，相信人人俱知，不須再提。有一個表面說法，把《江寧條約》說成是城下之盟，我同意。因為這個觀點出自當時正住在南京城內的大詩人金和。他有詩形容：「城頭野風吹白旗，十丈大書中堂伊」。此在表明伊里布乞降求和情景。非出後人論斷。想想英軍聚結城外，威脅攻城。提出條件不許更改一字。此非城下之盟又作何解？在此一說，在條約之中，有兩個重點，最關緊要。其一，是割讓香港歸英國永遠佔領管治。此時已是既成事實。英國在一八四一年一月二十六日已佔領香港並宣布永遠管治。至此只是取得條約承認。

其二，中國賠款條目，在此必須引據條約正文，方可以取得天下公信。據條約第四款載：

因欽差大臣等於道光十九年二月（一八三九年三月）間，將英國領事官及民人等，強留粵省，嚇以死罪，索出鴉片，以為贖命。今大皇帝准以洋銀六百萬圓，補償原價。

條約第五款：

凡英國商民在粵貿易，向例全歸額設行商，亦稱公行者承辦。今大皇帝准其嗣後不必仍照向例。凡有英商等赴各口貿易者，無論與何商交易，均聽其便。且向例額設行商等，內有累欠英商甚多，無措清還者，今酌定洋銀三百萬圓，作為商欠之數，由中國官為償還。

條約第六款：

欽差大臣向英國官民人等，不公強辦，致須撥發軍士，討求伸理。今酌定水陸軍費洋一千二百萬圓，大皇帝准為補償，惟自道光二十一年六月十五日（一八四一年八月一日）以後，英國在各城收過銀兩之數，按數扣除。

三項賠款，合計二千一百萬圓。關鍵只有一個，就是林則徐所收繳的英國鴉片，價值六百萬圓。如果早賠給，仗也打不成，軍費也用不到。再愚昧的人也會弄清楚只是為了討鴉片債而興起一場戰爭。所以前輩識者嚴復曾說英人即令生長三尺之喙，也不能說不是向中國販賣鴉片。用今天頭腦判斷，有誰到英美等國去販賣鴉片嗎？讀史而不能認清誰是帝國主義，那才真是蠢極。一個條約所載，既割地又賠款，這不是喪權辱國又是甚麼？

領事裁判權

西方列強以其三百年形成的國際關係制度，向亞、非、美、澳推銷，所當其衝擊，無不紛紛顛蹶或致亡國，或淪為附庸。此乃西方挾其軍力優勢如閃電而來，其沉淪滅亡之國，豈無文化教養，豈無聰明智能之士，一概遭致覆亡，俱多在於知識經驗不足，我國當此衝擊，即令傾其智術，亦完全蒙然於西洋之國際制度。在此舉出領事裁判權，即是此中一例。

我們學界在二十世紀或十九世紀末，俱能知道外國加之於中國的領事裁判權，實是對中國主權最重大侵損。像這種事後聰明，人人能言，道光時代主國政者那裡知曉？所以在此提出，乃是一個外交指標。一切要從此論起。或提出這個識點，全循師門郭廷以先生的理路。

道光二十二年七月二十四日（一八四二年八月二十九日）中英方全權代表在長江江面，英國兵船皋華麗號（Cornwallis）簽訂英方所預備好的四分條約上加以簽名並蓋關防。算是條約已訂定。

簽訂《江寧條約》之後，接著自八月初九日（一八四二年九月十三日）耆英派遣咸齡、黃恩彤、鹿澤長、舒恭受，赴英船與馬禮遜（即老馬禮遜之子）（John Robert Morrison，又名馬儒翰）、郭士立（Karl Friedrich August Gutzlaff）、羅伯聃（Robert Thom）會同議商善後章程。一共粗定善後章程八條。這中間有一條規定了英國在華的領事裁判權。簡約條目：

> 至通商以後，華民歸中國管束，英商歸英國自理。華民有罪逃至英館者，英夷不准庇匿，英商有罪逃入內地者，中國即行交還。

中國官員完全忽略本國之司法主權。在中國任何英民俱須受中國法律管束，如此推給英國，正中英人下懷。此一善後章程於八月十五日（一八四二年九月十九日）由黃恩彤等與英人議定。接著在道光二十三年六月二十五日（一八四三年七月二十二日）中英全權代表正式公布五口通商章程，其中已明確詳細訂明英國管事官（即領事）裁斷英商在華之罪犯。

隨後中英之會簽所謂的《虎門條約》（實為《通商附黏善後章程》，據此更是明訂英國在華的領事裁判權。其損害中國法權達一百年之久。

不平等條約

在此向學者同道請罪，原宥我仍要標出不平等條約。因為這是二十世紀人人俱知的常識。由於言論自由，愈來愈難定它的起始年代與代表文件。我肯定說，起始在道光二十二年八月的《善後條款》，也因其中的英官承管夷人犯罪與詞訟，使英人擺脫了中國法權管治。英國並不會回報同等權利。故而此一章程即代表不平等條約之開始。在此前後二年中（一八四二－一八四三），中國喪失主權有至少三種，因為尚有無意中葬送的關稅協議權。訂關稅是中國主權，英人無權過問，但自一八四三年初起始，中國官員即會同英方代表會商關稅細節，一誤就是一百年。再加前述《虎門條約》中所訂最惠國條款。俱是明顯喪失主權。這些條約就是不平等的。

二〇〇七年一月八日

寫於新大陸之柳谷草堂

卷十一

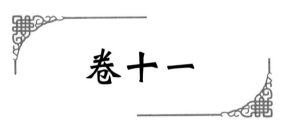

火輪船

火輪船，西方人稱之為 steam ship，晚清同治十一年十一月（一八七二年十二月）英國教士艾約瑟（Joseph Edkins, 1823-1905）著文「火輪船源流考」，長篇詳敘在西方英、法、美等國發明創造火輪船經過。艾氏很細心用典雅中文敘述，特別不用西洋年代，而一概用當時人熟知的乾隆、嘉慶、道光各朝年祀，使後人可以比照見出時代之接近。

艾約瑟在中國早已著名，主要是在一八五〇年代，也就是咸豐朝出版一套《格致啟蒙》叢書，早在中國起了影響。所以以咸同時代言，他是最先向中國介紹西方科學之人。

在此不擬抄引艾約瑟的「火輪船源流考」，卻可就其中國年代提出一些重點：

第一，西方先是英、法自乾隆中葉，自是相當十八世紀，西洋已開始試造火輪船，經過各樣嘗試失敗，又傳到美國，科學家也各自試造。直至清嘉慶年間，已到十九世紀初期，尚還不成氣候。輾轉至清道光十八年（一八三八）已在鴉片戰爭爆發前夕，英國方才造出可以商用載貨之船。及二、三年後，在鴉片戰爭第二階段（一八四一－一八四二）英方已有火輪船隨兵艦到華擔任傳信工作。當時的中國官員已能目見，並有記載。照艾約瑟的申敘，西方火輪船到十九世紀中葉才飛快進步，有一日千里之勢。艾氏不單文字介紹，同時附有火輪船圖樣。

至此不須再談外國學者之如何啟導，可以回顧考察，估一估中國人對新創新見器物之反應。我早在三十年前做有《中國近代思想史論》，曾對於當晚清之際，中國朝野人士，對於西洋火輪船有何反應？在此敢說，經我搜集史料所見，中國人之表現，是眼光不差，智慧不低。使我對前輩先驅存有信心，產生敬意。在此不暇細引拙著。（有心考究者，請參閱《中國近代思想史論》第一篇之註十二）

中國人何時知道火輪並載述傳示國人？不須詳引拙著中史料，舉出其人可也。年代最早者有清嘉慶年間，有王大海著《海島逸志》，記述其嘉慶年間流寓荷屬東印度群島，描述所見之火輪船。其次粵人謝清高口述《海錄》，記述其所見火輪船，為時不比王大海為晚。二人俱是親見所記。此俱是最早紀錄。

晚清入於道光時期，在野文士則有陳逢衡、汪文泰所記英國火輪船，惟是否親見，則無從考知，同時期鄭復光亦著有《火輪船圖說》傳世。不知其是否模仿或是空想虛構。惟在鴉片戰爭戰和相持時期，可知多在一八四二年（道光二十二年）有張喜、耆英、白含章、怡良等，俱是親見火輪船，各有記述。鄙人著文，當時即止引至鴉片戰爭為止。皆請識者核對覆按。

下面接著要正式引述鴉片戰爭以後國人對於火輪船的認識。

首先介紹一八四五年間，廣東澄海縣梁廷枏於其《海國四說》一併介紹火輪船與火輪車。梁氏曾任越華書院山長，飽富學問，但只做到一個低微學官。甚是委屈。現在可以一舉梁廷枏在一八四五年所記錄的火輪船及火輪車：

以火蒸水，作舟車輪轉機動，行駛如風。舟曰火輪船，初但以郵遞書件，後則隨兵舶為驚人開路之用。然火熱不便設礮。火蒸車，用以運載貨物不假人馬之力而馳行特速，可省運費，然必夷平險路，凡山石礙輪之物，不得少留。又鑄鐵為轍迹，按運道之遠近，而鐵迹隨之，工費甚巨。（見梁

氏，《海國四說》）

梁氏實向未乘坐火輪船、火輪車，而其間陳敘俱近實情。

在此再舉一位最早主張購買外國兵船之人曾國藩，他在咸豐十一年（一八六一）奏陳朝廷建議購買外洋船礮。及至同治元年（一八六二）坐鎮安慶之時，在七月初四日，觀賞徐壽、華衡芳二人向其展演火輪船模型，看完記下所見：

中飯後，華衡芳、徐壽所做火輪船之機來此試演。其法以火蒸水，氣貫入筒，筒中三竅，閉前二竅，則氣入前竅，其機自退，而輪行上弦；閉後二竅，則行氣入後竅，其機自進，而輪行下弦。火愈大則氣愈盛，機之進退如飛，輪行亦如飛。約試演一時。竊喜洋人之智巧，我中國人亦能為之，彼不能傲我以其所不知矣。（《曾文正公手寫日記》）

後來曾國藩果然支持上海在同治四年（一八六五）開創江南製造局。即在同治七年（一八六八）興造成中國自造第一艘輪船「恬吉」號。自可見出曾氏之識見與勇任。

更重要而值得舉示者，乃是同治五年（一八六六）斌椿率同文館學生之出遊歐洲，他們親坐火輪船十九次，親乘火輪車四十四次。其所記錄，自足代表中國人之正確知識與真實觀感。在此略舉伴同斌椿之學生張德彝所記（其時張氏方十七歲）：

其火輪機係以火蒸水，水滾則上下鐵輪自轉，輪轉則船自行矣。船初開時，黑煙直上，既走，則晝夜永聞丁東之聲。船能日行一千三四百里，終日有人察看道路，計算里數，照料客人，管理奴僕，整齊之至。（張德彝著：《航海述奇》）

當然同行者斌椿亦在其筆記中有同樣記載，自無須一併列舉。

火輪車

火輪車今稱火車，晚清同治十一年十一月（一八七二）有英國在北京醫生德貞（John Dudgeon）以中文撰寫「車輪軌道說」介紹英國開創木軌、鐵軌行駛火輪車之簡史，引稱遠由，始於中國清初，路用木軌，以馬拉車。至康熙三十八年（一六九九）始改鋪鐵軌，仍行馬車。至道光元年（一八二一）英國始有市民搭乘火輪車之事。道光十八年（一八三八）美國紐約始修造鐵軌行駛火輪車。以中國年代度之，實已接上近代史之序頁。當知英美先進，其長期改試，真正突進飛速，俱在清道光中葉。當知世變之乘，須恃人才敏覺，見機而把持之。大足啟示吾人之警悟，孫中山有謂：世界潮流，浩浩蕩蕩，順之則昌，逆之則亡。洵非誣也。

同治十二年四月（一八七三年五月）英國教士艾約瑟（Rev. Joseph Edkins）撰寫「鐵路有益說」，扼要敘述英國創興鐵路之歷程，其文提到道光五年（一八二五）英國北部始造鐵路，以馬拉車運載煤塊鉛塊，節省運費。實自道光四年（一八二四）起，英國眾商計議自里弗爾布拉（Liverpool）起，建鐵路至慢吉斯德爾（Manchester），用以行駛火輪車。由工程師斯的分孫（George Stevenson）主持建造，於道光十年九月十五日造成。是為英國進入火輪車時代之紀年。自此以後，改造日精，行駛飛速，運載客貨，盈利至豐，於是各國仿效，歐洲各國迅速建成鐵路網，四通八達，利便行旅，俱成於十九世紀中期，亦即道光咸豐年間。道光二十五年（一八四五）梁廷枏固已介紹火輪車，實未經見並未遠赴歐洲，以為目證。錄其要聞，亦是難能可貴。惟德貞、艾約瑟二人向中國介紹火輪車，實為向中國建策，勸告中國早興鐵路，自可進至富強。立意至善，但只待中國自身之覺醒了。

國人能夠親見火輪車，實已至同治五年（一八六六）斌椿等人出訪歐洲，於外洋鐵路規模，火車型式，始有真切了解。同行者同文館學生張德彝曾留下詳細記載：

> 第一車係蓄火機，形如砲車，通身鐵製，共六輪，四大兩小。上臥圓鐵筒，長約八九尺，高五尺餘，內藏水火輪機，外樹煙筒，長約四尺。下橫二出水筒與鐵軸關鍵，後列氣管、鳴哨、機柄等物。初開時，筒內鐵鏦有聲，濃煙突出。後立二人指使，能進能退，可遲可速。若對面來車，或將至某處，則鳴其銅哨，以便當途迴避。以此一車而帶數十輜重，行疾如飛，其力可知矣。第二車載煤，隨行添用。第三車沿途刊印新聞紙，攜帶信文。後則一、二、三等客車，再則行李貨物。（張德彝著，《航海述奇》）

張氏所紀簡要明白，足以備為國人常識，只待自建鐵路了。

幻燈機

早期英美來華教士與醫生，多人撰著西方事物，啟示中國人之醒覺，特別顯著者是科學技藝知識，不厭其煩，反覆論述，真乃是中國之益友，高尚之善良德操，賢哲之啟牖導師。吾每為文而崇敬之、表彰之。

若英國醫士德貞（John Dudgeon），同治初年到華，同治十一年（一八七二）任同文館醫學教師，撰著中國文介紹西方各樣科技，不一而足。但凡西洋新出之各類燈式，俱加一一繪圖介紹。而幻燈機即其中一種。西方原稱之為magic lantern，後來常用很久。但當我在一九六四年在英國購買幻燈機，其名稱已改叫projector，而卻可以到科學館看到十九世紀初的magic lantern，以及一批玻璃畫片，用為放映各種圖畫。德貞在同治十二年（一八七三）著文介紹幻燈機：

> 夫燈影鏡者，有類於顯微鏡，而必藉燈光之射影，始能觀物，故名。置燈暗室，對面張屏帷，上開圓光，而以紗或透明布幕之。其燈製，大約用一凸鏡，前安小方木版，中嵌玻片，上繪天文、地理、人物，以及鳥獸，並昆蟲各等類。鏡後燃燈，俾燈光射線由鏡而傳於畫，畫中細微之物，射影於屏則甚巨，觀之以為戲劇。自昔相傳，係在中國南宋理宗三十五年（一二六〇），時泰西有人始創此法。迨前明中葉，西國復有造者。其人卒於穆宗隆慶初年。至神宗時，亦有人繼之。迄本朝乾隆五十四年（一七八九），斯法尚未克盡善。其弊多坐燈光之不足。是年有一西國人，獨出心裁，另行創造。其燈焰清光盛，法亦較備於先。用洋鐵製就，一面前有一筒，上嵌玻璃凸鏡，以收束燈

光射線。內置小筒，亦安一鏡，以對其聚光點。又在燈後設一凹鏡，以使其光映射返照，而前光益加明朗。大鏡前有隙，可置木版玻璃畫一扇，每扇繪做故事四五段（按：鄙人親見英國此玻璃圖畫，每片玻璃畫圖四段。）以便觀時隨意抽掣改移。匣之四周，皆飾以漆，令燈光不透於外。木版上有小輪，一經推轉，匣中人物之影射於屏上者，能動轉如生。人從而窺之，萬象畢呈，應接不暇。洵可怡神悅目也。（見同治十二年三月《中西聞見錄》）

接著同治十三年（一八七四）西洋教士傅蘭雅（John Fryer）向各方募款在上海創辦格致書院。就邀請到教士狄考文（Rev. Calvin W. Mateer）就在格致書院用幻燈機講解天文、地理、動物、植物、化學、汽學、光學、電學等知識。

其實若德貞之陳敘幻燈機可謂簡明精確，並及淵源始末，演變歷程，足以啟牖國人識見。而在此同時較早者在一八六六年（同治五年）清廷派遣斌椿率同文館學生游訪歐洲，諸人在英國亦親自觀賞幻燈機戲。學生張德彝並詳細備載於其書《航海述奇》，學界同道可以取來比觀，可說步步符合。

須知當狄考文在上海用幻燈機講解科學知識，在同時上海市面已有發售，光緒二年（一八七六）上海有廣告刊登。這段廣告，少人留意，謹作舉示於次：上海大馬路「福利洋行」告白，有大批唱貨品樣，不必開列，在此鈔示有關之品目，以見其概：

近有格致器具數件，係西國各行家所造。其工料格外精緻。其價亦公道。如大遠鏡合於天文學各事之用，無論行星、恒星，其尋常須查閱之事，俱能顯明如地面。最遠之物，觀之如近在咫尺。又有影戲最大之燈如上圖（廣告頂頁有幻燈機圖樣），並燈中所用之天文、山水、人物等畫甚多，合於戲園或大堂內演影戲之用。又有更小影戲燈若干，俱有出售。

似此廣告之詞，學者多不肯投顧一瞥。卻附刊在《格致彙編》之後。我雖十多年前購得全套《格致彙編》，而一切廣告全不收刊，一併刪削不存。仍需要看美國各大圖書館所藏之原書方能見到。吾向來尚有留意，自當鈔舉共覽。

照像機

歐西發明顯影定影之液，已在一八四〇年代。是鴉片戰爭時期。而凡照像留影包括攝影之器，俱在一八四〇年之後。若問中國人誰是照像最早，可向上海、香港兩地考察，應在一八五〇年代。我手中只有一個最早的紀錄，是咸豐八年九月十九日（一八五八年十月二十五日）王韜在上海所記日記。

陳萃亭、劉益齋從檇李至，來訪。萃亭，余故交也。渠於咸豐二年冬間至滬，在偉烈君（Alexander Wylie）處鈔胥，與予有數日之聚，此刻已荏苒六年矣。因同往法人李關郎舍。關郎善照影，每人需五金，頃刻可成。益齋照得一影，眉目畢肖。其法以圓鏡極厚者嵌於方匣上，人坐於日光中，將影攝入圓鏡，而另以藥製玻璃合上，即成一影。其藥有百餘種，味極酸烈，大約為磺強水之類。

後來王韜好友李善蘭（字壬叔）、蔣敦復（字劍人）亦俱學習照像之技，成績不佳。其事約在咸豐九年。

較晚的一個正確紀錄，是同治五年（一八六六）斌椿奉命游訪歐洲，這一個使團，所到國家具作照像留記。有勝於清廷要的繪圖貼說。有同文館學生張德彝詳記在法國照像經過：

> 同眾乘車往照像處。上樓玻璃嵌窗，玻璃照棚，其照法，令人端坐不可稍動。對面高支一鏡匣，相隔十數步。匠人持玻璃一方，入一暗室，浸以藥水，出時以青氈遮之，不見光亮，仍放於鏡匣內，向人一照，則其影自入鏡矣。初則人影倒立，片刻照畢。入屋以白水洗滌數次。如面目微有不肖，拭去另照。再洗如式，則隔日向陽曬之，時不可久，久則必黑；亦不可速，速則必暗。一時可印數紙，印畢仍放水內。三日後裝潢成頁。（張德彝著，《航海述奇》）

須知王韜所記咸豐八年國人之照像紀錄，有名有姓，有時間，有地點，此非等閒紀錄，實在英、法等先進國家之照像，出於英人的記載也是說起於咸豐三、四年間（一八五三－一八五四）。同時咸豐八、九年間，上海已能讀到照像方法之中文書。此時李善蘭、蔣敦復俱看中文書學習照像。不過到了一八七三年（同治十二年）英國在同文館教醫學的醫士德貞（John Dudgeon）所譯《脫影奇觀》一書問世，包括化學原理、行用年代、藥劑調配、攝影過程、沖洗手續，以至裝潢放大，俱加介紹。自可視為中國照像技術之引入。惟洋人在上海之開市營業。至少要循照王韜紀錄，定於咸豐八年（一八五八）。

二〇〇七年一月十七日
寫於新大陸之柳谷草堂

卷十二

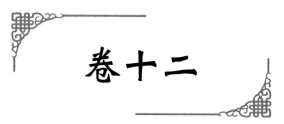

煤氣燈

十九世紀歐洲繁榮盛世，各國照明設備，已創發廣用煤氣燈，并同係使用小型石油燃燈，決未普遍作為大眾照明如街燈之類。直擊愛迪生發明電氣，始逐漸進入電化照明之世界。此文則只談煤氣燈。在中國土地上，只有香港、上海稍趕上一段煤氣燈光景。

中國人經見而記載西洋煤氣燈者，可推至同治五年（一八六六）中國派遣遊訪歐洲使團斌椿及其隨員的記載，其同行之同文館學生張德彝在法國所親見及其所記：

> 住屋數百間（指所居旅店）上下皆有煤氣燈出於壁上，籠以玻璃罩，如花朵然。外國所燃之煤氣燈，係在郊外設廠蒸煤，令其氣從水中穿過而後燃之。其光倍於油蠟，其色白於霜雪。通城人家舖戶，遠近高下，皆以鐵管通之。其氣頗臭，不可嚮邇。如不點時，必以螺螄塞住，否則其氣流於滿屋，見火皆著，實為險事。其廠所餘之煤塊，可燒而力弱。又有油名石油，係在山中掘鑿，久則有泉湧出如注。此汁燃之，光亮而無渣滓。（見張德彝著：《航海述奇》）

在十九世紀西方電氣早用於通訊工具，卻普遍仍用煤氣燈，但凡電氣事業，多為美國領先帶動，此一點已是大眾常識。中國工業落後，未嘗真正趕上煤氣燈，卻是追隨西方，各地多以煤油燈用作照明工具。

方登筆

方登筆即是西洋鋼筆，十九世紀末之稱謂，直譯西名 fountain pen。惟西歐列國，向來使用鵝翎管作筆，蘸墨水來寫字，此在西方普遍。至十九世紀中葉尚是常用翎管作筆，必定放在一個小圓鉢墨水中。鴉片戰爭前英國鴉片巨梟渣甸（William Jardine）的畫像，在其旁書桌上即擺有鵝翎筆插於墨水鉢中。嗣至一八四二年鴉片戰爭期中，欽差大臣伊里布的長隨張喜多次赴英國船上通話傳信，經其日記所載，明白敘述英人其時用鵝翎管作筆，但以中國人見到翎管之筆，尚有更早記載，是王大海在清嘉慶前期在南洋交留巴地方（即爪濱）見到荷蘭人使用鵝翎管筆。可見其所著《海島逸志》。一般常人所見，應以此年代為最早。

我們不能只顧看到了鵝翎管筆，就可相信只有翎管那麼簡單。主要是前端筆頭，在西歐早有改進。在中國的記載，可以上推至清雍正三年（一七二五），這年意達里亞教化王伯納第多（即今稱之教皇）向中國朝貢。貢品繁富而多樣。略可舉示少量者，則貢品之中有天球儀、顯微鏡、銅日晷、鍍金規矩一對等物，他種名目尚多。這其中就有西洋銀筆一對。由此當知，鵝翎管前端實早有金屬筆尖，能在雍正三年，出現中國人眼底，固自見識早具，卻是並不行用。

想想十八世紀前期，西洋以銀筆為進貢品，自是名貴珍品，自非常人通用。然則尚有其他廉價金屬，可以提供世人一般日常使用，應是後日所稱之鋼筆之製造。為時應不會晚於十八世紀前期。

我人生在二十世紀，自讀小學亦早見到鋼筆，鄙人在小學全用毛筆，入中學方使用鋼筆，包括蘸水筆和自來水筆，決不稀見。然則國人何時最先見到西洋製造之鋼筆？所見記載，可以肯定在清同治中期，雖不自用，卻親見到。蓋在同治五年（一八六六）斌椿訪歐洲使團，在英國曾參觀造鋼筆過程。又當同治十二年（一八七三）西洋教士丁韙良（William Alexander Parsons Martin）發布一則法國製造鋼筆的報告，可以視為鋼筆之稱已進入中國，題稱：製造鋼筆：

在昔泰西皆以鵝翎為筆，後世易為金、銀、銅、鐵，而象鵝翎筆之勢為之。其金筆或以鑽石或以白金為尖，取其堅固也。用可數年，不鏽不壞。鋼筆用經數月，則生鏽易壞。然價廉，人多用之。法國有以鋼筆為業者，用火輪機五具，工人九百，多半婦人。每年製筆三百四十萬匣，每匣百五十支，一匣價值，或一元或半元。

鋼筆行世有兩個世紀，其廉價方便，足以佔盡優勢。抑且在形式資料，又是有日新月異趨勢。前面所述，只能見及中國文字記載西洋鵝翎管筆以至鋼筆的知識。可靠紀錄能推至一七二五年。但可以明確知道，即令是中文有其紀錄，仍不能說那時國人使用鋼筆作書寫工具。真正能確見中國人使用鋼筆，自然最早應在香港西人所辦之學校中為華人學童使用鋼筆書寫之實情，同時應早在一八五〇年代香港各校之英文課為其必有之舉。鄙人只是推測，並未找出一些華人自己的記述。再晚後於一八六〇年代，北京開辦同文館、上海開辦廣方言館、廣州開辦同文館、福州開辦船政學堂。當此時期，各校必教英、法語言文字。學童又多在英、美、法教師施教之下，應必普遍使用鋼筆。惟此仍是據勢理推斷而得，尚不能使人完全信服。

據我所涉獵史料，見及自述使用洋筆並稱之為方登筆這一稱謂者，是出於一八九六年（光緒二十二年）沈學（字曲莊）所著《盛世元音》書中在不經意中敘及。因其年在弱冠之時，曾以英文寫書，名*Universal System*，最後又經其提要譯成中文書，就是《盛世元音》，沈氏當其不經意敘述，撰寫英文書稿之時，所用的工具是方登筆：沈氏書中自言如下：

> 沈氏用司太潑滴克拿司筆製就新字，其利用相去方登筆（fountain pen）什佰。中藏墨水，筆端堅尖，隨寫隨下，可寫二萬音不竭。足為文人一日之用。

當此光緒二十二年出書之時，沈學方只不過二十四歲。真是一代彗星。可惜他不幸死於光緒二十六年（一九〇〇），真是令人痛惜。看來鄙人簡報洋筆，俱為十九世紀以前之記錄。

撥駟達

昔時在近代史所承業師指命承編《海防檔》，一定要翻讀總理衙門清檔。雖然我前有集中閱讀《籌辦夷務始末》經驗，卻仍會遇到不易掌握的冷僻詞彙。這個撥駟達就是向來稀見之詞，豈能事事向老師請教，只好在多次翻檢中自行考訂這類詞義。後來又偶見到「海關撥駟達」之詞，為時相當於光緒時期。

連我與同仁五位，分別承編《海防檔》，共出九大冊，我只編成一冊，為量甚小，但卻能在成書之後閱讀其他專案。其中《電線》之部，約佔全部三分之一，我因研究，也加以細讀，至此見到一件奇事，約自光緒五、六年以後，總理衙門分致地方大吏重要公文，卻聲明要由撥駟達遞轉。這是很反常的不走驛站傳送公文，突然冒出來一個撥駟達，也很使人不解。同時又在總理衙門文移之中見到交付海關撥駟達的文句。至此恍然大悟，原來撥駟達就是post office的譯稱。可是迄今為止，在同道學者中尚仍無人提及。

這個不顯著的史例，原有相當多的曲折，必須稍作交代。

背景是自同治二年（一八六三）主持中國海關稅務的英人李泰國（Horatio Nelson Lay）被總理衙門撤換，改任另一英人赫德（Robert Hart）接其職務，但令其從上海改駐北京。此時赫德尚不到三十歲，到了北京與總理衙門大臣建立良好關係，對於稅務認真負責，很有效率，取得總理衙門恭親王、文祥的信任，就把總稅務司機構在北京擇地建為總部。赫德並親身到沿海口岸考察，各口稅務司俱出自赫德一手任命並全是歐洲洋人。

赫德為了掌握沿海沿江各口岸稅收情形，自須用文移與各口稅務司保持密切來往。西洋雖早有電報、中國則全未開建。於是利用各口來往商船代遞彼此公文，以天津口岸為總站，可以迅速、專騎遞到赫德之手，去文亦反是而作。此情俱是一八六四年到一八七八年十來年間情形。

惟自一八七七年（光緒三年）一月三十一日，有九江海關稅務司葛顯禮（H. C. J. Kopsch）上書赫德，建議由海關開辦郵政。同年三月葛顯禮又擬妥一分節略，寄呈赫德。其中詳細討論開辦郵政的需要與方式。更重要的在同年同月有海關人員杜德維（Edward B. Drew）向赫提呈其所擬一分長篇備忘錄，充分評估當時中國之民信局之多及其資本與經營，相信海關經營郵政，一定有利。有此動議，遂使赫德採取行動，就決計在一八七八年（光緒四年）向天津海關稅務司德璀琳（Gustave Detring），令其以天津為總站，開辦海關郵政。中國現代郵政遂自一八七八年自天津創始。擲駟達的稱謂，故俱在此年以後。

按我今典釋詞的故智，說到此處就算交代明白，可以告結了。俱是其中藏有不少曲折，我是無法一一說明。我實為此參考十餘種書，也另做了大批資料收存，豈能在此短稿中表述。暫請參閱現有各家有關郵政、郵權、客郵、民信局之書，附助可也。

華洋書信館

海關開辦郵政，據總稅務司赫德（Robert Hart）與其同僚天津稅務司德璀琳（Gustave Detring）的評估，充分了解中國各大埠民信局有相當之多，全是民間需要與財力支配，確信開辦郵政必獲利甚厚。只是創辦郵政必須結合民間已建立的關係網自較方便而容易。所以一開始即以天津為首埠，由海關招商，交付代理商承辦郵政業務，海關只是提供資本，但要嚴格監督掌控。其事就委之德璀琳主持辦理。故而一開始海關稅務司並無意兼辦郵政。而不過是積極推動、協助策劃。

當年全國政治重心在北京，各方官私文移，自是在北方，而其出入門戶如非官方馳驛傳報公文是水陸並用，但凡商家南北行旅貨運，自是以天津循行海道，以輪船為便，而天津自是居於北京第一門戶大埠。此所以赫德必將開辦郵政以天津為首選，故而將此任務交付德璀琳籌畫推動。

德璀琳在一八七八年三月接到赫德指示，並附有開辦節略，隨即於四月開始試辦京津間之郵遞，惟德璀琳為推動全面各口岸之互相郵遞，亦即著手接洽華商委託代辦全國郵政。德璀琳在同年（光緒四年）九月三十日寫給赫德一件詳細報告。而委辦郵政一事，佔其中一項，可引據以知其詳情：

關於開辦海關書信館的代理機構，以從事接收分途送中國人的郵件，是我要向你報告的另一措施。有一天在天津辦理委託事務的大昌商行向我申請，願在北京、天津、北方各通商口岸和上海進行郵遞工作。這是一家素有信用的商行，它和各方面的聯繫很好，在上述各地設有支店或代理人，它的經理劉桂芳是一位頗有才幹的人，對郵政計畫的重要性很了解。我很希望把中國人的郵件運送事務抓到手裡，在沒有其他辦法解決這一問題的情況下，我同意了該商行的申請，並達成以下協議：

大昌商行在北京、牛莊、天津、煙臺和上海開辦郵務代辦機構，名稱定為「華洋書信館」。

華洋書信館的開辦費用和經費，都由他們自行支付。

郵費率暫時由該書信館自行規定，以便於和現有的民信局競爭。

它們收到的郵件，應分開包裝，交由海關連同海關郵件通過輪船或信差免費運送。

在永久性辦法規定之前，試辦期間，從中國人的郵件所收郵費，全部歸該書信館所有。

上述各地的華洋書信館對收到和分送的郵件，應備有帳冊紀錄。

將來永久性的郵務機構成立，如華洋書信館的合作有成績，他們將繼續被認為郵務代理或輔助機構，作為酬勞。

我已派文案吳煥監督華洋書信館的工作，暫時在上海執行該項監督任務。這些書信館是在本年七月初旬開辦的，到現在為止，他們的工作做得還能令人滿意；我想不久就可以作一統計，把他們從開辦到本月底這一期間工作進展的程度和完成工作任務的情況向你報告。（文見《中國海關與郵政》）

我們參看這一報告，內情十分清楚。提要指出：

一、館名與開辦日期已定。

二、德璀琳充分透露要能抓住難於入手的民間郵務，不能不委託大昌商行，透入各大城市收民間郵件。手法高明而精準。

三、把華洋書信館定為試辦機構，也是狠準利落。

四、對於華洋書信館，派人監督，並嚴密掌控。

五、用西洋慣使的托辣斯手段，利用華洋書信館吃掉各地民信局。

試辦一年成功，赫德有指令於一八七九年（光緒五年）十二月給各口海關稅務司，作明白指令：

一八七八年春季海關在北方各口岸及北京試辦的郵遞事務，現決定繼續辦理，並逐漸向其他口岸推廣。

總辦事處暫設天津，派津海關稅務司德璀琳負責管理各關郵遞業務。該稅務司所發純屬郵遞業務性質的指示，各關應予照辦。

希望各關對於郵遞業務密切注意，並在不影響關務和不增加現行開支條件下，盡力予以推廣。

（據《中國海關與郵政》）

赫德這項通令，表明把天津口岸作為郵政業務總站。繼續維持華洋書信館經營，並指令德璀琳肩負總責，有關純郵遞業務，各關必須聽命配合。

事實上一些曲折跟著發生，德璀琳委託大昌商行可以收取廣大民間書信資源，業務與城市擴大，亦發生許多糾葛。尤其收信資費不能由代理商任意抑揚，爭奪市場，郵票資費必須畫一，種種考量，與德璀琳插手華洋書信館營運業務。終於在一八八〇年（光緒六年）一月十七日，德璀琳致書赫德，詳論郵政業務經營辦法。特別條陳，在此只要其中重要兩點，即可明白大致：

（第四點）斷絕海關和華洋書信館現在的關係，該館的人員如果具備相當的學識，有工作熱情又忠實可靠，得由稅務司予以錄用。

（第五條）中國海關書信館華文名稱定為「海關撥駟達書信館」，中國人的郵件和外國人的郵件都按同樣的規定辦理。（據《中國海關與郵政》）

據此可知應在一八八〇年之內，德璀琳已經另起爐灶開辦起「海關撥駟達書信館」，不管華洋書信館是如何經營，它是已漸次被擠下這門行業。看來華洋書信館壽命維持不到三年。大抵自光緒六年（一八八〇）起，海關撥駟達就出現於官私文書。直迄光緒二十二年（一八九六）清政府決定把郵政業務自海關分出，自此方始有大清郵政的登上歷史舞台。

像本文短短釋詞，自是看來簡略，原意固只在申明大概，實則本人為此三十多年來早已搜採不少資料，來源在十種以上。並未偷懶圖省事。當代有關近代郵政之作若《中國近代郵電史》、《從郵談往》

（劉承漢著）、《列強侵華郵權史》（彭瀛添著）、以及《清代郵戳志》（孫君毅著）等，均是內容充實豐富，宗旨醇正，我俱全閱讀，卻只有《清代郵戳志》用兩頁篇幅列成一章，略加介紹「華洋書信館」，其他各書俱未提及。我亦在曾紀澤光緒五年日記見到當時其記載華洋書信館，為檔卷之外一般人真的利用此館寄信之明證。鄙人釋詞，亦可算作學者參考一個清楚線索，若有興趣仍有空間供人研究。

二〇〇七年二月五日寫於新大陸之柳谷草堂

卷十三

長人詹五

鄙人自一九五五年初入近代史所做研究工作，在公餘看閒書時間，讀了李寶嘉（字伯元）所寫《南亭筆記》，乃是不具條理的散記清末人物故事。無聊之極，我竟然注意到李氏所記的長人詹五。李氏久居上海而重心則活躍在一九〇〇年以後，其重要著作如《庚子國變彈詞》、《文明小史》以及《官場現形記》，所表現文彩，俱是反映清末十餘年間下級官員與落魄文士的種種齷齪醜陋形象。文筆表現譏諷嘲謔。說及李伯元的前舉三書，特別是《官場現形記》，被魯迅做小說史，定為譴責小說之類。那是文學家的觀點，世人接受其說已數十年，在此並無檢討之意。但須指出，李伯元只是小說家文學家，其前舉三書全為虛構。我一開始踏入史學界，雖讀其書，卻不重視。惟為文家李伯元其人之表現，只有《南亭筆記》所載較少虛構。我完全不經意而記住李氏筆記中的長人詹五。後來知道詹五早於光緒二十二年（一八九六）已病故於澳洲。我初不知李伯元寫入書中，已在詹五死後多年。

我研究歷史，怎會注意到長人詹五？怎會對這樣小人物用心思？但在無心閱讀，竟是斷斷續續搜輯到詹五記載，數十年來所遇到載述詹五之書不下五種。比如說詹五在一八九六年死於澳洲。乃是在《萬國公報》中看來的。要從頭排鋪記載，略可看到一個可憐的華人同胞之身世。

以詳略取材，我要先舉陳其元的《庸閒齋筆記》：

詹長人者，徽之歙縣人，身九尺四寸以長，人竟以長呼之。遂亡其名，而以長人名。長人業墨工，身長故食多，手之所出不能糊其口之所入。不家食而來上海，依其宗人詹公五墨店以食。食雖多而伎甚拙，志在求食者，論其伎且將不得食，困甚。偶遊於市，洋人諦視之，大喜。招以往，推食食之，食既飽，出值數百金，聘之赴外國。長人於是乘長風而出洋矣。出洋三年，歷東西洋數十國，旋行地球一周，計水程十餘萬里，恣食宇內之異味。每到一國，洋人則帷長人，使外國人觀之，觀者均出錢以酬洋人。洋人擅厚利，稍分其贏與長人，長人亦遂腰纏數千金，娶洋婦，置洋貨而歸。昔之長人今則富人矣。同治辛未（同治十年，一八七一）余攝令上海（即上海縣令），出城赴洋涇濱，途遇長人，前驅者呵之，見其倉皇走避，入一高門猶傴僂而進，異之。詢悉其故，將呼而問之，乃以澳斯馬國明年將鬪寶，長人又被洋人雇以出洋，往作寶鬪矣。聞長人言，所到之國，其國王、后妃以及仕宦之家，咸招之入見，環觀歎賞，飲之食之，各有贈遺。外國之山川、城郭、宮殿、人物，皆歷歷在目中，眼界恢擴，非耳食者可比。

詹五一生傳記性記述，此為最詳，但非最早，而出於陳其元親自詢結，自具參考價值。

詹五流寓國外，俱以歐洲為主，也遊訪美國各大城。多非久居，早期海外行蹤亦竟有三種書存記概況，可資考鏡。同治五年（一八六六）斌椿率同文館學生及其子廣英遊訪歐洲，於此年四月在英倫見及詹五，斌椿載入筆記，然在此可引據同行者張德彝所著《航海述奇》，是在倫敦時所謂：

適有華人來，男子一高一矮，揖畢而坐。其高者身約八尺，年逾三旬，著長袍短套，頭戴四品職銜。問彼何職？答曾捐納知府銜。叩其里居姓氏，伊自稱為湖北詹九五也。其矮者姓杜名敖富，身甫二尺，年約三旬，身著紫綢夾襖黃綾馬褂，冠紅穗小帽，係江南人也。隨一女子，年約二旬，詢之知為上海倚門獻笑者。此三人來泰西，迨為令人觀看，以圖漁利。（《航海述奇》）

張德彝年方十七歲，學殖已具根柢，出手文筆典雅，敘事曉暢，其記道明三人身高衣著，年齡身分，以至流寓海外目的。可謂簡潔周備，足資參證。同時亦有斌椿記敘於其《乘槎筆記》，內容相同，不須再引。

詹五海外遊蹤，尚有王韜所記，載入其《漫遊隨錄》，為時在同治八年（一八六九）原曾邂逅兩次，王氏只記在蘇格蘭北境大城押巴顛（Aberdeen），可能見到詹五已有中國妻子，或即同行之上海女子：

余至押巴顛時，適安徽長人詹五在其地，因往觀焉。詹五與其妻金福，俱服英國衣履。余向在阿羅威見金福時，畫裙繡褌，雙笋翹然。今則俯視其足，亦曳革履，幾如女瑩之踁長八寸矣。余訝其可大可小，變化不測，不覺失笑。金福亦為啟齒，嫣然紅潮上頰。詹五重見余，亦甚歡躍。特出影像數幅為贈，余亦以楮墨筆扇報之。（《漫遊隨錄》）

從王韜所記，已見及詹五流寓海外，入鄉隨俗，自一八六六年張德彝所見尚穿中國制服，而至一八六九年方只三年，其衣著則已完全西制。其生活亦不能不漸改西化。

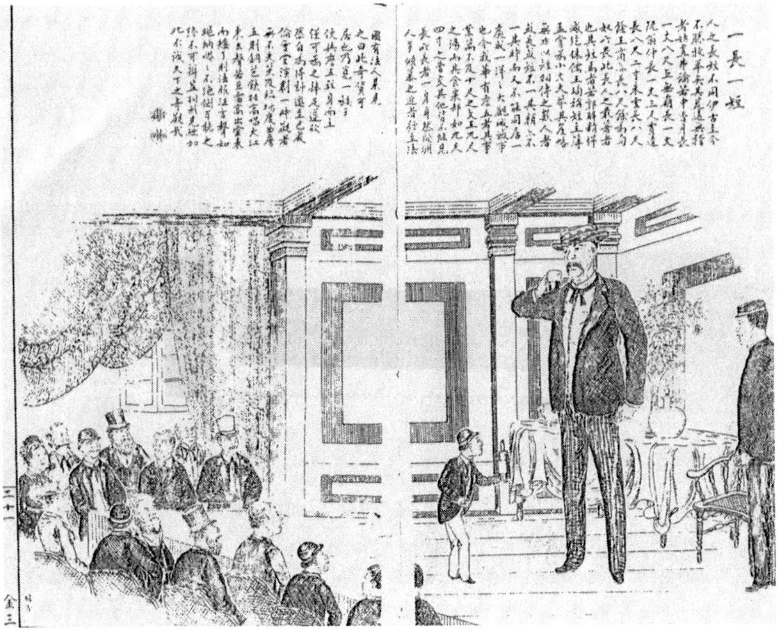
一長一短

詹五生逢歐洲盛世，西方各國富厚繁榮，乃於上海機緣，受雇於馬戲團，而至隨團歷遊各洲，歐、亞、美、澳，但凡繁華大埠，俱趕前往，必須拋頭露面，供人鑑評，方可博得賞賜，為生活之資。

詹五何幸？受到世人注意留存身世紀錄。前舉文證，俱當同治時期。均當其三旬青壯之歲，不但傳食列國，遊越三洋。所至繁華之都，所見軒冠冕裙釵，如此草野小民，其際遇可謂奇幸。方之十九世紀賣身渡洋之華工，無論美洲澳洲，為洋人開士採金，開建鐵路，挖鑿運河，勞身苦形，死亡相繼，幸得葆命存活亦什不存二三，仍是煢獨一身。當見詹五得來不易。

同治以後詹五仍是隨馬戲團周遊各洲，時有返回上海之行。但凡每次回到上海，仍是備受各界矚目。光緒中葉（一八八五－一八九四），詹五屢次回上海，而《點石齋畫報》亦必刊出專頁畫影。詹五俱隨馬戲團到滬，在此期間，《點石齋畫報》前後計刊布詹五專載者三次。分別為畫家符節（字艮心）、金桂（字蟾香）以及馬子明所繪。略可在此舉示一幅如次。

孫大砲

近代偉人不厭有外號，其義往往更突顯一個人的志節行事。這要以當時同代指稱為準，但凡後世在重要人物逝世之後之一切尊稱徽號，應不符此類條件。譬如說黎元洪之被稱為黎菩薩、沙其爾夫人之稱為鐵娘子，即屬此類。但若今世稱康熙大帝、而胡雪巖之稱為紅頂商人，俱出於後人形容，不可視為綽號。出於文人之手，亦無須論辨是非。

孫大砲是民初國人給孫中山的一個綽號。世人不識偉人計慮眼光，不免持流俗之見，妄加誣稱。此事起於民國元年孫中山辭去大總統職位，在緊隨的數月時光，一直計畫發展中國工業而有建築鐵路入手，於是到全國各地講演，宣示要在十年內建二十萬里鐵路。此即在全面利用外資的設想之下而提出主張。更在同年九月到北京向各界宣傳他的建設計畫，亦把具體計畫交付政府。

以當時中國財力人力知識而論，全屬不濟，竟然提出其龐大計畫，雖有少數識者同情，國民黨同志黃興、宋教仁、汪精衛、胡漢民俱都支持。而國人多半視為荒誕奇想，只是妄言，因而孫大砲之名遂起而流行。亦曾有記者當孫氏面指其只講大話。

迎頭趕上

迎頭趕上是孫中山名言，國人當能永記。此是政治家語言，別說不合邏輯，以中國當時之貧且弱，如可自立自強，力求與列強並駕齊驅，此是窮國弱國一種奢想。

但是孫中山雖是面對國家貧弱，卻激勵同胞奮力前進，圖強求富，想想有何方法喚起國人，此是政治家要做的努力。想想國家受帝國主義者侵略壓迫，同胞俱在水深火熱之中，做政治領袖豈可只做楚囚對泣，一定要激起國人共赴國難，方是中國自救之道。我人看到迎頭趕上這一語詞出現，豈可挑剔不合邏輯。實應進而了解偉人之用心。余故願追隨孫中山要迎頭趕上世界富強之國。

超英趕美

超英趕美是一句政治語言，自是出於毛澤東提出，為中國追求富強，指示努力目標，可以在此認定屬於毛澤東的創說，自無疑義。

我昔習讀現代各家政治論說，衡斷偉人世界眼光與超人卓識時，有一位政治家不可漏掉，實即是孫中山。

閱讀孫中山著作，有兩處類同言說，是他認為中國有一天會超越歐美。在此可舉其一，以為代表。比較容易查到的是民國六年二月二十一日《民權初步》序云：

此書為教吾國人行民權第一步之方法也。倘此第一步能行，行之能穩，則逐步前進，民權之發達，必有登峰造極之一日。語曰：「行遠自邇，登高自卑。」吾國人民既知民權為人類進化之極則，而民國為世界最高尚之國體，而定之以制度矣。則行第一步之工夫，萬不可忽略也。苟人人熟習此書，則人心自結，民力自固，如是以我四萬萬眾優秀文明之民族，而握有世界最良美之土地，最博大之富源，若一心一德，以圖富強，吾決十年之後，必能駕歐美而上之也。（《國父全集》，第一冊）

考孫中山在一九一七年所身當之世，正歐戰方酣之會，而中國上下積困，南北分裂，其國力之弱可見。卻仍抱樂觀思想，表率領導國人勇敢邁向富強，大膽估斷超越歐美，真是一位高瞻遠矚的大政治家。

摸著石頭過河

敬請識者莫以為此是一個鄉間負販，升斗小民之間的俚語。須知在政治家使用言，功用卻大不相同。二十世紀後期，出於鄧小平之口，正具有時代意義。

八〇年代以降，中國政治奔趨方向，由全國領導人鄧小平主掌推動。一九八〇年正是庚申年，有學者命之為庚申變法。正如前代光緒之戊戌變法，會使人有不利之聯想，終於放棄不用。在此不須提論。往好處看，自可命之為開放時代。鄧小平所扮演者就是一個開放時代推手。

六〇年代，美國現代化理論家輩出，現代化理論風靡世界。再加上周恩來早提示過推動四個現代化，而鄧是繼承周恩來遺志。因而承擔起現代化推手。

鄧小平要表現中國人的志氣，並不向美國取經，更不曾禮聘外國的笨伯專家，卻自行摸索走開放之路。他向國人宣稱，中國走向現代化，全是摸著石頭過河。

後來鄧小平逝世之後，他的繼承人，也不向美國取經，而是追隨鄧小平腳蹤，摸著石頭過河。終於摸到了濱海的廣大上青天（廣州、大連、上海、青島、天津），又摸到內陸的西漢九重深（西安、漢口、九江、重慶、深圳），所以世人共見鄧小平所行現代化之路，就是摸著石頭過河。

我的朋友胡適之

現代人物胡適，早在民國初年就聲光四射，成為全國知名人物。他成名之始，就是起於他的提倡文學改良，在新文學的創始發展史上，無論任何文學史著作，都會介紹胡氏的先驅地位。

清楚的說，現時代胡氏成名最重要的開始，就是起於他民國六年發表的〈文學改良芻議〉。這篇論文的重心，更是在於其中的八不主義。相信同時代人中讀過的一定很多，至少對於其中的八不主義也一定有所習聞。這是我們同時代中一個著名的文獻。也是大家可以互相溝通的共同常識。

八不主義是甚麼？是撰寫新文學作品的一種戒律，雖然出自於胡適個人所定，但在新文學創始之際，一定要有改革的軌轍，區別的標準。同時在繼起的同道與後進的新文學作家中，都有一定的約制力量。當然同時代中也有反對的意見，郭沫若就是一個著名的反對者。為了實證的關係，在此把胡氏的八不主義開出來：一不做言之無物的文字。二不做無病呻吟的文字。三不用典。四不用套語爛調。五不重對偶。六不做不合文法的文字。七不摹仿古人。八不避俗語俗字。以上的句子和排列次序，都和「中國新文學大系」所載不同，請你且別爭校版本，總之主旨並未絲毫走樣。

胡適的八不主義，有一條是「不用典」，這一點招來郭沫若的非難，稱他不懂文學。又說到胡氏做文常常講起孫猴子翻筋斗，豈不是用典的例子，不免自犯規條。胡適真是自犯規條，孫猴子還不算直接的犯規，最清楚最嚴重犯他自己的戒律，就是胡氏在提倡不用典的同時，用了「逼上梁山」這個典，並且用作他改良文學先驅經歷的文章標題，這也是人人所熟知文學革命史料中的重要文獻。收入：「中國新文學大系」第一集裡。「逼上梁山」一文，絲毫未提水滸傳裡打家劫舍的俠盜，而是詳敘文學改良在最初創意的緣起，當然是用典。這些往日的爭議，在此也無暇計較。不過更有一點會使胡適頭痛，就是他自己的名字也漸漸的被用為摩登新典了。這個典是：「我的朋友胡適之。」前後被用了三十多年，而以民國二十年至五十年間為流行時期。

「我的朋友胡適之」是學界造出來的，卻被政客們拿來利用。尤其在民國三十五、六、七年，行用甚廣。變成一個定型的時典。它的實義由表面意義變成典型喻意。喻意所在，是指一些人借一個紅人的聲光來提高自己地位和影響力。這倒還帶有民主平等色彩，比之今日高舉甚麼甚麼的那種奴才味要好得多。雖然政客利用，對胡適也並無損害。

大家只知用典，卻很少知道典的起始來源。這典起始平常，原是無意中從一些學人的習慣形成。當初在民國十九年十二月十七日正值胡適四十歲生日，他的一些文學改良派同道，一齊為他祝壽。他們為了創新風格，就做白話壽詞來恭賀胡氏。在其中有兩篇壽詞發表在《國語週刊》。其一是趙元任做的白話壽詩。分用中文、國語符號、羅馬拼音寫成。雖然如此新奇，迄今仍是除中文以外其他符號都看不懂，也無人提起。這篇白話詩的中文本，常被後人引用，是很著名的。本文不須多加介紹（可參考國語週刊第十七期）。

另一篇白話壽文，是魏建功做的，文題是：「胡適之壽酒米糧庫」。雖是魏氏所做，卻代表十二個朋友出名。都是新文學界知名之士。他們是：白鎮瀛（滌洲）、馬廉（隅卿）、繆金源、丁道衡（仲良）、黎錦熙、黃文弼（仲良）、錢玄同（疑古）、徐炳昶（旭生）、周作人（啟明）、莊尚嚴（慕陵）、孫楷第（子書）以及魏建功。為甚麼題稱「胡適之壽酒米糧庫」？其實很簡單，那時胡適是住在北京米糧庫胡同。這文奇特處，是把破題兒放在末尾說出：「如今為要紀念人、事、地，便寫下恁個題目」。這篇壽文發表在國語週刊第六十七期。

魏建功等十二人的壽文，主要敘述胡適文學改良之功。八不主義和十字金律，構成全文重心。十字金律就是胡氏所說的「國語的文學，文學的國語」十個字。何以會說是金律呢？魏氏筆下把胡適形容得像太上老君，有謂：「慧眼高深，法力廣大」。但凡祝壽詩文，自古以來都得以歌頌為主，這是應該的。所以我們可以稱之為十字金律。魏氏文章雖少為人知，卻產生另一篇錢玄同的迴響，等於一篇評介，刊於國語週刊六十八期，這時已到民國二十二年一月了。

錢玄同對於魏建功壽文的推介，十分讚揚。並引括白鎮瀛的話說：「做得好！做得好！做得真好！」但在這篇評介文中，錢氏每提到一些人，總是說：「吾友胡適之」，「吾友趙元任」，「吾友魏建功」，「吾友白滌洲」。這種無意中的現代稱呼，導致學界廣泛仿效。「我的朋友胡適之」，就變成新文學語文家之間的常用語了。到了抗戰勝利以後，又擴大到政客之間一種標榜用語了。直到民國五十一年胡適逝世以後，才變成一個歷史詞彙。

錢玄同的文章用語，即使不是始作俑者，但也是今日所能考見的文字證據。他雖無標榜之意，卻開了近代的標榜之風。

二〇〇七年三月八日，寫於新大陸之柳谷草堂

卷十四

十年修約

帝國主義者侵損中國，訂立限制枷索，造成中國海關稅收不能自主，以至陷於長期貧弱，甘受列強宰割。世人不深讀史，大多只聽說有不平等條約之說，而不清楚具體條項何在？關係中國命脈如何？我們若舉一項，並且是晚清到民國初二十年之間的一個當年外人堅持加於中國之枷索，具有一百五十年紀的今典，就是「十年修約」。

不要看輕只是外人要求改條約那樣單純輕鬆。這在十九世紀英國用來修約要求，就一意造成第二次鴉片戰爭。

帝國主義者要侵略中國，處心積慮逼出一場戰爭，他們提出甚麼要求都是合理的。故自一八五四年起，尤其在華代表包令（John Bowring）向中國提出條約要求，理由是根據一八四四年中美兩國所訂的《望廈條約》，約中規定每過十二年，凡見約中有不合時宜之處，中美雙方可以會同修約。英國援照美國條約，則至一八五四至五六年間可以要求修約。

英國不只提出修約要求，胃口極大，竟要求八大改項，內含一條要求鴉片合法化，那裡是修約，用心乃是推翻前約，改訂新約，終至用盡野心，激成了第二次鴉片戰爭。打敗中國，而在一八五八年與中國簽訂《天津條約》，這項條文載於第二十七款：

> 此次新定稅則並通商各款，日後彼此兩國再欲重修，以十年為限期滿。須於六箇月之前，先行知

照，酌量更改。若彼此未曾先期聲明更改，則稅課仍照舊章完納，復俟十年再行更改。以後均照此限此式辦理，永行勿替。

這一項條文，一直綑綁中國百年，帝國主義者把中國關稅訂壓在百分之五以下，欺侮中國無知，限制中國自由訂稅之權，由是晚清七十年頭，中國關稅分毫未動，直到一八九九年中國開始要求修約，列強各國陽允陰拒，一拖再拖，拖到清亡，一直拖到一九四二年，此一枷索，才被解除。這一百年間中國入超的損失，每一年俱在二千萬兩以上。等於每年一次鴉片戰爭賠款之數。長期扼窒中國生命。

長江通商

像這樣一個長江通商辭彙，國人甚少注意，敬告諸君，不可等閒視之。此是一八五八年《天津條約》中一個侵損中國主權的條款。在《天津條約》第十款中約文如下所開：

長江一帶各口，英商船隻俱可通商。惟現在江上下游均有賊匪（指太平天國），除鎮江一年後立口通商外，其餘俟地方平靖，大英欽差大臣與大清特派之大學士尚書會議，准將自漢口溯流至海各地，選擇不逾二口，准為英船出進貨物通商之區。

此一條文，表面看不出有何嚴重性，歷來學者少有討論。我們要弄清楚，長江是中國內河水域。此一條款侵犯了中國內河主權。後來又在同治初期，中英雙方又特立了一個《長江通商章程》將漢口、九江、鎮江三處開為通商口岸。被英人緊緊掌握了長江的內河航行權。中國自此就開了喪失內河航行權之先例。我有門人張凌動著有長江三口鎮江、九江、漢口之開放口岸及其收回。

條約口岸，自開商埠

此處舉示「條約口岸」一詞，乃是在華洋人習稱treaty port的中譯。今時國人早不看重，視為普通詞彙。但在十九世紀之中國境內，特別是上海口岸，那是洋人堅持外交後盾，在上海要享盡並藉以擴權的慣用語詞。他們看待上海是條約保障下的專用地區，共用手段擴大在此地區的優越地位。所以會在法界公園園門立牌，榜書「中國人與狗不准入此門」，這並無條約規定，卻是外人特權擴張得來。請不要輕忽這樣一個今典。

中國人覺悟已到了光緒中期，清廷已多次拒絕列強向中國要求開口岸。但卻在甲午戰敗以後，又被日本要求加開蘇州、杭州、沙市、重慶為條約口岸。

中國上下在醒覺以後，包括地方官張之洞即主張自開商埠，不受外人干涉。故自光緒三十年以後，就大量公布自開口岸，湖南省的岳州即是一例。

護身執照

護身執照就是今人習稱的護照（passport），但在中國歷史而言，卻有古老淵源，有一點曲折麻煩，頗費解說。

根據報載，近時：「甘肅省文物考古研究所在居延關破城子遺址內，發現了世界上最早的護照——棨。「棨」是漢代過關的通行證。這方木製「棨信」符上刻著「張掖都尉棨信」六字。（引自一九九〇年七月二十三日，台北，《聯合報》，第十版），有了漢代實物，考古家定為中國最早的護照。

不過，以中國的歷史悠久而言，尚有更早的過關通行證證物。我在八十年代在香港教書之際，讀到郭沫若介紹的春秋時代的通行證，名叫「節」。實有的大陸發的證物，是在湖北所發現的「鄂君啟節」，是一個圓筒形銅器，外表就像一段竹節。此一銅節之上刻有銘文。載明在鄂君境內沿江水上下運轉貨物過關的通行證。

現在仍必須認真的解釋近代史上所使用的「護照」一詞，卻也無法肯定說就是起於一八五八年。把「護照」一詞用作通行證的淵源，早在道光十九年十二月，亦即一八四〇年初，在鴉片戰爭前夕，已有其詞其事。可見林則徐奏報，開示如下：

> 臣鄧廷楨（前兩廣總督）前因三板來往向無定額，易滋影射，於（道光）十八年十一月內設立編號順字三板七隻，載運夷人往來省（廣州）澳（澳門），此外運貨各項三板，均不許駛入省河。現因停止英夷貿易，恐其冒混進省，議將順字三板，一律裁撤，另由粵海關發給米利堅等國護照兩張，凡各國夷人進省及寄信往來，均令另雇民艇，持照赴各砲台隘口驗明，方准內駛。（據《鴉片戰爭檔案史料》，第一冊，七九七－七九八頁。）

由此一文獻所示，可見中國發給洋人出入通行之證件護照，已早行用於一八四〇年代。並取用護照為名稱。

經過前述種種曲折說明，要肯定護照這一詞稱，顯見頗難拿捏。要知今日普遍常識，尚有何人不知護照就是中國習用的passport。而凡做學者不能跟隨庸眾人云亦云。在此當然必須負責的向世人展示一個明確答案。我們必須在此提出一八五八年《天津條約》第九款條文：

英國民人，准聽持照前往內地各處遊歷通商。執照由領事官發給，由地方官蓋印，經過地方，如飭交出執照，應可隨時呈驗無訛放行。雇船雇人，裝運行李貨物，不得攔阻。如其無照，其中或有訛誤，以及有不法情事，就近送交領事官懲辦，沿途祇可拘禁，不可凌虐。如通商各口有出外遊玩者，地在百里，期在三五日內，毋庸請照。惟水手船上人等不在此例，應由地方官會同領事官，另定章程，妥為彈壓。

此一條款，明載中英兩國條約，訂明持用執照，為在華遊歷通商保障身分之據，皇皇條約，與平昔形成習慣不同。故在近代中外關係而言，應可看待成近代護照行用之起始，一八五八年代表確定之年代。

東交民巷

北京城大，坊巷之多，難計其數，惟位在首都，地靈人傑，每每不免名噪一時，遠近傳聞。漢唐之長安，明清之北京，文家史家往往留注筆載，詳記委婉始末，流傳後世，供人憑弔。

此處列載北京城內之東交民巷，明代以來原稱東江米巷，不知在清代何時易名東交民巷。

東交民巷實現於正史篇章，乃是第二次鴉片戰爭附帶產生。只因一八六〇年《北京條約》簽定之後，中國開始與列強展開外交關係。九月簽定條約之間，英國在同月內要求清廷協助擇地開為駐華使館，法國在十月內亦提出同樣要求，英國原已駐軍怡親王府，要求擇為使館，清廷不允，又要求住肅親王府，清廷亦加拒絕。最後選定寧夏將軍奕樑在京府第租給英國作為使館，每年租金一千兩白銀。法國也要求住肅親王府，清廷不允。最後選在東交民巷中景崇府第，因景崇獲罪，不能居住府中，空置已久，乃將崇景府租給法國做使館。租金亦是每年付銀千兩。後來接著而來一些歐洲列國，擇建使館，亦多選在東交民巷，由是東交民巷也就名騰一世。

東交民巷於一八六〇年開始登上歷史名籍，其重要性，在於當年列強仗恃條約權利，已將清廷緊緊綑住，而控制中國操持權柄的中心，一直是駐北京公使團所集中的東交民巷，自然地位重要，意義重大。

東交民巷的歷史地位，是在光緒二十六、七兩年，達於近代外交史上一個高峰。由於在一九〇〇年義和團在北京主要是圍攻各國使館，也就是東交民巷，等到八國聯軍進入北京，中國派李鴻章與各國議和，各國在京公使俱以東交民巷為基地，聚議要求種種和議的權利。一九〇一年的辛丑條約，也就是在京的各國公使所取到的外交戰利品。這使東交民巷不期然進入歷史高峰。

自民國肇建以後，東交民巷使館仍是列強控制中國的重心。直到國民政府在一九二九年遷到南京，它的歷史地位也就同時結束。

漢文正使

世人見及漢文正使一定莫知其所指，即令在於當代學者，亦少人知。這也是在一八六〇年代出現於中文官方文書中，特別外交文件中出現。更特別是出於在華洋人外交官所創，並非華人所創。再說具體一點，是在同治、光緒兩朝，自從第二次鴉片戰爭以來，英國在華外交官擔任繙譯職的代表人所慣用於外交文書上的稱謂，更具體說是英國在華繙譯官，所取用自抬身價的官用稱呼。這是俗說拿著雞毛當令箭的手法，但是英人做得認真，在同治、光緒兩朝的外交文書，英國的中文文件，就必這樣開示漢文正使官銜。那時有至少兩位著名的繙譯官，一是威妥瑪（Thomas Francis Wade），一是梅輝立（William Frederick Mayers），這兩人出面交涉，一定自稱漢文正使。當然表現自抬身價。這種洋人作怪的情形若不能告知國人，是史家失職。

別小看這麼一點小過節，這表現英人高明，深得外交三昧。可以舉一點旁證，見識見識英人對華的深思運用。舉香港總督來說，所以必稱為總督，乃對著兩廣總督來的。港府旗下有兩個高官，一個稱布政司管行政，一個稱按察司管刑法，這也是對著廣東高官布政司、按察司而來的，英官善用心機，決不簡單。

寶星

寶星何所指？就是在晚清時期，清廷所仿照西方各國頒授的勳章（decoration）。中國在何時變得洋氣？竟然仿製西洋式勳章起來。為時當始於同治初年，當時只稱寶星，全部晚清時期俱是如此稱呼。

同治二年（一八六三）洋將戈登（Charles George Gordon）攻打太平軍固守之蘇州，接受城中降人合夥殺死慕王譚紹光，而有八位降將，繳城投降，而八位降將竟被李鴻章（江蘇巡撫）立即駢誅，使戈登大怒，立即要帶常勝軍對付清軍。後由總理衙門恭親王、文祥安撫，託總稅務司赫德（Robert Hart）向戈登疏通。由李鴻章賞給常勝軍七萬兩白銀犒賞全軍，並以戈登建立收復省城首功，將戈登由總兵加賞提督銜。並賞其首功銀一萬兩。赫德疏通使戈登軟化，但來華立功，最重視回英後的聲名，只有身佩勳章，方能在英國表現顯耀，受人尊重。赫德亦熟知勳章重要，而中國向無其例，卻仍向恭親王說，最好能由朝廷頒授勳章，要比賞帶花翎有用。因是總理衙門，就決定仿照英國勳章形制，令工匠打製金質勳章，中央鑲嵌寶石一粒，由是而定名寶星，以同治皇帝諭旨，於同治二年十一月賜給戈登佩帶寶星。俾其回英炫耀國人。故此事為中國授勳章的起始年代。

中國既經創例，在華洋人都想弄到寶星，列國外交官勢在必得，競向中國爭做好事，以便要到勳章。

到了同治五年（一八六六）清廷派三品銜總理衙門副總辦斌椿出使遊歷歐洲，斌椿竟是備受尊重，也能拿到一些次等的勳章佩帶，此使恭親王大為放心，原來歐洲列國並不靳惜發給勳章，於是訂下規制，在同光時期也對外人頒給勳章，但都名叫寶星。

總理衙門訂定寶星形制等級，立旨嚴肅，標準嚴格，等級分明，基本上照著中國官服佩帶，定出五等寶星功用。頭等寶星分三級，一級純金打造，以雙龍為圖案，只頒授各國國王總統。頭等二級頒給國君之世子、親王，但是純銀打造，此二者各在中央鑲一顆珍珠。頭等三級頒給有爵位之大官、丞相、各部尚書、頭等公使等。二等寶星，一級給各國二等公使，二等二級，給三等公使、署理公使、總稅務司、二等三級，給各國頭等參贊、武官大員、總領事、總教習。三等寶星，一級頒給二、三等參贊、正使隨員、水師頭等管駕、陸師副將及學堂教習。三等二級，給各國繙譯官、陸師游擊、都司。第四等寶星不分級，給各國兵弁。五等寶星不分級，給各國工商人士。

頒授寶星同時各有佩帶肩綬。顏色各分等級，為五種。同時頒勳章並附授勳章證書，十分精緻，便於收藏。此外，各等勳章亦制定分寸大小，不稍缺略。在此交代，只是大概情況，供為參考可也。

二〇〇七年六月十九日丁亥端午日
寫於新大陸之柳谷草堂

卷十五

銀票

銀票一詞，在中國清代各朝俱早出現，因是一種匯兌金錢的所謂票號開寫可以兌現的銀票。是一種堅韌的白紙條上書寫銀兩數目，開明憑票即付銀若干兩。而銀數每張各異，都以兌現為宗旨。鄙人曾在倫敦見過咸同時期英人偉烈亞力（Alexander Wylie）所收藏的中國銀票，上面除開明銀數之外，又散亂的加蓋五六個丹硃印記。看似散亂，可能有一定暗示，以防假冒。章子有方有圓，有長方菱形橢圓各形，無一相同。尚須其中有一方章，刻有「生之者眾，食之者寡，為之者疾，用之者舒」十六字，表現經營銀號者的信仰和認識。至於何家票號，則已忘記。

本文此處所標示之銀票，非指中國固有銀票，而是在道光二十五年（一八四五）間梁廷枏所記述的英國銀票，清清楚楚指的是英國政府的幣鈔（bank notes）。梁氏記述英王發行銀票，有謂：「王時其出納環轉，不令失信。」王指英王，環轉就是通行全國。顯見此處銀票，就是英國通行的鈔票。

銀館

此處之銀館，指英國所設的現代銀行（bank）。梁廷枏在一八四五年介紹，說得清楚：

> 銀館亦設於王（英王），以寄存項而支發，亦取給焉。始於康熙三十二年，初止收一百萬，後增本至萬萬五千萬。各國商多存銀其中者，出納各有子息，約百金歲息八金。凡市集之地，各有私館，

般富煢獨，咸寄以貲。貧商則出子貸以謀生。」（見梁氏：《海國四說》）

中國人介紹西方銀行，此為先驅矣。

挽銀

挽銀一詞亦是一八四五年梁廷枏介紹英國的匯兌金錢，至於外地城鎮之做法。挽銀本意自是指 remittance。梁氏說明有云：

挽銀：票商將出貿遷，先以票郵致所抵之地，則居者如數應之，或與他商易貨，可指定貨所屯地給票，使自收焉。（梁廷枏：《海國四說》）

中國固有應早運用匯兌手法，票號功能即為此而興。但不及西方之安全靈活，迄今此一方式大都以快速安全與實信見供，為商業命脈。

擔保會

擔保會乃是純西方的財務金融體制，中國向無前例，也就是今日的保險制（insurance），道光二十五年（一八四五）梁廷枏介紹，乃提示為擔保會。梁氏略記述其意涵：

擔保會，航海涉險者，自計舟貨所值，月納銀於會，百金約納二錢，為公費，舟損則會償之，貨全失則半償之。（原注：蘭崙二十一會，本銀自三萬至八萬）。又居宅自議其值，歲納於會者百之一，災則會償其半。或富者逆慮死後妻子無依，亦歲納五十員，他日由會歲給千員，贍其妻孥，有生計則否。（梁廷枏：《海國四說》）

似此前後所舉西方四項財務制度俱為中國近代重要新知，而其介紹進入中國文字，方當值鴉片戰後，五口開放通商之時。自為梁廷枏之先見，世人目前當然不覺悟其重要，不能立即趕及先進，自是為史家所惋惜。梁廷枏不過屈任訓導小儒，實亦表現覺識，無負於國人。

丕但，發牌衙門

丕但又有人寫作丕登，是英文patent的音譯，直接引用於中文議論之中，丕但的本意，就是專利的意旨。中國古有國家專賣的制度，卻未嘗一日定出專利法規。早有鹽鐵專賣，而清代的鹽法更是國家獨據大利，卻一向不認之為專利，故而專利觀念是近代由西洋引介而來。在此不能拿中國固有的鹽法勉強比附西方的專利傳統。實在各有不同重點，相似而非相同。

難處在學者會問，西方專利觀念，何時引進中國？答案可以使你跌破眼鏡，敢說是很早。但要在此分開幾個時段。

肯定的國人記述，出現於道光二十五年（一八四五）梁廷枏的記載英國國情：

工藝分木、石、塑、畫，能造奇物者，得專利三十年。（梁氏《海國四說》）

像西方這種個人專利權的辦法，自是中國從古也未嘗見，乃是一種法權，故而不可拿鹽鐵專賣比附西人的專利。以如此年代言，中國士人早該接受仿習，而實際竟是毫無警覺，長期漠視。故而在梁廷枬這位先驅之外，後又有人不斷提出。

三十餘年後，在光緒六年（一八八〇）上海開辦機器織布局，李鴻章委派鄭觀應擔任總辦，為中國倡率。其時鄭觀應稟請李鴻章允給織布局專利若干年，由官批准，不許他人開辦同樣局廠。表現中國已在實際利用這一利權。可惜仍受不了洋布廉價進口衝擊，上海織布亦無法維持下去，折損收場。

再過十餘年，當光緒二十二、三年（一八九六－九七）之間，鄭觀應開始建議仿外國的發牌衙門，給予國人創業享受專利。此種發牌衙門，即是美國所有的 Patent Office。乃是真正要仿行西方的專利制度。

一、二年後，在光緒二十四年（一八九八）粵人陳繼儼撰寫專文，在《知新報》上介紹丕但，題名即稱為《說丕但（Patent）》，詳加陳敘美國專利制度，所有其中細節，包括申請、審評、證明、創造重點特點，附以保證人、圖樣、說明以及預付手續費，一一開列詳敘。正可代表專利等知識之引介入中國的里程碑。嗣後乃引起多人加入討論。

鎊虧

鎊虧一詞世人少見，即在於當代一些研治近代經濟專家，也未嘗有人提及。但此一財務名詞，創生在晚清光緒時期，代表中國有識之士憂心中國白銀匯兌英鎊，匯價年年遞減，彼此兌換，暗損巨金，比之戰敗賠款亦大略相侔。

晚清人士注意到鎊虧問題者有鄭觀應、李鴻章、張之洞，皆因購買西洋機器、鎗砲、輪船而備感暗中吃虧。鎊虧之詞，因之創生。只是真能籌算兩者比對，指出折損之源，英鎊實值與其浮於實價以兌換白銀之比率情狀者，在光緒二十年（一八九四）有駐英二等參贊宋育仁提論兌換差距與中國損失之嚴重，代表國人之正式醒覺。拙文：宋育仁之旅英探訪新知及其富強建策。但未提鎊虧之說，卻詳論中國在匯價上吃虧嚴重。足以警惕國人。惟在當代經濟史家言，近年已有中央研究院近代史所林滿紅教授對於晚清匯率受虧情形，有全面精密研究，見其所著：「對外匯率長期下跌對清末國際貿易與物價之影響」。有識者可一讀此文。

關於近代英鎊兌白銀匯率，鄙人手中亦保有一點英國教士所留存的比率表，按逐年開支（在上海的仁濟醫院開支表上附列匯率）清處列載各年匯率：

仁濟醫院歷年支出表

年分	開支	英鎊兌換率 最高	最低
1856	car. $ 533		
1857			
1858	Mex. $ 742	$4/8	
1859	₮ 619		
1860	$ 947		
1861	$1,156		
1862			
1863	$1,649	₮ 6/0¾	
1864	$1,613	₮ 6/3	
1865			
1866			
1867			
1868			
1869	$1,257		
1870	₮ 1,971	₮ 5/11	
1871	₮ 1,516	₮ 5/11½	
1872	₮ 1,957	₮ 5/11½	
1873	₮ 1,728	₮ 5/7	
1874	₮ 4,530	₮ 5/9	
1875	₮ 2,388	₮ 5/6¾	
1876	₮ 2,129	₮ 5/7	
1877	₮ 2,693	₮ 5/4¼	
1878	₮ 2,324	₮ 5/3	
1879	₮ 2,420	₮ 5/3	
1880	₮ 1,988	₮ 5/1¼	
1881	₮ 3,901	₮ 5/1	
1882	₮ 2,974	₮ 5/2	
1883	₮ 2,716	₮ 5/0⅚	
1884	₮ 2,695		
1885			
1886	₮ 1,655		
1887	₮ 2,457	₮ 4/4¼	
1888	₮ 2,719	₮ 4/2¼	
1889	₮ 2,208	₮ 4/2½	
1890	₮ 3,491	₮ 4/9	
1891	₮ 2,905	₮ 4/6	
1892	₮ 2,172		
1893			
1894	₮ 2,923	₮ 2/11	
1895	₮ 2,957	₮ 3/0¼	
1896	₮ 3,681	₮ 3/0⅛	
1897	₮ 3,046		
1898	₮ 3,721	₮ 2/8	
1899	₮ 3,367		
1900	₮ 3,820	₮ 2/11¼	2/5
1901	₮ 3,302	₮ 2/10½	2/5
1902	₮ 3,664	₮ 2/6½	2/1½
1903	₮ 4,304	₮ 2/73/8	2/15/8
1904	₮ 4,293	₮ 2/9⅛	2/3⅞
1905	₮ 8,307	₮ 2/11¼	2/6¼
1906	₮ 8,308	₮ 3/1⅞	2/95/8
1907	₮ 10,752	₮ 3/1	2/45/8
1908	₮ 12,536	₮ 2/7	2/23/8
1909	₮ 13,665	₮ 2/5¼	2/3¼
1910	₮ 17,947	₮ 2/77/116	2/3½
1911	₮ 19,416	₮ 2/5⅞	2/4¼
1912	₮ 20,967	₮ 2/10¾	2/513-16
1913	₮ 21,895	₮ 2/1011-16	2/6¾
1914	₮ 25,482	₮ 2/75/8	2/1⅞
1915	₮ 28,493	₮ 2/7¾	2/211-16
1916	₮ 33,639	₮ 3/6½	2/65/8
1917	₮ 35,391	₮ 4/10½	3/5
1918	₮ 38,626	₮ 5/6	4/2½
1919	₮ 45,573	₮ 7/10	4/6
1920	₮ 53,438	₮ 9/3	3/115/8
1921	₮ 65,203	₮ 4/2⅛	2/11
1922	₮ 74,022	₮ 3/7½	3/-½
1923	₮ 81,278	₮ 3/41/16	3/-
1924	₮ 82,493	₮ 3/61/16	3/19/16
1925	₮ 86,601	₮ 3/3¼	3/-¼
1926	₮ 94,459	₮ 3/111/16	2/4
1927	₮ 118,127	₮ 2/9¼	2/411-16
1928	₮ 122,834	₮ 2/10¾	2/73/16
1929	₮ 190,301	₮ 2/7⅓	2/1
1930	₮ 203,287	₮ 2/1¼	1/4¾
1931	₮ 215,000	₮ 1/11¾	1/15/8
1932	₮ 197,871	₮ 1/113/8	1/7¼
1933	₮ 299,215	₮ 1/3¾	1/2
1934	₮ 322,901	₮ 1/6¼	1/2½
1935	₮ 282,726	₮ 1/*3/8	1/23/8
1936	₮ 273,212	₮ 1/27/16	1/2¼
1937	₮ 284,862	₮ 1/23/8	1/2¼
1938	₮ 393,579	₮ 1/2¼	7⅞d.

本表取材於 E.S.Elliston, Ninety-five years, A Shanghai Hospital.

洋人此表極具參考價值，蓋出於仁濟醫院會計當時存錄，最能表現民間行用真象。可請比照使用。以此代表鎊虧之真實內涵。此中之關鍵是正確匯值，每一英鎊當兌換白銀三兩，但凡超過三兩，即是中國之損耗。而在表面上竟難覺察。故而稱為鎊虧。上表中T字符號，代表中國銀兩單位。

商戰

世人不可小看一個時代自然創生的新詞彙，主要反映這一時代的新問題，而其詞提出，又不免多本之於頭腦中存蓄的固有知識。中國近代不期然出現商戰這一詞彙，即充分表現上述的形成動因。

中國各朝代並未出現商戰一詞，而當鴉片戰爭以後，中國開放五口通商，二十餘年間洋貨充斥全國，財貨大利為洋人囊括以去，國人漸感洋貨傾銷之烈，終於感受外商傾擠之壓力。像兩江總督曾國藩，其時方在與太平軍熱戰方酣，江南包括金陵尚未克復，而於同治元年（一八六二）致書湖南巡撫毛鴻賓，首先提出商戰這一詞彙：

> 至秦用商鞅以耕戰二字為國，法令如毛，國祚不永。今之西洋，以商戰二字為國，法令更密於牛毛，斷無能久之理。然彼自橫其征，而亦不禁中國之榷稅；彼自密其法，而亦不禁中國之稽查，則猶有恕道焉。（《曾文正公書札》，卷十七）

像曾國藩這樣傳統讀書人，竟能認清遭遇之時代，提一個面對之世局。本之於生平學問，而自《商君書》之農戰主張，推論及於當代，自可見面對變局，固有學問仍是創新思維的固有資財，不可廢也。

惟十九世紀提出學理性開發者，一代名家而有鄭觀應為商戰思想前師，其時代重要性，可為全局之表率。

官督商辦

我提此詞彙，在於其具有重要的時代代表性，不但是史家必須交代以至深入研究，而研究近代中國近代改變工商體制，參與列強商貿競爭亦須先有一定認識，方可以指導國人逐漸增加對西方商貿之了解，與修正應付世界變局。

自六十年以來，我國學者多人提出官督商辦這一商貿政策批評討論。各具一定觀點，不必在此申說。鄙人至八十年代亦有專文討論，宗旨是肯定此一種新思考，具有時代意義，也是經過十年激盪醞釀而非突然冒出。凡此研討，已見拙文：「官督商辦觀念之形成及其意義」，無法在此引述。

推上我們國人的常識的領域，所當交代而提供普通認識，也是需要治史者說清楚。現在可以概略向世人交代。

第一，原始動因開啟於鴉片戰後，中國開放五口通商。如果西歐貨物不像以前只運貨到廣州售賣，則運貨分散到中國各地有水路和陸路運輸，中國國貨也是循此兩路，陸路上翻山越嶺，全由中國勞工搬運。水路上運量大，來去貨物俱用福建同安梭船載運。而今五口通商，洋貨可以直運上海，全由洋船直接自歐洲運來，不再有商家僱覓福建大船，由是立即使沿海商船停歇，水手、舵工、縴夫、搬運工完全失業，達於二、三十萬人，流為海盜。中國商戰前敵，首先潰敗的是航運業。

第二，在一八六〇年二次鴉片戰爭結束，中國簽訂北京條約，自此又向洋人開放長江三口，北方遼寧、直隸、山東三口。再在南方沿海添開五口。由是長江以北沿海沿江航運又為洋船所奪。北方數千號沙船停歇，水手、舵工、縴夫、運夫大量失業。

第三，自從道光五年（一八二五）南北運河淤積，國家漕運改行海道，自上海北航到天津、通州交糧，乃是朝廷命脈所繫。而今沙船受擠，停歇朽壞，大清漕糧將要由何法運來？已是清廷當局眼前首上的困局，自同治初年即一再命令兩江總督曾國藩考慮解決此一重大問題。參與思考商討，設計因應之方者有李鴻章、丁日昌、應寶時等三人。

第四，在首次鴉片戰爭失敗之後，廣州華商無不隨之倒閉，但華商在商言商，總要謀求生路，遂至大多倒向洋人，為之綱紀買辦。航海運貨求生不能不買洋船掛英旗。何以不掛大清之旗，船商並非不愛國，是此類洋船中國尚沒有註冊制度，而在華英國領事，一開始就立下註冊制度，控制洋船，華商非漢奸，而是不得已。此事引起丁日昌注意，看成是利權損失，告知李鴻章設法制止，挽回利權。

自同治初期至同治十年，朝野為此長期籌思因應之道，直到同治十一年（一八七二）方由李鴻章找出辦法成立輪船招商局，所取政策是官督商辦。這個詞字，也是李鴻章在奏摺中提出，查看批文，便知其詳。

李鴻章提議官督商辦，決非輕率而言，乃是經過深思熟慮，根本關鍵，乃是事非得已。想想清代一向鄙視商人、欺壓商人，像這種新式西洋火輪船，官方無人具有操持經驗，而民間商人誰有能力投資巨金開辦輪船航運？又有誰人願與官方合作，聽命成立公司？李鴻章是以國家資本再招商人投資創此航運公司，乃是大勢使然。別無選擇。

實業

實業一詞，在文獻證據上言，最早出現於光緒二十二年（一八九六），由鄭觀應致函盛宣懷所提出。其時盛宣懷剛剛在天津創辦北洋學堂，鄭觀應表達贊成，同時建議要把學堂建成專門技藝之學堂。舉出日本建立工部大學，分出六門科別，有土木學、機器學、電信學、建築學、應用化學及礦山學等專門。鄭氏順便向盛宣懷提議開辦「實業學堂」，自此代表中文文獻有實業一詞。

何以命之為實業？此是由於自光緒初年，士大夫對於西方輸入學問表現重視傾向，就把西洋介紹而來的天文、曆法、算學、輿地、電信、機器、開礦等等，合而稱之為實學，其時亦把歷史、公法、商貿、保險、法律、交涉一併列為實學。而後來綜合大要，乃將工業、農業、礦業、商業合併稱之為實業。

實業名詞重要，代表清末國人醒覺，是真正嚴肅的開辦富國利民的實業。先驅人物則有鄭觀應、盛宣懷、張謇等人。乃是真正走上求富強之路。

二〇〇七年六月廿三日
寫於新大陸之柳谷草堂

卷十六

新聞紙

新聞紙就是英文字newspaper的直譯。當此大眾傳播發達時代，在新聞學報學名家面前，講這樣通俗習見之詞，未免有點般門弄斧，似乎有點不自量力。我當會虛心面對前修，只是點出一些常識而已。自從戈公振刊布其《中國報學史》，新聞學在我國被定為一門學術，已是學界共識。在此短小篇章，豈敢涉論新聞學問題？只是交代一點瑣碎的故有遺獻而已。

新聞紙的出現與英美教士到華刊印一些報章而出名，一般而言，為時俱在道光中葉開始有新聞紙之稱，英國教士早期出版報紙並未發生這種影響。自一八三一年教士裨治文（Elijah C. Bridgman）和衛三畏（Samuel Wells Williams）在澳門創刊*The Chinese Repository*之後，其每月出刊被稱為《澳門月報》，又通稱澳門新聞紙。我們要提出正式的中文文獻例證，自道光中葉以後，自有不少，而可以推為出現較早的文證，乃是葉鍾進所著：《英吉利記略》（收於其書《寄味山房雜記》）。魏源直引葉氏所記云：

> 澳門所謂新聞紙者，初出於意大里亞國，後各國皆出。遇事之新奇及有關係者，皆許刻印散售，各國無禁。苟當事留意採閱，亦可覘各國之情形。皆邊防所不可忽也。（見《海國圖志》，卷三十四）

這樣記載，當出於鴉片戰爭之前，史料可靠。

若葉鍾進所記，尚可謂民間偶記，只是代表早期有新聞紙傳布之說。而可靠的官方記載，應可舉鴉片戰爭期間，道光二十一年（一八四一）六月，兩江總督裕謙的奏摺所引：

廣東風氣，遇有罕見罕聞之事，即四處傳播。各國夷人亦互相抄寫，謂之新聞紙。而夷務與貿易多有互相關涉之處。故坐莊之人見有新聞紙，無不抄寫寄回，以定貨物之應否運往。並無他意。於國事亦毫無關係。（見傳抄本《夷事昚》）

在鴉片戰爭期間，官方奏達朝廷，提到新聞紙的尚不止裕謙一人。在道光二十二年（一八四二）三月，有林則徐的《備夷六條》奏報清廷。其中第六條講到：

又有夷人刊印之新聞紙，每七日一禮拜後，即行刊出。係將廣東事傳至該國，並將該國事傳至廣東。彼此互相知照。即內地之塘報也。彼本不與華人閱看，而華人不識夷字，亦即不看。近年僱有繙譯之人，因而輾轉購得新聞紙，密為譯出，其中所得夷情實為不少。制馭準備之方，多由此出。（見梁廷枏著：《夷氛聞記》）

由這些文獻證據來看，新聞紙一詞之傳入中國，自當始見於清道光中葉。至於我國人士之自開報業，自印新聞紙，為時當遲至一八七〇年代，清同治朝後期，我們的第一代新聞前驅有王韜、黃勝（《循環日報》），有陳言、伍廷芳（《華字日報》），有錢徵、蔣芷湘、黃式權（《申報》），有蔡爾康、沈毓桂（《萬國公報》）。

匿名揭帖

匿名揭帖英文譯作anonymous placard。別小看這樣低下潑皮　不登大雅之堂的謾罵招帖，全出現在市井坊巷牆角、告牌、表柱之上的無名揭帖，如今要找出這類殘破爛紙，那是千難萬難之事。世上絕無收藏，絕難保留。近代史上卻因中外交涉，未料這些爛紙竟成中英交涉史上要件，即用百餘年前熟名：匿名揭帖。

匿名揭帖真是一些瑣屑、下流、謾罵、誣告的小民手筆。自來有誰會搜藏這些？相信各大小圖書館全無可尋。何處才有？卻可在英國國家檔案局（Public Record Office）看到十九世紀中葉至二十世紀初之一些中文資料中凌亂散落留下來不少。中國何處才有，只能在中央研究院近代史研究所見到少量的抄寫檔，卻只保存在《教務教案檔》中。為量遠不及英國之多。

匿名揭帖有甚麼來歷背景？已難說清，卻可明白說，這是中國民間挾怨洩憤，不能明鬥，而寫下毒惡字句詛咒謾罵，宣揭對方醜惡的一種手段。寫好之後，就悄悄偷自張貼，以攻伐仇敵。

像這種中國民間破敗之物，不經之作，何以使英國外交官老爺們那樣熱心搜藏。因為有一些匿名揭帖專罵外國人，辦外交要搜集證據，因此這些匿名揭帖就一步登上歷史舞台，變成了英國辦外交的證據。所以就大量的保存在英國外交檔案之中。在此略作列舉，試為參閱：

其一：道光二十六年（一八四六）揭帖：

贓官悮（誤）國，甘喪廉恥，從夷所欲，天實厭之。倘夷入城，鳴鼓攻之。（此處講入城，指入廣州城，當年粵民反對英人入城。）

其二，道光二十七年（一八四七）的揭帖：

若要享太平，先殺潘仕成。選定弓箭手，埋伏射耆英，破了黃煙筒，自後不勞兵。廣東多擾亂，總係這龜精。

這份揭帖是罵欽差大臣耆英，其手下辦外交的道員潘仕成，鹽商出身。文中的黃煙筒乃指廣東巡撫黃恩彤，俱是耆英的外交助手。（日本學者佐佐木正哉搜輯）

句讀號碼

句讀號碼就是今日世人熟稱的標點符號，並不新鮮。雖然人人能說得出，卻難說清楚是起於何時。

中國自上古以至十九世紀，數千年間，所有書籍著作，一向不用標點，古來自有不少大聖大賢，一併成千上萬知書之士，那樣博學多識，怎的凡是流傳文獻，往來文書，天下文告，都一概不加斷句點出。這一點不暇責怪古人，可是到十九世紀承受西洋知識衝擊，得到影響，終於逐漸使用標點斷句，使讀的人較易明白文義，是一大功德。

我們眼前看到，說說倒很輕鬆，人人都贊成使用標點符號，可是國人接受此制也是歷經漫長歲月。起首說來必須肯定是出於英、美來華的教士所介紹。洋人著中文書刊布問世，最早也在十九世紀，有米憐（Rev. William Milne）最早在一八一五年在南洋刊印中文報章，又有麥都思（Walter Henry Medhurst）也在南洋刊布中文報章。以至在一八三三年有郭士立（Charles Gutzlaff），在廣州刊布中文報章，更有其他教士如馬禮遜（Robert Morrison）不斷寫中文書。這些人的中文著作，全仿照清朝官書文獻，只有斷句小圈，多是淺白易懂。須知清代官書已用小圈斷句，出於一定的少數官書，如《籌辦夷務始末》就是官方使用小圈斷句的形式，卻不能說是受西方影響。

究竟在近代的版本史上中文書在何時？用何書？使用西式的標點符號。相信版本學家蘇精能說清楚。我則只在此冒昧提出，也要請教蘇精。我看在一八五二年（咸豐二年）和一八五四年（咸豐四年）。西洋教士所刊印出的《聖經》新約全書和舊約全書中文本，向稱委辦本。這其中文字用芝麻逗點及小圈句點，最明顯的是人名用單線標示，地名用雙線標示。在中國版本上乃是首見標點符號。

至於清廷官方政府要到同治三年（一八六四）特請教士丁韙良（William Alexander Parsons Martin）繙譯《萬國公法》四卷，此書上呈御覽，乃是總理衙門官書，其中亦有斷句芝麻點，人名用單線標示，地名用雙線標示。到了此時，方才算是中國書開始使用西式標點符號。

既是標點符號，而其起初並未立下名謂。直到一八九六年（光緒二十二年）上海兼通中英文的青年學者沈學，才隨便順筆定之為「句讀號碼」，刊於當年《時務報》。

洋規矩

要談洋規矩，先講土規矩。

中國上古度量器具有多種，較常見者有：規、矩、準、繩、權、衡。神話傳說的五帝：黃帝、炎帝、太皞、少皞、顓頊各執一種。更有古老傳說是畫男女二人，男手執規，女手執矩，二人相抱，下身是蛇身，彼此像麻花一樣纏在一起，此類圖像傳世者有多種。一般推測，指的是中國始祖的降世圖像，今天反對迷信，無人再提。

古代實在早已發明了規矩這兩種工具，決不會晚過殷商。本文只能保守的舉實在紀元前四世紀。其一，可舉《孟子》書，在「告子」篇中有云：

> 大匠誨人，必以規矩，學者亦必以規矩。

其二，可舉《莊子》書，在其「達生篇」有云：

> 東野稷（人名）以御見莊公，進退中繩，左右旋中規。莊公以為文弗過也。（句中的文是人名，指的是著名御師造父的父親。）

進一步再說洋規矩，是何時引進中國？沒有記載的事不能亂猜。有記載的，肯定知道是在清雍正三年（一七二五），是意大利教化王向中國進貢，貢品樣目甚多，其中有鍍銀規矩一對。至少可代表洋規矩輸入中國之始。說來未必傳至民間，但在南方應早已被民間使用，這也不能隨便推測。

民間使用洋規矩，只有文人能留下記載，一定難免晚出，這樣小事，自是不易被人記述下來。可靠的紀錄，出於嘉慶後期鄭復光的記載：

> 不見洋規矩乎？銳其兩髀，豐其軸端，蓋取象人形，頭重腳輕矣。（鄭氏著：《費隱與知錄》）

不過無論如何說，我們仍是必須看重一七二五年這個年代。

照身大鏡

國人常讀小說無不熱愛曹雪芹的文學名著《紅樓夢》，特別是劉姥姥進大觀園，無不欣賞其趣味橫生，描繪精妙，多半熟記情景，如親身經歷。這段故事中有一節是在劉姥姥酒足飯飽之後，帶醉穿梭大觀園中華屋廳堂，幽雅繡閣。在一寬敞廊道，驀然走向一個迎面的穿衣大鏡，就見到鏡中同樣一位姥姥與之開懷暢敘。此一情景動人，形成一個大家習用的典故：劉姥姥進了大觀園。今世熟知而常用，喻意可知。

曹雪芹之書，多處引稱西洋事物，有人作過提示，但多半未注意到這個照身大鏡也是西洋近代產品，而引起大戶人家使用。

可靠的證據，就是滿清在一六四四年入關建立大清王朝，而在順治皇帝十二年（一六五五）第一個向中國朝貢的歐洲國家荷蘭，在其各樣貢品中，已有兩項新列的貢物，一個是自鳴鐘，一個是照身大鏡。須知伽利略生於一五六四年，其發明自鳴鐘至利瑪竇一五八一年到華尚只十七歲。真正西方使用已至十七世紀。至於照身大鏡是西方玻璃產物，亦至十七世紀成為常用。因是順治十二年，實是中國由荷蘭得此用物，一六五五年自是最早年代。

留聲機

美國發明家愛迪生（Thomas Edison）生於一八四七年，他有多種發明，而留聲機則最為人熟知。此事在中國人得風氣最快，主要是靠美國教士在上海辦了聖約翰書院（St. John's College），在其教學儀器中引用不少西方好工具。留聲機當是用於物理學上聲學的儀器，自然傳授了中國學生。

雖然如此，卻難斷定中國人是誰最早使用留聲機，書面的紀錄很是難得。此事至一八九六年（光緒二十二年）出身上海聖約翰書院的青年醫師沈學（字曲莊），自十九歲起以英文寫作中國語音新書，五年而成，並為廣傳華人，自譯為中文書，名曰：《盛世元音》，送給梁啟超在《時務報》擇要發表。梁氏並在同年為之作序，刊於《時務報》。沈氏書中自序其判定書韻，乃隨手借留聲機輔助，借英文語音，決定細分中國人發音部位，其各組元音與子音五區位與成音之數量，十分精細。而順筆記述，乃能提出留聲機一詞。留聲機三字即始於此。

原質

原質之說，出於西方物理學，近代引進中國，惟當十九世紀中葉以後，西洋教士偉烈亞力（Alexander Wylie）介紹算學，艾約瑟（Joseph Edikins）介紹格致，傅蘭雅（John Fryer）介紹化學，合信（Benjamin Hobson）介紹醫學，咸豐、同治兩朝，其中文著作已是通行全國，特別是教會開辦之學塾。至於國人接受西方科技知識，亦早開始道光、咸豐兩朝，著名的重要科學家受西洋教士影響者有李善蘭、徐壽、華蘅芳、張斯桂、徐華封、張文虎等人。他們在咸同之間已負盛名，曾受到兩江總督曾國藩徵召，像徐壽、華蘅芳即被聘在江南製造局譯重學、化學、電學、汽學之書。影響到國人吸收西方科技新名詞。

這裡提到了原質一詞，難說出於何人介紹，而在國人使用此詞，申釋意旨者，則已遲到光緒二十三年（一八九七）為翰林出身的王仁俊所談起。王仁俊是甚等樣人，是一個重視中國固有的科學知識之人。思想並不堅僻，但以中國自古以來的科學知識合輯一書，名為《格致古微》，是一本集大成的中國科學知識之書，其書與同時代後出的《格物中法》齊名。《格物中法》則為劉嶽雲所輯，一九〇〇年刊印問世。其時李善蘭尚在世，予此書有極高評價。

王仁俊果不外行，於外來新科學詞彙頗能通曉而加介紹。其為原質之作用介紹國人頗值引據：

> 地以上皆天也，盈地球皆氣也，空熟甚！疇橐籥是？疇載持是？則必以一物為原質，以不物於物為起點。（見光緒二十三年《實學報》）

引文中的疇字，古時用法是誰的意思？

製器之器

在此提出一詞：製器之器，請勿等閒視之。此詞創生於清同治二年十月二十三日（一八六三年十二月三日），地點在曾國藩的安慶湘軍大營，它的重要性，就是代表中國近代走向工業化的一個啟動的口號，要先約略陳述故事來由。我已早四十年前著書說明，但知之者少，願再申明此典。

曾國藩雖是帶領湘軍轉戰各地，多年也未被重用，而到一八六〇年（咸豐十年）江南大營兵潰，至此方才被任為兩江總督欽差大臣。在一八六一年收復安慶，才作湘軍大營，規劃收復各地失土，故發檄文徵召地方賢士來大營共事，經一年餘間，到一八六三年（同治二年）徵召來幾位科學家李善蘭、徐壽、華蘅芳前來相商開廠造槍砲。諸人為了取信於曾氏就介紹旅美八年的容閎來見曾國藩。在十月二十三日相見之下，曾氏問計於容氏，容氏主張要開製造母廠，以生產製器之器，白話說就是機器。有了機器再來生產各樣之器。此話被容閎筆載於其《西學東漸記》，核對曾國藩當時日記果有此說，可用作基本教材：

李壬叔（善蘭）、容純甫（閎）等坐頗久。容名光熙，一名宏，廣東人。熟於外洋事，曾在花旗國寓居八年。余請之至外洋購買製器之器。將以二十六日成行也。

曾國藩這一製器之器的說法，在兩日後（十月二十五日）又分別寫信給李鴻章（在上海）和毛鴻賓

（在廣州）一一詳述，令容閎在李鴻章處提銀一萬兩，毛鴻賓處提銀二萬兩，然後即專程赴美，購製器之器，不久即改稱為機器。到同治四年（一八六五）宏閎購機返國，一概交予上海新設的江南製造局使用。此後中國工業建設即由此開辦機器廠而一一推行。當知此一口號，即是中國工業化的啟步動因。

二〇〇七年七月二十四日
寫於新大陸之柳谷草堂

卷十七

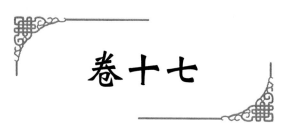

萬國公法

中國承受外力衝擊，特別是在十九世紀中葉而受英國武力侵略，被迫打了兩次鴉片戰爭，往往割地賠款，辱國喪權。（兩次均有割地，又均賠款）加上同意英、法、美、俄四國派公使駐北京，中國的外交經營，外力因應，自不能再深閉固拒，必須中央官方有人主持，有一定政府體制承擔此責，方可與列邦周旋。此即自然迫使清廷成立總理各國事務衙門。然面對西方國家，必要遵依西方所已形成的外交體系與外交慣例，此在當時中國乃是完全生疏。除了成立總理衙門，同一時間又設了培訓外交人才的同文館。多請洋教習前來任教。

無論是立即需要，與向學人傳授知識，這在西洋形成的萬國公法就是辦外交的重要學問。就在同治三年（一八六四）請美國教士丁韙良（William Alexander Parsons Martin）把西洋的國際公法當時只稱萬國公法譯成中文出書四卷，鄙人有專文討論此事，不及細表。

事實上，丁韙良早在同治二年（一八六三）初已繙譯成《萬國公法》初稿，採用美國外交家惠頓（Henry Wheaton）所著的：*The Elements of International Law* 而作翻譯。主要是簡明中立，向為外交家參考。初稿完成後，請到上海通西學的學者張斯桂為之作序，張氏題明於同治二年五月端午日寫於上海。真是一位有世界眼光的思想先驅，我亦早在著作中提及其名，卻是在變局思想中漏列張氏，真是罪過。張氏序文，表現洞察地球萬國林立之世局，大小列邦，強弱分野，瞭若指掌。推尊《萬國公法》之功用，各國人士之孰讀，維繫邦國權利之條文，以至教士丁韙良譯書之貢獻。其思慮之縝密，世勢之明鑑，在當時而言，當列於馮桂芬之後（一八六一）及王韜之前（一八六四）。茲特補充，尤盼徑讀張氏序文。

自主之權

西洋列強並峙，各國俱重主權，是謂之自主之權（sovereignty）。因是《萬國公法》一書，最先講述主權。雖一八六四年刊印，頒發南北洋大臣及各通商口岸，而地方官仍多生疏，不甚講究。此是一個外來的重要觀念，有關中外交涉之得失甚大。惟在總理衙門大小官員，因有其書，自是應用最早。最早可靠的正確文獻，自俱在一八六四年以後，惟至同治八年九月十九日（一八六九年十月二十三日），卻有總理衙門正式文件，明確宣示中國在沿江沿海主權，可供參證：

> 現經訂明：凡屬中國海面江面，中國有自主之權。有例行各事者，並通商口岸所訂附近水面之章程，由英國曉示英船，一體恪守。（見同治朝《籌辦夷務始末》卷七十）

這一則十分重要，在一八六九年中國已正式向外國宣示自主之權，在維繫國家權益言，已明白拿出折衝的武器。

至於個人的人權，我曾著文論述，為時要晚，但在個人自主之權一點上，可舉出一八九七年（光緒二十四年）王仁俊介紹西人的自主之權：

西人之言曰：彼國行民主法，則人人有自主之權。自主之權者，各盡其所當為之事，各守其所應有之義。（文見光緒二十三年《實學報》）

中國承受西方衝擊，反應甚是遲慢，然亦並非冥頑不靈，無論如何，能譯印《萬國公法》，自是主動訪求新知的努力，正有其自救希望。

額外權利

《萬國公法》載有「格外權利」一詞，乃指侵佔他國主權之特權。中國既譯印此書，卻未嘗有何警悟。然在總理衙門所從事交涉之經驗中，創生出「額外權利」一個觀念，特別是始自同治初年，即在英使阿禮國（Rutherford Alcock，同治四年至八年駐華公使）要求中國同意英人到內地通商，而總理衙門則回稱外人如果放棄「額外權利」遵守中國法律，自可答應內地通商，阿禮國終於未能達成目的。

至於即在同治前期亦有文士王韜重視額外權利。與總理衙門有一致之瞭解，所指俱是西方固有詞彙（extra-territoriality），中文正譯是治外法權，而在中國則在同光時期稱為額外權利。光緒後期方有治外法權之說。在文獻上可見之紀錄而言，這樣一個短期出現的詞類，只能見之於王韜在同治後期特為暴其詞旨：

向者英使阿利國，以入內地貿易為請；總理衙門亦以去額外權利為請；其事遂不果行。夫額外權利不行於歐洲，而獨行於土耳機、日本、與我中國。如果則販售中土之西商以至傳道之士、旅外之官，苟或有事，我國悉無權治之。此我國官民在所必爭，乃發自忠君愛國之忱，而激而出之者也。故通商內地則可不爭，而額外權利則必屢爭不一爭，此所謂爭其所當爭也。公也，直也。（王韜著《弢園文錄外編》卷三）

額外權利一詞流通不廣，流行不久，終為正名稱：治外法權所代替。不過跟著一個近代史常期流行的新名詞也就創生，那就是中國人長期奮鬥爭持的所謂「挽回利權」，尤其流行於二十世紀。只是此詞的起源在十九世紀，命之曰：「收回利權」，提倡之人是馬建忠，為時在光緒十六年（一八九〇）。這一詞只點到此，不另再立條目。

均勢

在中國文獻之中，《萬國公法》最早載敘均勢概念。由於不作歷史敘述，故事背景交代不清，也略提到歐洲的三十年戰爭，也是不甚詳明，卻對西方近代國際公法的創生，看重均勢的關鍵性影響。

在西方的慣用詞彙就是balance of power，中文譯稱均勢。在中國近代而言，知識未盡得自《萬國公法》，而官紳士大夫，卻有一些人知道西方這一詞彙，據鄙人見及者近代中國人士領悟均勢之意，並能論及均勢之功用者有李鴻章、王韜、鄭觀應、陳虬、薛福成、項藻新、馬建忠等。而陳虬自先聲明其說引自於《萬國公法》，其他則各有所本，其中惟以馬建忠俱從西方史志中講其形成均勢思想之過程，簡明覈要，了解分析，交代明白，足備參證：光緒四年（一八七八）馬建忠申敘如下：

夫均勢之說創於范斯法尼（Westphalia）之會，然而與會者不過法、墺、瑞典、西班牙暨日爾曼之屬，而普因北教而屏，英以異教而斥。故其相維之勢足以聯絡數國，不足以統屬歐洲也。至迂特來（Utrecht）之會，英、普與焉，而俄國不與，是均勢之盟未盡普也。且范斯法尼之會諸國雖共訂條章，而西班牙與荷蘭乃有孟德斯（Münster）之約，日爾曼王率屬邦先與瑞典有奥斯勃慮克（Osnabrück）之約，繼與法國復有孟斯德之約，法國與西班牙又有比來納山（Pyrenees Mt.）之約。前後紛紜，而統謂之范斯法尼之約。又迂特來之會，英人先與法王盟，繼與西班牙盟，復與他國王分盟。然則是二會者，只屬數國之私盟，而非列邦之公約。夫會者所以結同盟之信，盟之者眾，則信益彰，而守愈篤。今此二會，散漫無紀，不能共相維持，宜其不久而各國弁髦之也。維也納之會則不然，俄國與約而均勢之道公，友邦共盟而要結之誼固。（馬建忠著：《適可齋記言》卷二）

鄙人昔日選讀西洋通史及西洋近代史，包括閱讀西洋通史、西洋近代史之書，其所能申敘者多只交代三十年戰爭後，在一六四八年所會同訂立威斯伐利亞（即本文之范斯法尼）和約，其中大小脈絡全不及馬氏之簡明概敘可以掌握近代西方大勢始末。

公車上書

公車上書是近代史上成為熟見的典故，具有時代意義，尤且代表國家興亡匹夫有責的實踐，國人應加重視，立為庶民表率。

「公車」一詞出現《詩經》，指君侯之車。而「公車上書」原典出於西漢庶民上書需由公車令收轉。《史記》記有東方朔入長安，為公車上書，得到重用，遂為後世引為掌故。

我們在此要舉示近代史上的公車上書，乃是國人傳誦的歷史大事件。係用古舊典故，標示一個當代史事。

先有兩項體制背景要作交代，其一是凡鄉試中舉，要考貢生、進士，必須到京，並必當初春進行考試，先考得貢士，再甄考而成進士，故被稱為兩榜進士出身。這種考試稱為春闈，而到考之舉人，被稱為「公車」，也沿襲漢代公車名稱。其二是但凡普通庶民要向皇帝上書，規定要先遞到都察院，由都察院代呈朝廷。晚清光緒二十一年（一八九五）的公車上書，就是完全符合這種體制。

公車上書的動因起於中日的甲午戰爭，中國戰敗，由李鴻章到日本簽下馬關條約。為時在這年三月二十三日（一八九五年四月十七日），中國為此割讓澎湖、台灣，賠款二萬萬兩，再加贖回遼東三千萬兩。此事刺激中國人心甚大。其時各省舉人在北京剛考試完。自三月二十八日起至四月八日，連日有數起各省舉人上書都察院。其中以廣東、湖南舉人為最先，接著又有四川、湖北、奉天、江蘇、山東、江西各省舉人聯名上書，接著又有貴州、福建、廣西等省舉人上書。史家記載，承認康有為、梁啟超、麥孟華等廣東

人起始策劃，故而號稱十八省公車上書皇帝，反對批准馬關條約。（不久康有為得知已考上進士）

近代史家自然重視公車上書之歷史，主要代表知識分子關心國家存亡，表現民族意識醒覺，抑且乃是全國十八省舉人同心合力的一次救國運動，值得鄭重列入史乘。

群學

「群學」成為一個詞，起始於光緒二十一年（一八九五）初，天津《直報》所刊出自嚴復文章〈原強〉，其篇中提出，乃是近代新創之詞。

嚴復在〈原強〉一文，本意在介紹英國哲學家斯賓塞爾（Herbert Spencer, 1820-1903）所著的社會進化學說，而將其書隨手譯之為「群學」。在直報上刊載嚴氏之說云：

> 斯賓塞爾者，亦英產也，與達氏（達爾文）同時。其書於達氏之《物種探原》為早出。則宗天演之術，以大闡人倫治化之事，號其學曰「群學」。猶荀卿言：「人之貴於禽獸者，以其能群也。」故曰「群學」。（見《嚴復詩文選註》）

嚴復固自為近代思想先驅，惟其學通中西，則為後人望塵莫及。嚴復翻譯西書，採用群學一詞，本為擇詞之功夫，但若不熟讀《荀子》一書，決不會將西書 sociology 之學，而翻譯為「群學」。（附記：另一同時而較年長的一位學者蔡爾康亦通西文，則將 sociology 譯為「大同學」。）

嚴復當此國家危急之際，同年之中發布四篇重要文章，發聵振聾，啟導國人改轍易塗，效法西人富強之道，以救國家之危亡。其中〈原強〉一文尤能振奮人心，以免自甘愚弱，受列強宰制。嚴氏著文，旨在喚醒國人，而當戰敗屈辱求和割地賠款，創鉅痛深之際，自必憬悟到如何立國於世界。嚴氏無意中提示群學一義，又附荀卿之言，正好領向一個積極面思考。而使群學一詞，一時產生極大反響，由是各地特別是廣東、湖南兩省成立「群學會」以及分會。甚至亦在湖南有「群萌學會」。故而梁啟超最先亦最積極闡釋群學意義。即於光緒二十二年（一八九六）十月在《時務報》發表〈論學會〉一文，開宗明義，申論群之重要，可舉以參證。梁啟超刊布〈論學會〉一文，起首即申述群之意旨功用，為其創立學會優先目標：

道莫善於群，莫不善於獨。獨故塞，塞故愚，愚故弱；群故通，通故智，智故強。星地相吸而成世界，質點相切而成形體。數人群而成家，千百人群而成族，億萬人群而成國，兆京陔秭壤人群而成天下。無群焉曰鰥寡孤獨，是謂無告之民。

以此起義，以展開創建學會而聯眾力匯群智，以各就專門學術，培育人才，以共圖國家之富強。創立學會者，即實現群學之道。此則由嚴復創議而引申出一種新理解，新思維。（《時務報》第十冊）

嚴復〈原強〉之群學精義，最詳細述論斯賓塞爾所主張德、智、體三方面之教育以強其人民。由是而使國人重視德、智、體三育，惟因提倡群學，其自晚清以至民國初年，國人普遍提倡德、智、體、群四育並進。是即嚴復之群學而引申之重要影響。

強學會

學會（societies）是西方學術與思想影響中國近代知識分子的一種組織。中國文人結合，只是散漫的偶然相聚，並無具體組織形式。一般以文人詩社為最常見，本之於以文會友的原則，不及多敘。

中國自晚清一八九五年起，士大夫合群力群志而成立學會，乃是完全蹈襲西洋學會形式。特別就近模仿西洋教士在華所組成的廣學會，尤其出版譯書發行《萬國公報》，國人朝野，已有多人閱讀。在歷年平時，實少人要模仿而合組學會，及至中日甲午戰爭中國戰敗，在一八九五年四月十七日簽定了喪權辱國條約，遂引致全國激憤與震驚。知識分子奔走呼號，作挽救危亡努力。此時自然思考到組織學會，最急要行動是要奮發圖強。因是而在北京發起組織「強學會」，為時在光緒二十一年（一八九五）六月。而廣學會重要領袖李提摩太（Timothy Richard）也到北京加入相助。《萬國公報》編者蔡爾康有清楚記述：

> 乙未（光緒二十一年）六月間，京師有擬開報館之議，文芸閣著作郎廷式、袁慰亭觀察世凱、陳次亮部郎熾、洪右臣給諫良品、王幼霞給諫會英、丁叔衡太史立鈞、翁師傅之從孫弢夫太史斌孫、曾文正公之文孫重伯、太史廣鈞、南皮尚書之公子君立孝廉權等，凡十餘人，相與講求中外掌故，惟日孳孳。旋以「強學」名其會。而別設強學書局於京師，議印一切有用書籍。時則廣學會督辦李君提摩太，方自滬走京師，日以新學之益，遍告達官貴人，諸君皆樂與之游，聆其議論，靡不傾倒。而京師名下士，及外僚之入覲者，如王爵棠方伯之春、程從周軍門文炳、龍覲臣軍門殿揚諸公，簪

裾盛會無慮百數。南皮尚書特撥五千金，以濟公用。壽州孫燮臣司空家鼐，代備館舍，以供棲止。常熟翁叔平司農同龢，許從戶部歲撥若干金，並撥發印書機器，以便開工。將來此會慶成，用以轉移風氣，其所關係者大矣。（見《中東戰紀本末》卷八）

雖然如此，北京官僚彈劾，此會也就隨之被封。然此會意義重大，其一，以全國學會言創建最早。其二，此會足能代表全國性。因是論者必先提強學會。

保國會

也如同強學會之創立，保國會晚出，創生於光緒二十四年（一八九八）三月。時勢背景更加嚴酷，甲午戰敗不久，西方列強耽耽虎視，興起瓜分中國之說，雖然大家環伺盤中肉，而俱相信彼此間要經過實際較量，以至無人敢做戎首。不過垂涎三尺，甚怕落於人後，於是要在瓜分之前要各佔據點，是即要保持均勢，急切下手。而在光緒二十二、二十三兩年之間，德據膠澳，俄據旅大，英據威海衛，法據廣州灣，只有意大要染指三門灣被中國逼退，其餘四大國已各有斬獲。此時清廷主政者已無李鴻章，而軍機大臣束手無對策。光緒帝流淚不願做亡國皇帝。想想此時中國士民是如何震驚惶懼。在這樣時局之下，在北京士大夫要倡組保國會實為自然之事。

保國會的內涵曲折大史料多，學者可以專文介紹，而這裡交代一個詞類，不能暢敘，尚祈識者諒我無能。

保國會於光緒二十四年閏三月二十七日（一八九八年五月十七日）開會，在閏三月二十九日天津《國聞報》有所報導：

戊戌之春，南海康水部（康有為）倡保國會於京師，先期戒僚友於粵東館，宣講立會之旨，集謀保國之策。至之日，上自京僚以及公車應試之徒，來會者凡數百人，本朝二百五十餘年士大夫，不奉朝旨毅然引國事為己任，不顧成敗利鈍，斬斬而決之吾之一心，而其徒從之者又如是其盛，蓋未之前聞也。方是御史潘慶瀾劾之，朝廷知其無他，而又垂諒其事之出於公也，不果罪。（閏三月二十九日《國聞報》）

此一組會活動，《國聞報》有詳表揄揚，支持而稱許。同時在同年四月初十、十一兩日，將三月二十七日康有為的開會講辭也予以刊布。不及列舉。《國聞報》並在四月初六日，以書後專稿，介紹保國會的成立。接著同年四月十二日《國聞報》刊出梁啟超以書面告京師保國會同仁，文中全面述論中國被瓜分之危急，以呼喚士大夫之振作為國救亡奔走。梁氏之文明確表達列強瓜分中國之貪、欲與中國士民之所當奮起。乃是一篇反瓜分文獻，而終結於保國。

保國會的重要意義也可指出兩點，其一，乃是反映在當時世局中國人產生的危亡意識。當時康有為即指出包括保種、保教、保國三個重點。其二，這個組織也是表現了全國性而非地域性。當時光緒皇帝很肯定保國會活動，只是出了不少京官彈劾，最致命的是御史文悌彈劾，造謠謂只保中國不保大清，遂至遭受封禁。

二〇〇七年七月三十一日
寫於新大陸之柳谷草堂

卷十八

民主、民權、女權

民主一詞，西文為democracy，而在中國出現此一詞意全同於西方原義者已至十九世紀末。國人最早提論此一詞彙者前後有七人出於書寫文字，當俱以十九世紀為時段。分為嚴復於一八九五年（光緒二十一年）於所撰《原強》之文提出。「以自由為體，以民主為用。」黃乃裳於一八九五年提出。據李金強教授研究為證。孫中山於一八九六年提出，倫敦蒙難，其說廣載於各報。王仁俊一八九七年（光緒二十三年）乃有專文「民主駁論」，主要批斥孫文之倡說。徐勤於一八九七年提出，據上海《實學報》，沈學於一八九八年（光緒二十四年）提出，據澳門《知新報》。

在此順勢增添一位倡言女權者，是即湖南按察使黃遵憲，於一八九七年提出。同時女權一詞，即出於黃氏首創。據拙文〈近代湖南女權思潮先驅〉。凡此所舉，俱以十九世紀出現之論說為限，其後則已迅速傳布各地，人人俱能言道，匯為思潮。

公僕

中國近代而出現公僕一詞，輸自西洋，乃我古聖先賢向所未嘗立為教法者，當然是一新典。

中國士大夫文士之提示公僕二字者，始自一八九五年（光緒二十一年）嚴復所撰之《闢韓論》，其言如次：

是故西洋言治者曰：國者，斯民之公產也；王侯將相者，通國之公僕隸也。

嗣後，嚴氏又於一九〇〇年（光緒二十六年）再次提示公僕一詞。當信嚴復自為同代思想先驅。俱在十九世紀立言。

接著一九〇二年（光緒二十八年）梁啟超向國人提示公僕在西方之通行，自在宣達民權之宗旨。梁氏之後，同在一九〇六年（光緒三十二年）乃有鄭觀應、張謇以及孫文倡說公僕之義，特別是張謇，處處引公僕自居。雖是主辦實業，乃不過股東之公僕而已。惟至孫文一人則自清末以至共和時代，其屢言自為公僕者，不下十次之多。但民主時代狗官，缺乏教養，亦不識外情，不自知為何物，大多像土皇帝，就是有外國博士學位，一樣作威作福。卻又自我期許，要做華盛頓，真是沐猴而冠。

物競天擇

近代中國介紹西方思想觀念，其時俱以《萬國公報》所載西洋教士領先介紹。達爾文（Charles Robert Darwin）創說的進化論，早在甲午戰前已被介紹，而世人多未注意。直至一八九五年（光緒二十一年）嚴復撰文《原強》，數度（至少二次）提示西人之天演論。是即後人所稱之進化論。嚴氏簡單申明其內涵重點，可引據以為最簡要之詮釋：

其一篇曰物競，又其一曰天擇。（指達氏立說內涵）物競者，物爭自存也。天擇者，存其宜種也。

在此同一文中，此後即亦明言：「物競天擇」，故其詞，為嚴氏所定，而後世因以流傳。

病夫

「病夫」一詞也當做典故，未免太誇張、太過分吧！其實在清末二十世紀之初以至共和時代乃是文家口頭禪。在清末專寫《孽海花》小說之文學家，也曾自號為「東亞病夫」。而國人自瀆自嘲之詞之文章，莫不以病夫泛稱中國人。

病夫之說起於何時？創自誰手？文人史家大多未能答出。此詞始於一八九五年（光緒二十一年），出於嚴復創說。乃不免坦率直言，決非影射。可觀其言：

> 蓋一國之事，同於人身。合夫人身，逸則弱，勞則強者，固常理也。然使病夫焉，日從事於超距贏越之間，以是求強，則有速其死而已矣。今之中國，非猶是病夫也耶！

此語亦出於嚴復所撰之《原強》，願同道學者取而參閱之。

喚醒民眾

請別看「喚醒民眾」這一詞彙很普通，很常見，就會以為高人所重視。不知其創始動因，當作一種大眾口號。這完全是忽略其多面之導向，多重之寓意，廣闊之流趨，深遠之影響。說來決不簡單，但可在此簡化述之。

喚醒民眾乃是甲午戰後一國人痛澈省悟，而激生深鉅之危亡意識，在此思潮之下，自然創生保種、保教、保國之救亡圖存意嚮。凡此俱已醞釀於一八九五至一八九七年之間，並且其動力自推衍而至民國共和時代，乃至盛於抗戰時期。

國人由危機意識而推展出救亡圖存意識，卻必須喚醒國人共赴國難，要使國人共赴國難，就必須先喚醒民眾。

大哉！喚醒民眾。其動力內涵真是豐富，其影響真是深遠。此一構思動機，為迫切需要實現，於十九世紀之最後數年間，特別是一八九五—一八九八年之數年間，同時啟動四項思想流趨，第一啟動了語言文字簡化，便於小民識字，而有第一代語文改良家蔡錫勇、盧戇章、王炳耀、沈學、力捷三、宋存禮（即宋恕）、林輅存、吳朓（即吳稚暉）等人，各有創製。惟雖各具一定系統，及至二十世紀初第二代語文改良家代起，而有王照、勞乃宣、章炳麟，配合第一代吳稚暉，續加精進。終至共和時代，民國七年，創出國語注音符號，多出章炳麟文字學家所擬定。乃最簡明有效，為國人接受。到第三代即是黎錦熙與《國語週刊》時代，已是二十世紀三十年代矣。

第二，衝激動向，乃是開闢我國通俗文學之興起。宗旨在以通俗簡化之文學作品，宣播國家衰亡，國勢阽危，強逼不斷，不可終日。以通俗文學喚醒民眾。提倡通俗文學，勢必看重通俗小說，其首倡之人有梁啟超、夏曾佑、吳沃堯、李伯元、丁福保、裘廷梁、林獬等人。由於國人之醒悟與急起踵行，遂乃造成晚清時代小說之繁興。前輩作家阿英有專書介紹這一代盛況。

第三，反省動力，立即創生新學習方向，是即發展平民教育。此一動力最為強大廣闊，近世諸多平民教育家乘此文運而獻身於平民教育。其第一代學者有曾廣銓、汪康年、葉瀚、汪鍾霖於一八九七年（光緒二十三年）創辦蒙學會，並發行蒙學報。入於共和時代，名家輩出，有黃炎培、陳鶴琴、陶行知、豐子愷、梁漱溟、晏陽初等教育家。

第四，思想反省衝激起白話文之興起。實應始於一八九六－一八九七之間。一時各地開創白話學會，發行白話報，開路之人有梁啟超、夏曾佑、丁福保、林獬、裘廷梁，亦同時刊印白話報，推行至於全國。想想只此一個喚醒民眾，即一時激起四個重大思潮方面，其影響於後世百年不息。各有重大開展，令人歎為觀止。

變法

莫謂變法非今典，晚清之戊戌變法，關係重大影響深遠，具有特殊內涵，反應國勢乘轉，尤其關乎滿清政權之存續。比之古代之變法（商鞅變法）、北宋之變法其內涵固全然異趣，其意義亦絕然不同。在此不講戊戌變法，因其為近代史上大事。內情十分繁雜，學者有專書，史乘有專章，在此奢談，非所宜也。

何以要拈出變法一詞？乃是因其是十九、二十世紀國人常用詞彙，單獨行用流通，無關乎戊戌變法。也真是扯不上戊戌變法。質言之，近代人之談變法，非為戊戌變法而言。

我人重要探測之點，乃是考察晚清主朝政者之世變眼光與政治智慧。要具體說，就清廷面對西洋之衝擊，列強之侵略，這樣的世局當如何因應，當全須憑恃清廷主政者之智慧與敏覺性。事實所見，自一八六一年清政府主國政者恭親王與文祥在滿人之手應是有應變能力的開明滿人。不過北京政壇大小官員什九是習故蹈常，未能體察世變之急。恭親王與文祥在樞廷有權，卻需要地方功臣大吏漢大臣予以配合，成立一個總理衙門，已不容易，勢不能思考把政府作重大改革，以因應新世局。此在後世史家看出這個困局勢難有所突破與更張。因是可知以當時之政府結構，軍伍體制，官吏智能，朝野風氣，均不足以與列強周旋而免於受害。吾人退一步要看有無人才能見出其根本病徵。即可以研判中國人有無自救之識見。

我們研究史料，可以看到在野之士實有面對變局而提出自救自強之術。首先在一八四二年即有魏源所提示的「師夷之長技以制夷」。這就是中國人自創的現代化的一個根本入手之道，乃是中國特色的現代化之道。魏源有張良之才，言之有物，可一貫百年。可惜國人不用，而卻受到鄰邦日本重視。

然則根本解決中國困局，尚有何法更重要。以清政權而言，真是惟有變法才是正確道途。我輩治史者不能後知後覺，必須細察清朝一代有無先知先覺。經長期研考看來，優越官吏亦正不乏其人，如曾國藩、李鴻章、左宗棠、沈葆楨、丁日昌、張之洞、盛宣懷，俱是上選。而其中超群軼倫能及早提出變法一說者，則只有李鴻章。李氏起家於同治元年應付太平軍，又隨之於同治六七年應付捻匪。直至同治九年（一八七〇）因保護京師進軍畿輔，八月任直隸總督，而進一步擔當全國安危大局，以面對列強。在此年七月致書同僚丁日昌申述其變法主張：

所急需措置者，大沽、長江，則天下之勢輕重適均。侯意（指曾國藩）原不恃長水師禦外侮（指西方列強），今當及早變法，勿令後人笑我拙耳。第此等大計，世無知而信之者。朝廷無人，誰作主張？及吾之生不能為，不敢為，一旦死矣，與為終古已矣。微足下無以發吾之狂言。（同治九年七月廿五日信）

此在晚清之當國大臣中，為唯一之變法主張。在數年後，李鴻章一直懷此思考，曾告友人言：「外須和戎（外交）、內須變法（內政）」。當知李氏面對世變，有其謀國遠識，同代滿漢大臣，並無他人再能提出變法主張。三十年蹉跎，直到戊戌變法，竟至百日而廢，此中國之不幸，亦滿清政權之當亡。

憲法

憲法一詞，輸自西洋，英文為constitution。雖有西洋教士偶而介紹，中華文士未嘗領悟，亦不介意其有何內涵。古言「憲章文武」乃謂：祖述堯舜，憲章文武。是法先王之意。指大憲章規。毫無其意旨。

近代正式提示憲法於人者為梁啟超。時已晚至一八九七年（光緒二十三年），於梁氏所立時務學堂之條約中，教示士子：

必深通六經製作之精意，證以周秦諸子及西人公理公法之書以為之經，以求治天下之理。必博觀歷朝掌故沿革得失，證以泰西希臘、羅馬諸古史以為之緯，以求古人治天下之法。必細察今日天下郡國利病，知其積弱之由，及其可以圖強之道，證以西國近史憲法章程之書，及各國報章，以為之

用，以求治今日之天下所當有事。（《時務學堂學約第九款》）

具真正國家憲法意義之詞，出於中國文士之手筆者，以梁啟超為最先。入於二十世紀，晚清時期之大談立憲，則此詞自已人人共知。

二十世紀

世紀一詞，純出西方，英文譯為century，晚清輸入中國，但國人不素習，最初十九世紀末，譯之為「十九周」。見之者莫明其所指，並未措意，未能流行。

為時至二十世紀之始，世紀之詞亦開始出現於中國文字。其在光緒二十七年（一九〇一），麥孟華之「辛丑歲暮雜詠」有云：猛憶西歐前世紀，民權勃萃鬱風雷。」國人手書世紀，以此文較早。及至光緒二十八年（一九〇二）蘇州學者舉人范禕著文提到：「自十九周世紀之末，以至二十世紀之首」，其語則已直書二十世紀，乃代表國人手書下之二十世紀新詞。其說出於光緒二十八年七月《萬國公報》。此外在一九〇五年孫文〈祝《民報》發刊辭〉也提出二十世紀一詞，世人俱知。

有趣的記載，我們可以查到馬君武在光緒三十二年（一九〇六）所詠之詩。頗值節引其有關二十世紀之句：

金山（美國舊金山）高劍公，與吾言此理。自築萬樹梅花庵，造新家庭自隗始。二十世紀之六年，

秋中花好明月園。天地歡喜群靈集，我來聽詠關雎篇。（馬君武先生文集）

於此一觀，二十世紀之詞，至二十世紀之初方為國人熟知。

新民

梁啟超在一九〇二年撰「新民說」一文，本此，世人多相信梁氏最早定出「新民」一詞。我人自是十分看重梁氏「新民說」所表達對國人勵志趨新之意，及其盼望國人之自強自立。惟所示「新民」一詞，雖有重要性、啟發性，卻不能代表他領先陳說。

最早提出「新民」之說者，也是維新人物，乃是唐才常最早。其說早在江漂任湖南學政之時，命題考試湖南士子。當必在光緒二十二、三年間，或即二十二年（一八九六）可能較高，因為江標選出優秀文章，於光緒二十三年刊印《沅湘通藝錄》，唐才常撰有「尊新」一文。有語曰：「欲新民，必新學；欲新學，必新心。」此可代表新民一詞之創始。

鄙人不敢在此舞文弄墨，本意要說明一些相關詞彙之出現。推考唐氏文意，新民之新作動詞用。而梁啟超之「新民說」之所謂新，乃是作形容詞用。顯然兩者詞旨有別。因是而不能不判定梁啟超新民一詞，應為本義正解。

國民

近代之言國民一詞，為時仍在十九世紀。乃一不著名之文人李世基，署名錢塘李世基，著文曰：「變易國民腦質論」，於一八九九年（光緒二十五年）刊布於澳門《知新報》，除其文題已標出國民一詞，茲可略舉其簡要宗旨，以供參證：

> 而政俗隆污之故，要皆其人民學術智識為之。故世之主張改革之議者，徒爾張皇外貌，不先從國民腦質中洗其千百年之穢滓，影以新世界之規模，未能推之政俗者也。（《知新報》一百零四冊）

如此說法，今日看來並不重要，而可取者，乃在其舉示國民一詞被後世普遍廣用。凡此一類文士，吾人亦待之為思想先驅。晚清至民國共和時代，吾所遇之此類無名學者不下四五百人包括著名人物梁啟超、嚴復、孫中山等，未嘗作高下之別。

新中國

近代新中國一詞，事最明顯易見，獨出於梁啟超所創，見其一九〇二年（光緒二十八年）所著小說《新中國未來記》，故事出自杜撰，而一心寄望於中國富強，梁氏白話小說，文筆流暢，惟故事過於單調，少有曲折起伏，倒是近於記事報導，只顧表白政治理想，樂觀想像未來。因是假定二〇六二年正值新中國建國五十週年，中國已達富強康樂，大肆祝慶。他自己親見共和政治並任要職，而列強壓迫，國困民貧如昔，怎能使他樂觀放心？

過渡時代

近代人物最早提出當前為過渡時代之說者，乃是梁啟超言論中順口提及，應在一九〇二年（光緒二十八年）所提出，世人熟知。惟稍晚卻有女革命家秋瑾在其唯一傳世的彈詞著作《精衛石》。（全書二十回，有回目，但清軍逮捕秋瑾只搜得列稿之前六回）可珍者，在全書之前面，有其序文全篇。頗值引舉，供識者參閱：

> 余處此過渡之時代，吸一線之文明，擺脫阱籠，擴充智識。每痛我女同胞，墜落黑闇地獄，如醉如夢，不識不知。雖有女學堂，而解來入校求學者，研究自由以擴張女權者，尚寥寥無幾。噫嘻乎怨哉！二萬萬姊妹，呻吟踡伏於專制男兒之下，奄奄無復人氣，不知凡幾！（收載於《晚清文學叢鈔》，說唱文學卷）

秋瑾序文，開首一句即指出過渡時代，實即當於二十世紀初。可與梁啟超頡頏並為新思想先驅矣。

項羽拿破輪論

文界多年流行一個嘲諷文章家信口雌黃的典故，是謂之能夠寫出「項羽拿破輪論」的作家。雖然傳布各地，人人共喻，若問此典由何而來？恐怕可以難倒許多學問家。鄙人注意也有許多年，幸而找到了一點依據，願在此公之於世。

這一今典，傳之已有百餘年，發生地點是上海，創跡年代是一八九七年（光緒二十三年）。在這一年上海地方由翰林王仁俊創刊了《實學報》，廣徵天下文士投稿。有一位學者名叫饒智原來投稿，被刊於同年十月的第七期。這篇文章能刊登，也並不是很猥濫不堪。只是題目被人看得扭曲，文題是「苻堅拿破輪優劣論」。上海人最善於曲解嘲弄人。想想有多少人知道苻堅其人呢？乃卻一傳再傳，把苻堅換成項羽，再把優劣二字刪削，遂就成了「項羽拿破輪論」，所諷喻一種士林文人，不知世有拿破輪其人，而望題生義，就大寫項羽手拿破輪戰敗敵軍之描繪。此一笑談也就傳世不歇。

二〇〇七年九月二十日
寫於新大陸之柳谷草堂

卷十九

人權天賦

先請求高明之家信任我，我近代中國學者論述人權，原在二十餘多年前我早已發布專文。在此將不免簡略，不須詳論。但點明「人權天賦說」之出現，於華人言論就算交代。不及申論紆曲委婉的中國背景。可以核對拙著，尚祈識者鑒諒。

人權天賦說，自是西方人思想，而其引介至於中國，實在一八九五年（光緒二十一年）嚴復所提示。在其所撰「論世變之亟」一文，明確陳敘：

> 彼西人之言曰：唯天生民，各具賦畀，得自由者乃為全受。故人人各行自由，國國各得自由，第務令毋相侵損而已。侵人自由者，斯為逆天理，賊人道。其殺人傷人及盜蝕人財物，皆侵人自由之極致也。故侵人自由，雖國君不能，而其刑禁章條，要皆為此設耳。

除此之外，嚴氏亦另有著文，再四申述，茲於此再引其更較簡捷之言：

> 自由者，各盡其天賦之能事，而自承之功過者也。

嚴復又言：

民之自由，天之所界也，吾又烏得而靳之？

嚴復尚有其他較長較詳之說，然為一詞彙意旨，以上三點自足點明，不須再多所累贅申敘。

中國主人翁

二十世紀之初，以至對日抗戰時期，凡在學士子，自小學而中學大學學生，俱被社會上各界領袖時常期許為中國未來主人翁。世人習見習聞，但難知曉此一概念自何時而起。追考前代人物言論，卻可見出其始在一九〇二年（光緒二十八年）梁啟超信口講到。是在致書留學生，特別是對留日學生而言。在其「教告留學生諸君」之文書，開首即稱：「中國將來主人翁留學生諸君閣下」，可謂期許甚高，寄望甚切。

接著一年，一九〇三年（光緒二十九年）上海《蘇報》刊布一文，〈倡學生軍說〉，其中亦開始稱謂學生為中國主人翁。此一詞彙，於共和時代小學最為流行，廣泛傳布全國，直至抗日戰爭時期。（關於《蘇說》及《蘇報案研究》，香港周佳榮教授有專書問世，足備參考。）

先知先覺

在中國文獻而言，先知先覺並非新辭，其古老到紀元前四世紀《孟子》書引更古政治家伊尹之言。一書之中出現兩次。而今也來舉示先知先覺一詞，何得謂為今典？不過古詞新用，常見者多。端在其新時代中所具有之新意涵，所代表之新事物。

先知先覺在現代，為孫中山所提倡，生平引稱最多。其最早於一九〇五年（光緒三十一年）為發行《民報》，而抒其宗旨功能：

惟夫一群之中，有少數最良之心理，能策其群而進之，使最宜之治法，適應於吾群，吾群之進步，適應於世界，此先知先覺之天職，而吾《民報》所為作也。

嗣後孫氏生平，迭言先知先覺者不下十次。其倡言三民主義即其先知先覺所表率天下者也。

公德心

我們現代人民自覺，每每在不同文獻中，易見自責中國人缺乏公德心，似亦形成國人共識，雖然同胞之中，自有默默無聲而踐行公德之人，卻未嘗得到掌聲鼓勵，此亦為私情私心所蔽，難得公正。

惟公德心一詞確為古人未嘗立言，現代極其重視。以問其誰人倡說，何時問世，實亦頗費考索。鄙人無法查出較早之人之說，而能舉證者，則為一九〇七年（光緒三十三年）王無生（筆名天僇生）提出當代小說之觀感云：

夫小說者，不特為改良社會，演進群治之基礎，抑亦輔德育之所不逮者也。吾國民所最缺乏者公德心耳！惟小說則能使極無公德心之人，而有愛國心，有合群心，有保種心。

敬告學界同道，近代常說，隨文出現，多不經意搜輯，流失甚快，轉眼難覓，似此公德心一詞，有誰看重，乃吾想到引介，則不免事倍功半，所得極稀，很難自信，亦多不敢展示於人。

小己大群

雖然中國古有譏小己之說，而實質上則「小己大群」觀念原本輸入自西方故有之社會有機體說。何時何人將西洋之社會有機體說引介而至於中國？則在一八九五年（光緒二十一年）為嚴復所提示。其言出自《原強》：

> 所謂群者，固積人而成者也。不精於其分，則末由見於其全。且一群一國之成立也，其間體用功能，實無異於生之一體，大小雖殊，而官治相准。故人學者，群學入德之門也。

嚴復在此把人之個體為一群體之分子，一個民人成為一國之分子，相維而為一個有機體，其總其分說得明白。

到了孫中山就明言：國者人之積也，人者心之器也。亦是引據西方之社會有機體說。

中國學者正式明言社會有機體者為梁啟超。在一九〇二年（光緒二十八年）在其《新中國未來記》之緒言中有說：

國家人群，皆為有機體之物，其現象日日變化。雖有管葛，亦不能以今年料明年之事，況於數十年後乎！

嚴深二氏，固已昌言社會有機體學說，因是令人進而確信個體與群體，民人與國家之關係，因而乃有孫中山在一九〇五年（光緒三十一年）撰《民報》發刊辭。提示其新見解：

是三大主義皆基本於民遞嬗變易，而歐美之人種胥治化焉。其他旋維於小己大群之間而成為故說者，皆此三者之充滿發揮而旁及者耳。

自孫氏此說之後，國人之習言小我大我者愈見普遍。尤其所謂犧牲小我，完成大我之說，已廣為國人篤信為抗敵禦侮之信誓，直至抗日戰爭，人人俱常熟論其義。

文明排外

一九〇〇年（光緒二十六年）京畿直隸發生大規模仇洋殺教事件，史稱庚子拳變。乃引致八國聯軍攻入北京，慈禧與光緒帝倉促外逃，走奔西安，暫作行在。隨之向列強求和，洋人要求甚苛，賠款四億兩白銀之外又要嚴懲清室王公及朝廷大臣，其時並暗示慈禧為禍首。結果由李鴻章費盡唇舌，將端郡王載漪圈禁，莊親王載勛賜死（吊死），滿大臣剛毅在逃到山西聞喜病死，啟秀羈禁獄中憂懼而死，大學士徐桐自經而死，其子徐承煜亦賜死，刑部尚書趙舒翹逃回西安故鄉亦奉旨賜死。由是以來，使國人普遍嚇破胆，自信心崩潰，從此全國崇洋媚外，影響一個世紀。

二十世紀以來，列強各國仍加倍欺侮中國，亦必遭群民憤怒，但卻不敢再盲目排外。於是而創生出文明排外之觀點。由於俄國乘庚子拳變，竟然揮軍佔領東三省，辛丑訂立和約之後，仍然拒不撤兵，乘勢要以外交手段達成侵呑的目的，要求與中國談判。此時國人乃作拒俄抗議行動，以文明手段要求俄國撤兵，全國上下一致。

及一九〇五年（光緒三十一年）美國政府通過排華法案，嚴刻禁止華人移民美國。遂即引致全國反美風潮，命之為文明拒約運動。凡此文明排外思潮一直到共和時代仍然繼續，列強如英國、日本仍要在中國土地槍殺華人。我須文明而強敵卻不文明。英人在上海、廣州以槍砲殺戮中國無辜平民，真是可惡可恨已極。

帝國主義

在十九世紀末嘗出現帝國主義一詞。其在中文文獻出現帝國主義者，俱為二十世紀所見。鄙人不能追考最先出現之詞，只能舉示一九一四年（民國三年）有劉彥所著之《帝國主義壓迫中國史》，用作一個較早的代表。

經我考察比較，現今國人之中雖都慣常提起帝國主義，看似很為普遍，其實要能講出真諦，並能說出中國自身文獻中有否這類同義詞字，這樣就會看出那一位學者或政治家能表現最明顯最精要的說法。我看這一代思想家、政治家之中，只有首推孫中山的講解，現舉其說，試作比觀，引示如次：

歐戰之前，歐洲民族都受了帝國主義的毒。甚麼是帝國主義呢？就是用政治力侵略別國的主義，即中國所謂「勤遠略」。這種侵略政策，現在名為帝國主義。歐洲各民族都染了這種主義，所以常常發生戰爭。幾幾乎每十年中必有一小戰，每百年中必有一大戰。其中最大的戰爭，就是前幾年的歐戰。這次戰爭可以叫做世界的大戰爭。（民國十三年，《民族主義第四講》）

在此敬告同道識家，我人敬仰孫中山早有十餘種文章專書問世，皆據史料立言，可以覆按。特須在此指出所引孫氏此段立言解析帝國主義作為例證。孫氏學養之深厚，貫通中西，而歷史通識尤為過人。其所言中國固有之詞彙，確信「勤遠略」即是古代用之於帝國主義寫照。真是極難得之卓識。吾於近代人物歷數歷史家、思想家、文學家、政治家、外交家無慮以數百人計。除孫氏提出如上之古今通識者，並無第二人。十九世紀人物不計，因其時尚未傳播帝國主義一詞，但二十世紀人人俱能說出，卻未能見到任何學者有類似之解析。

孫中山舉示古代「勤遠略」理想，乃係本之於王道思想。上古之言聖君賢相，有謂：聖王耀德而不觀兵；撫育天下而不勤遠略。故自古相傳：聖王不勤遠略，換言之，就是不做帝國主義。更重要者，乃是孫中山講《民族主義》之時，同時舉證漢武帝放棄佔領珠崖的故事。想想我們歷史家有誰向世人宣述這段歷史故事呢？孫中山當成常識來講，我們史學家未嘗接觸到這一段古史先例，真是令人慚愧。

打倒

莫怪我連打倒二字也來充數。但請看打倒之對象是如何的關係重大。大哉！打倒。二十世紀中通俗語詞中常見之口號。古代十九世紀以前三千年未有此詞，偉哉生於現代，人人習用，不須註冊，對象時刻改變，大自世界小至一人，皆對象也。隨時隨地出現，自二十世紀二十年代，以至五十年代為流行期。終難定準其價值，本文亦無術去定。

一般常見者不及備舉，起滅不測，亦難掌握，而其最流行最具勢力之打倒，可以略舉三項。願提出就教於方家。

第一，打倒軍閥除漢奸。

袁世凱死後，其部下掌軍權者分據各地，自二十年代至三十年代，軍閥割據地方，分裂國家，外通列強，以為後盾。時有內戰，民不聊生，而軍閥作威作福像土皇帝。國難百劫，苟安無望，因是民間喊出「打倒軍閥除漢奸」，用以洩憤。

第二，打倒帝國主義。

帝國主義者欺凌中國，軍閥只是走狗爪牙，根本用力，應該打倒帝國主義。帝國主義者，以條約枷索困辱中國，政治特權，財金朘削，霸佔租界，內河航行，橫行國中，卑視華民。在中國境內，任意槍殺華民，上海、廣州俱有實例，如何不打倒帝國主義？雖力道不逮，但可喊出來以洩積憤。故自二十年代以至五十年代，喊到打倒日本帝國主義。代表全民心聲，史家豈可不記？

第三，打倒孔家店。

辛亥革命成功，共和時代建立，也帶來言論自由，正面建樹甚難，只有割命比較簡單俐落，革命要拋頭顱洒熱血，過到共和時代，因為不須賣命，割命領袖就多起來，尤其沒出息的文士，搶著找問題做，又必須一舉震驚大家，打動人心，方能得到出頭之日。文人無行者，譁眾取寵，想到最有利手法是打倒最能代表文人的偶像是孔子，可以一語驚人，打倒孔家店。打倒之後，又該如何卻提不出辦法。可以不負責任。於是而有吳虞這位文人高唱打倒孔家店。但可惜文界學界響應者少，追隨者亦少。只好請來胡適助陣。胡適卻被他拖下水去，做了打倒孔家店幫兇，乃致聲勢高張。總之，孔子已死去多年，文人各自奔趨西化，也就少有人敢再擁戴孔子。又把孔子戲稱為孔二先生，那有尊重之意，故而此一氣勢直貫至八十年代。鄙人言微勢弱，只能個人信從孔子之教，乃是心中定見。卻無力像熊十力、方東美、唐君毅、錢穆、牟宗三等人能以學者身分，知識分子責任之抱負，勇敢倡言孔子之教化。近三十年來，漸亦察覺無人能打倒孔子，也無人能搶佔孔子的空位。

二十世紀之中國，打倒之名目對象很多，卻只有上舉三者最具影響力，不能不記下以傳示後世。

二〇〇七年九月二十三日
寫於新大陸之柳谷草堂

卷二十

科學萬能

自二十世紀二十年代起，我們文界流行起科學主義（scientism），乃是自十九世紀末國人嚮慕西學的自然趨勢。是覺悟到西學太籠統，內涵太雜駁。中國急需接受西洋科技知識，遂自然全神注意到吸收科學知識。這是很正面很應該的發展。

雖然大家一窩風追逐科學，竟然有學者十分強調，十分搶先，進而看成是神聖任務，大力鼓吹，要喚醒民眾，並以提升科學之領袖自視，變成了主觀的崇拜科學，終至於喊出科學萬能口號，而使全國風靡，提倡科學之人，自然博得大名，亦使學界沸騰，爭競高喊科學萬能。這也不能說是由誰提倡，總之，俱是出於文界學界。

直到今天，其中有無人反省討論批判，自然也有。須知以嚴肅學問來說，但凡研治中國近代思想史者不能不提到學術層次研判，這就有六十年代郭穎頤教授（Daniel Y. Kwok）出而著述一代的科學主義，此是當今名著。

老新黨

老新黨這一詞彙，出現於二十世紀三十年代。世人不太注意，後世竟少人知。

根本來說，世少有知者，是理之固然。因為其局甚小，只是學人圈子裡的事。抑且有點邪氣，不免手段卑劣，很不純粹良正。學界認同者亦少。

這事也有歷史背景，與一些學界名家有密切關係。自二十世紀乃至上推至一八九六年起，康、梁之名雀噪於全國，尤其梁啟超，自主筆《時務報》起，又接著辦《新民叢報》、《國風報》、《清議報》，今人張朋園教授稱譽為「言論界之驕子」，非虛譽也。梁啟超二十餘歲起辦《時務報》，同時又為《知新報》撰文稿。因戊戌政變逃往日本，又在日本辦報。其文筆曉暢簡利，筆鋒常帶感情，遂使全國風靡。梁氏大名如日中天。

同在清末時期，也並非天下翕然，無人挑剔。同時期中就有江南文家李伯元（名寶嘉）寫《官場現形記》，做成小說故事，詆譏康梁，特別仿梁啟超筆法造句，嘲笑梁氏。其中名句有梁氏做文曰：狗四足者也，貓四足者也，是故狗即貓也。用來挖苦梁氏。

另一位文家章太炎（名炳麟）也十分輕鄙梁啟超文章。乃稱梁氏之文，不過憑恃八股文章法而作變化者。但是這些挑剔均無損於梁氏大名。

二〇年代民國建立，梁氏先後被政壇推重，而任司法總長、財政總長，文人從政亦見風光。而其學人性格不適於官場爭逐，最後仍然回到學界。自然廣提學術文化見解，仍然風靡當世。其時已至三十年代，其有自國外留學而歸，有遊訪列強而返者，日見其眾。各挾更新學說，抱全新思想。很不耐梁氏之仍然表現昔日維新思想。大家具要言新，而新新很排斥舊新。因是而把立憲出身的梁啟超、保皇出身的康有為、革命出身的章太炎，一律命之為老新黨。廣加宣播，打動人心，終於新人大大出頭，老新黨終趨沒落。在此提示淺見，為的是不使史跡湮沒，他日有識之士，自會潛沉研究，一定超邁本人。

玄學鬼

所謂玄學鬼一詞，自三十年代流行到五十年代。此語出現，比較具時代意義而且有嚴肅思想背景，不過卻是輕薄別人，鄙視不同流者的口語詞，看似普通取笑，含意不免毒惡。

起因背景，關係到一個當代文化史思想史的爭論與辯難，就是當代思想史上重要一章的科學與玄學論戰。在此只能略提雙方辯爭的主將，站在科學一方面的主將是丁文江，站在玄學一方面的主將是張君勱。這個陣仗，其他人都不須提，學界當做專題研究者大有人在，各人尚有不同論點。故在此無必要去談科學與玄學論戰，只能因玄學鬼這個詞彙，順便提及可也。

鄙人學殖不深，而且疏於討論三十年代以來的學界攻伐論駁。更無必要定出誰是誰非，誰勝誰敗。恕我也並無此本領。

科學與玄學論戰，乃是造出玄學鬼這一詞彙的背景，當時後世也無人判定誰勝誰負。而站在科學陣營人士，卻自此造出玄學鬼口號醜化對方，今日看來真是小人行徑，同在學術界混，何必出言不遜。而言者卻自鳴得意，大肆宣播，表現戰勝者氣概。主張玄學者一派未作反擊，亦竟掩旗息鼓，不再爭論。好像真是認輸。未料玄學鬼一詞卻繼續傳播開來，我在五十年代在大學讀書，仍然大多喊玄學鬼，指著別人罵玄學鬼，心裡自然感到很爽。

教書匠

首先要交代幾句多餘的話，在以下五帖釋詞，乃是國人形象有關之詞，並無彼此相關之點，亦非同一時期出現，而根本之點，卻很一致，就是表現知識分子的自卑自瀆，自我嘲弄。可看出二十世紀是一個沒出息的時代。孟子有言曰：夫人必自侮，然後人侮之；家必自毀，而後人毀之；國必自伐，而後人伐之。（《孟子》離婁篇）看來一作比較，可以看得出一點道理。值得深思。

在此拈出教書匠一詞，乃是起於二十年代來自一些有學問的青年學者。古來向無此說，自是今典。我少年讀初中國文課，曾誦讀過韓愈所著「師說」，相信千載以下至今，世人必奉為圭臬。後來我讀書多了，年紀也老了，乃知道上古以至漢末，不但師教傳承不斷，而師尤地位尊崇，多年思考，以為韓愈器局大狹，沒有回看到呂望、管仲、諸葛亮、王猛之國師地位。把師教只限在傳授知識方面，未免只見學究，不見宗師。

由於一千多年來，相傳之師故不出傳授知識。未料被二十世紀絕頂聰明之人，一舉而定為教書匠。大約自二十年代一直流行到八十年代。

自來世風流變十分清楚，你看得重，其身價自貴，而得其回償者亦必貴重難得。若看得輕，來者難期優越，得償難望珍奇。已經商思想來斷，自然如此。

教書匠豈會砥礪德行，熏陶品詣？只是販賣知識，拿回工錢，即是買賣不欺。何須循循善誘，作育人才？

要問二十年代有何等人倡言教書匠一詞？如果研究，必會查到，吾雖知事而不知人，特此告罪。

仁丹鬍子

二十年代以來到二十世紀後期之香港，民間流行民主時代狗官形象，是仁丹鬍子，各地流行一時，廣東香港則長期保持，直到二十世紀之末。原來起自軍閥時期北方各省習見，很快蔓延全國。

民主時代早已遠離科舉時代，官員出身要自學校而來。國內軍事學校為重要來源，又有法政學堂、實業學堂出身，國外則以留學生最佔優勢，大致風氣多以留有日本仁丹鬍子方是貨真價實留日學生。做官甚易，卻多為草包，主要是旅日留學，多是速成科。半年一期，兩年三期，也就倉促畢業，沒有真學問，卻很重外表，講究官派。最擅長嚇唬平民百姓，因是小民生怨，奸人卻大肆巴結，刮來民脂民膏，可以作威作福。如此形象，就變成一種典型，但凡小說、戲劇、電影也就一概入於故事材料。

我何以竟把仁丹鬍子要扯到香港身上，一來各處早已消歇，獨有香港的電影電視仍不斷出現。二來碰得巧，我在香港中文大學任教，就幸遇一位長著仁丹鬍子，年紀卻比我要小的生物學教授。他是康有為長女康同薇的孫子，是麥繼強教授。我們很熟識，他常拿搜藏的大銀圓給我看，他比我富有，夫婦倆及其女兒俱與我家有來往。我的印象深刻，並知道他很花功夫打理這個八字美鬚。到今回想，可作歷史活標本，他向未做官，決不可罵他。

阿Q

阿Q是近代大文學家魯迅所著《阿Q正傳》中之主角人物，這部小說自三十年代起享文學傑作之名至於現今。並非巨製，而是中型篇幅。我除讀過其書，也讀過豐子愷所繪阿Q正傳漫畫。這部小說被視為二十世紀文學名著。凡此前述，我俱無異詞，亦並追隨文家共識。

我是治史之家，不會越界過問文學作品與作者。不過科學態度，有疑則追問，我不反對杜撰人物諷刺國人鄙陋缺點，也不反對採取典型人物，撻伐社會醜惡行徑。小說家有取材之自由，有描繪典型人物之權利。我是一概尊重，亦無異言。

我讀其著作及漫畫，俱在中學時代，那有甚麼個人體會與意見？當文學作品讀，乃是追隨一代流風，對其刻畫之深入，也一直佩服。但自專門治史之後，稍稍有點識力，知道作者描繪當代中國人一種共通典型，照著科學態度追問，就是要知道作者為何要拿一個窮苦無告的，一窮二白的無產階級小人物做典型？他是天生得賤嗎？他是自輕自賤嗎？我的看法阿Q是一個應該可憐的同胞，是為政者不良使他貧賤，社會需要與習性感染使他不知廉恥。未料魯迅被崇拜為大文豪，我則大打折扣。

中國人的形象，在魯迅筆下開出一個典型。這是二十世紀之特有現象。這樣做也用不著反對。但我們治史之人知，此在以前文人筆下向未有此表達。文人知道窮苦無告之小民，只須同情，不可欺侮，乃是應具之道德良知心態。設若一定要尖酸刻薄，應採可恨可惡之人作模型，故而古之元奸巨惡，自是權柄在手，而後世文家詆譏不遺餘力。曹操、秦檜、嚴嵩俱遭萬世罵名。

古人不是不寫小人物，一千二百年前韓愈著有「圬者王承福傳」，柳宗元寫有「種樹郭橐駝傳」，俱能傳誦百代。一個泥水匠，一個種樹工，一技之長，人人具有，文豪大家為之揄揚，何嘗有詆譏之筆？一樣受崇而喻旨則大不相同。以文論文，吾自須守定見。

最後則只能說，此乃二十世紀文風文心，反映在作品之上。

或者有人說，魯迅也寫過「孔已己」是拿落魄文士作模型（model），這不稀奇，看看清代名小說《儒林外史》，可知早有前例。似此落魄文士，十分可憐，魯迅為何不拿走紅的得意文士作模型？文章大可出色。

李表哥

「李表哥」之典型，乃是六十年代台灣地區由新聞界倡議而促成。主要有位外國著名畫家（抱歉已不知其名。）到訪，眾人俱聞他畫藝高超，特別是能畫出一個國家代表之典型形象。世人傳為佳話，新聞界盡播其高超技藝，在新聞記者一致請求之下，要他也畫一張在台灣足成典型人物畫像。畫家推辭不過，只好傾盡思慮，畫出一個代表性人物畫，命之為李表哥，登在報上，展示大眾要看看洋人眼中所見識華人形象。

李表哥形象被公布了，畫家也走了，新聞也不炒了，人心也靜了，熱情也放光了。每人卻又感覺這位李表哥很不像自己。

冷靜回想一下，畫家所見所聞、所來往、所接觸，俱不出於文化界、學界、政界、新聞界人士。李表哥這個形象還不是從他們身上凝聚取得。事情過了，餘波盪漾，可留下深思反省。

這個李表哥畫得絕無西洋人物意味，並不是身材高大，粗眉大眼，隆準曲髮。而十分表現華人男性。細眼長眉，鼻樑不高，下巴長長，面帶笑容，一副善體人意的樣子。兩腿弓步，一手在前，一手在後，一派慣拿夜壺的架式。身穿短瘦衣裝，便是服務方便的動作。看來這個典型無人願意接受。

事隔多年，換了幾任總統，當二〇〇一年陳水扁做了大半年總統，要在元旦這一天掃街，以為親民。電視新聞記者搶著拍實況。總統出街之時，文武百官完全缺席，無人到場，卻只有一位國師級的學者領前擁篲先驅。二千萬人聚看電視螢幕。大家驚訝。「哎呀！這不就是那位李表哥嗎？」

臭老九

臭老九一詞，是大陸五、六十年代至八十年代的新生詞。先說我是外行，並不作大陸新生的詞字作申解，只有此詞，因為要連帶和前述四個今典應列同性質。合在一起，以見二十世紀一代風氣，因是而越界拈出此詞。大陸賢豪至眾，其各項大小論題俱有一定看法，我之胡說，要儘量縮小範圍，要請識者原諒。

臭老九實是今代新詞，且所指實者是能讀書治學之人，今稱知識分子。不幸而披上這個名號，真是新聞。

鄙人才疏學淺，目力所及，拘墟於港台兩地，自不能夠對臭老九作前因後果解說，海內大家之作，所見亦少，於是在此不免臆度，怎能免於捉襟見肘？謹祈勿罪。

幼少未入蒙前，曾讀幼學詩，熟記「萬般皆下品，惟有讀書高」，而今變了，乃是「萬般皆上品，惟有讀書低。」又熟讀「滿朝朱紫貴，盡是讀書人」，而今變了，乃是「滿朝朱紫貴，盡是饑渴人」。這就完全要扭轉眼光，有點頭上腳下的感覺。總之，最好改變思想方能適應。

在此怎敢繼續亂說，當請高明指教。惟因前面已講到「教書匠」、「仁丹鬍子」、「阿Q」和「李表哥」這些詞彙，感到其代表時代風氣，性質相同。要相信二十世紀人心，特別是有頭面的教授學者，文界學界領袖，是時代代表中堅，他們心已變了，引致世風披靡，終於自侮自毀，引到知識分子自己頭上，變成了臭老九。

卷二十一

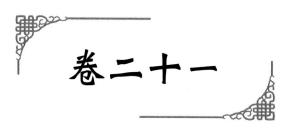

關說

「關說」一詞，創自於司馬遷的《史記》，在所著〈梁孝王世家〉，敘述袁盎關說，阻止了竇太后及景帝立弟梁孝王為太子的乖謬，但袁盎卻死於梁孝王刺客之手。再加上褚少孫的補充，故事曲折動人，是我國關說案最早的先例。

「關說」特別構成今日一個成典，最近三十餘年民主政治發展的附帶產品。政治愈無專責，關說空間愈大，民權放任伸張之際，奸邪乘間利用的機會愈多。惟至民國七十八年正式爆發高爾夫球場土地關說案，始正式構成現代政治史上一個重大案例。法務部長蕭天讚以連帶責任而辭職去官，影響不下於大臣袁盎的遇刺，俱可名垂青史，為關說案的關鍵角色。

史家所當具敏銳眼光而注意當今關說案者，在中國現代政治史上已逐漸形成政治人物間的條條脈絡。政治權力消長，在此一定粗細強弱網絡上游走較力，不能排除利害得失之人，自須全神投入，而關說則是必操的手段。

國內政治上的關說，等於國際間的游說（音稅）。中國的戰國時代，近世世界列強現勢，縱橫捭闔，爾虞我詐，何處無有？何時不用？民國八十年夏秋之間，美國退職國防部長溫柏格，退職國務卿舒茲先後來台訪問，口說要看望老朋友，誰相信其醇醇高尚友誼？無非對六年國建想割食一臠。美國人曾罵國民政府游說，現在可以大膽反諷，這批老美蘇張之流，不惜越洋跨洲探望朋友，我們朝野尚未培養出第一流蠢材，去迎合真洋鬼欲願。我們總還心裡明白，他們的大駕賁臨，全不過是想要見見李總統關說關說，這是歷史事實，卻要學者用心考察。政治史的難處妙處，全須在堂皇的空話之外去捕捉聲影，但願國人多多重視這個新典。

做秀

「做秀」是中華民國六十年代以來流行的新典，原創於藝壇歌星、影星往來星馬僑社間的表演活動。「秀」一詞取自洋文的 show 字，是展覽表演之意，而今已成秀字的重要註釋。

秀在中文的本義雖非展覽表演，卻也有可以疏通之處。《論語》中孔子說：「苗而不秀者有矣夫！秀而不實者有矣夫。」朱熹的章句解釋：「穀之始生曰曲，吐華曰秀，成穀曰實。」這是十分恰切的註釋。《詩經》有句云：「實發實秀，實堅實好。」就是形容禾穀生長過程。《禮記》〈月令〉，孟夏之月有「王瓜生，苦菜秀」的句子，也就是苦菜開花的意思，所以花蕾綻放就是秀了。我們女藝人做秀，無非是綻放才華，展現年華，正像花卉吐華一樣，豈不正合朱夫子的註解。

這二十年來做秀一詞應用日愈廣泛，並不單限於藝人。政治上有所謂的政治秀，學界裡有學人做秀，他們看見攝影記者，挺著肚子向前站，無時無地不抓麥克風。於今已普遍深入人心，不需疏解，人人俱懂，惟恐千百年後，大家找不到註解，不知造業緣起仍是始於女藝人。有位姓張的女藝人在這個世紀創下一句天造名言，就是他們雖然做秀，卻絕不靠原始本錢。這又是一個現代新典，但因才學不足不敢註釋。只是無論政治做秀，學人做秀，對女藝人而言卻是拾人牙慧，甘做後生，也更不及其膽識。無怪小小的紅娘敢罵那才如子建，貌似潘安的張生說：

我棄了部署不收(就是我丟開你這個沒用的跟班),你原來苗而不秀。呸,你是箇銀樣蠟鎗頭。(西廂記原句)

學人做秀,千萬別被女子看穿了底細,免得缺糧負債。

賣野人頭

四十年來在學術教育界混日子,經常遇到遊學回國的學者,以及海外真洋人來華演講,科學、哲學、文字、經濟學、社會學、心理學、以至精神病學,無不轟動,講得好的讚嘆畢至,還要等下回再來。講得差的被人非議,斥為「賣野人頭」,然不知何人何時創此名典。

多年閱歷世事,不期然在《點石齋畫報》發現這個典故的來源。光緒十年(一八八四),美國來的幾個真洋人,在上海四馬路最熱鬧的「第一樓」茶室對面租屋一所,門前大字榜書:「美國新到野人,有頭無身,供人觀覽。」但來者必須付錢,才能入內參觀。《點石齋畫報》著名投稿畫家田英特親自進去參觀,並繪圖說在報上發表。原來屋內圍幕重重,白天也要設燈照明,遊觀者只許在原設欄杆外向內觀看。欄內設有琴枱,有一洋人奏樂,琴後高處置一人頭,上下左右用紅布遮滿,中嵌玻璃一方,由外視內,空洞無物,表示人頭無身。然洋人持洋燭引火照近人頭,人頭即吹熄洋燭,以示實是真人。田英繪畫介紹,謂為洋人騙錢伎倆。

其實洋人利用光學折射原理,有科學根據,凡具物理常識的人多能了解。惟洋人用此法騙錢,欺愚華人無知，實是無賴之極。但在中國學界卻造成一個百年典故，故在此略作申釋。

八拜之交

「八拜之交」一語在小說中常見，不過陸澹安所編的《小說詞語滙釋》一書並未收錄，應是重大遺漏。其他如周宏溟編的《五用成語詞典》，溫端政等人所編的《中國俗語大辭典》，陸尊格、李志江所編的《歷代典故辭典》，以及杭州大學中文系所編的《古書典故辭典》等書，也都未收錄此一辭彙。但一九七九年七月北京修訂，香港商務印書館一九八〇年印刷的《辭源》，在二九八頁有以下的解釋：

> 舊社會朋友結為兄弟，也稱八拜之交。元王實甫《西廂記》一本一折：「有一人姓杜名確，字君實，與小生同郡同學，當初為八拜之交。」

引用《西廂記》作例證的註解，也見於一九八一年十二月江蘇人民出版社所印的《成語詞典》；以及鄭宣沐編的《古今成語詞典》（一九八八年一月北京中華書局出版），好像這個成語早在元代就有了，經過仔細的考究，原來是後代的小說家傳刻《西廂記》時把句子竄改了，明代刻本《西廂記》原句如下：

> 〔末云〕：小子有一故人，姓杜名確，號為白馬將軍。見統十萬大兵，鎮守著浦關。一封書去，此人必來救我。（王季思校注本《西廂記》，一九五八年初印，一九五九年二印本。王季思所據暖紅

室所翻刻明末凌濛初刻本）

王季思校注《西廂記》，同時核對雍熙樂府本，明汲古閣六十種傳奇本以及毛西河刻本，是十分認真用心，所在《辭源》等書所引，頗不可靠。

「八拜之交」這個普通成語，在元代或明代還未出現，而且並非出於古籍經傳，也非君侯將相、名儒學士所遺事蹟所造，實際上是清初以來祕密會社「洪門」入會儀節中立誓所形成的今典。

「天地會」亦即「洪門」，為清初南方各省所形成最重要的祕密會社，為純男性活躍於水旱道路碼頭城鎮的祕密組織。不論上下輩分，一律以同胞兄弟看待，隨其行止所處，互相照應，互相幫助。入會之始，必須宣讀洪門三十六誓，並行八拜之禮，為洪門重要儀節。一拜天為父，二拜地為母，三拜日為兄，四拜月為嫂，五拜五聖賢（即長房福建，二房廣東，三房雲南，四房湖廣，五房浙江，各創會始祖。），六拜萬雲龍，七拜眾兄弟，八拜萬年香，凡通過此一儀式，即成同門八拜之交。

八拜之交是祕密會社組織「洪門」的重要儀節與信持，認真實踐誓約。江湖道上通行慣用，漸被文人引入小說，氾濫使用，遂亦忘卻他的來歷。

揚名立萬

「揚名立萬」表示一個人創造功名事業、博取令譽，受人尊敬的意思。不過一眼看去就有點怪，不說光宗耀祖，揚名聲顯父母，卻說「立萬」，實在覺得來歷不明。其實這也是江湖用語，雖是江湖話，仍然自有正式的來歷。

揚名立萬的萬字，出於八拜之交的拜萬大哥萬雲龍，是由洪門入會立誓的八拜而來。八拜之中第六拜要拜萬雲龍，自與洪門創始有關。學者曾討論過創始五祖五房，但為何又必須拜萬雲龍呢？至今只有翁同文教授作了考證。我在民國七十二年收到他親自給我的英文稿，叫做 The Identity of Wan Yun Lung Founder of the T'ien-ti Hui，可譯作〈天地會創始人萬雲龍考〉。

翁氏引用兩個重要資料支持他的觀點，一個是廣西貴縣修志局發現的天地會文件，由羅爾綱所提供，一是明末金門人盧若騰（一五九九－一六四四）寫給達宗上人的詩。其他的支持文件尚有不少，但均為次要。

簡化翁同文教授考證的結果如下：

一、萬雲龍實有其人，是住持長林寺僧人法號慈光，別字達宗，在洪門起事時五祖逃避至長林寺，拜萬雲龍為大哥。

二、五祖在萬雲龍戰死後分逃各處自立門戶，同時紀念保護他們而犧牲的萬大哥。

三、照盧若騰當時作詩的小序所示，萬雲龍並不姓萬，而實姓張，是張要之弟。

翁同文所用最精彩的原始證據，是金門縣文獻委員會所出的《留菴詩文集》，第三十八頁有盧若騰的詩。詩文集的小序中說：

> 贈達宗上人（即萬雲龍）：建安伯春宇萬公之弟，原住長林寺。春宇萬公即萬禮，原姓張名要，平

和小溪人。崇禎間，鄉紳肆虐，百姓苦之，眾謀結同心，以萬為姓，推為要首，率眾聚二都。至永曆二年歸鄭國姓，永曆封為建安伯。

如此可見眾人公推為首，大家都是以萬為姓的用意與關鍵。洪門份子結萬為記，表示異姓同為一家，為同門兄弟。會眾拜天為父拜地為母，浪跡天涯，全靠會首萬大哥。

江湖上闖蕩，揚義氣之名，為洪門會眾開生存活動空間，自然建立萬家字號。「揚名立萬」的宗旨即在於此。江湖行走，打萬字名號，都是一家人，可獲得禮遇款待。常讀小說中俠盜自報姓名，姓王者則報稱虎頭萬字，姓張者則報稱弓長萬字，姓趙者則報稱燈籠萬字，即是結萬為記的意思。

西洋

航行外洋而劃分水域，是累積海上地域知識的重要成績。同樣表現出中國航海家的寶貴經驗，記錄下對世界文化的貢獻。

據當今學者研討所知，我們除開古代懸想虛構的大九州、小九州之說不論，真實把中國領土以外海洋作區域劃分者，自是表現中國人海洋經驗的歷史真實。這種記錄，可以上推到南宋孝宗淳熙五年（一一七八）周去非所著的《嶺外代答》。以現今印度洋為中心（當時只稱大洋，尚未出現印度洋之名），將其四周畫為「正南諸國」、「東南諸國」、「西周諸國」，以及「西方諸國」。對於海域劃分，則指出三拂齋（Samboja）之南為「南大洋海」。闍婆（指爪哇島）之東為「東大洋海」。尤須注意者，書中對「東大洋海」之定界，實為以後「東洋」與「西洋」之分界，一直沿用至十九世紀。

宋元時代，活動於印度洋上之商船，主要為中國人與阿拉伯人。阿拉伯人與中國人均各就自身國度立場經驗，命名海洋分區。一般說來，「西洋」、「東洋」概念之形成，應始於元代，至遲不會晚過一三〇四年。這是根據元成宗大德八年陳大震、呂桂孫所編成之《南海志》為根據。其時「東洋」、「西洋」之名出現於此書。

在元代以前，中國對海與洋之概念並未作清楚劃分。約在十二世紀前期，據趙德麟《侯鯖錄》的定義有謂：「今謂海之中心為洋，亦水之眾多處。」自此時起海與洋各自具有清楚定義，分別成為獨立名詞。西洋、東洋定義，亦隨之形成。

西洋、東洋醞釀形成於十四世紀，至《大德南海志》（一三〇四），表達出形成定說，而當元明之際廣為流行。惟在明代永樂三年（一四〇五）至宣德八年（一四三三）間之鄭和七次航海以通西洋各國。「西洋」，地域，自明確為國人熟知而慣用。當年親與其使命行程者，馬歡著有《瀛涯勝覽》，費信著有《星槎勝覽》，鞏珍著有《西洋番國志》。馬歡自述有謂：

> 永樂癸巳（一四一三），太宗文皇帝敕命太監鄭和統領寶船，往西洋諸番，開讀賞賜。予以通譯番書，亦被使末。

費信自述亦稱：

> 信年始十四，代兄當軍。且家貧而陋室，志篤而好學。日就月將，時借書而習讀。年至二十二，永樂至宣德間，往還西洋，四次隨征正使太監鄭和等至諸海外，歷覽諸番人物風土所產，集成二帙，曰《星槎勝覽》。

至於鞏珍著有《西洋番國志》，一一列載西洋諸番國名二十個，分為：占城、爪哇、舊港、暹羅、滿剌加、啞魯、小葛蘭、柯枝、古里、溜山、祖法兒、阿丹、蘇門答剌、那孤兒、黎代、南浡里、錫蘭、榜葛剌、忽魯謨斯、天方。其書成於宣德九年（一四三四），年代確定，正可代表西洋界域範圍。「西洋」一詞，嗣後沿用至十八世紀末，無重大變化。

根據黃省曾在明武宗正德十五年（一五二〇）所著成之《西洋朝貢典錄》，來使西洋諸國增至二十三個。這個西洋地域所包括之國有：占城、真臘、爪哇、三佛齊、滿剌加、浡泥、蘇祿、彭亨、琉球、暹羅、阿魯、蘇門答剌、南浡裏、溜山國、錫蘭山、榜葛剌、小葛蘭、柯枝、古里、祖法兒、忽魯謨斯、阿丹、天方等國。此時歐人進入印度洋方開始十五年。正足以代表歐人東來前夕，事實上「西洋」領域之一定範圍。

本文所附〈鄭和下西洋圖〉，係今人據明代茅元儀所收《鄭和航海圖》而繪製。我人可以看到鄭和寶船航海以太倉為起點。羅盤定位，自此起算，南針所指，將中國外海海洋作一區畫，子午線以西者定為西洋，子午線以東者定為東洋。但又沿承一些歷史淵源，而將諸葛擔籃，即今日之婆羅洲畫歸東洋，爪哇島畫於西洋，用以符合《大德南海志》舊觀。於此可知，西洋、東洋之命名，是基於中國航海家立足點，本之於羅盤指針劃分東西，而相沿行用之名詞。一則反映中國海上活力。一則表現中國航海家之智慧。

東洋

「東洋」一詞與「西洋」同時誕生，蓋基於中國航海家習慣而形成。是就中國沿海出海起點，本之於羅盤子午線，將外洋水域區分東洋、西洋兩個領域，早自十四年世紀初即已形成。由於中國航海習慣游弋於西洋，故使「西洋」一詞欠著於世，而東洋不過附帶提及而已。

「西洋」一詞在明季利瑪竇來華之後，又有一個過渡變化。為了使歐洲與「西洋」界域有所區分，大抵自歐洲耶穌會士來華之後，中國以「大西洋」一詞泛指歐洲。其中包括日爾曼、義大利、葡萄牙以至西班牙，均被稱之為「大西洋」。其情況自十六世紀維持到十九世紀。可以乾隆二十六年（一七六一）所頒行之《皇清職貢圖》為正確證據。

近世以「西洋」代表歐洲，以「南洋」代替形成舊日「西洋」領域，其改變之跡，始於鴉片戰爭以後，歷經第二次鴉片戰爭方成為全國共識。而「大西洋」一詞直沿用到十九世紀中葉。

按之世界文化史乘，中國人區畫東洋、西洋，雖然基於航海習慣，卻造就海洋開發史之豐富貢獻，更提供中西航海羅盤之技術。比較西歐人之航海發展，應為先驅。歐洲人把全世界劃分東西兩半球，固然是文化史上大事，而早於此事約二百年，中國劃分東洋、西洋，也是世界文化史上重要一頁。

至於十四世紀以來至十九世紀中葉，所謂「東洋」水域，是包括日本、琉球、雞籠、淡水、呂宋、蘇祿、麻里呂、美洛居、諸葛擔籃、杉木、文萊等地。據明神宗萬曆四十五年（一六一七）張燮所著《東西洋考》所指稱：「文萊即婆羅國，東洋盡處，西洋所自起也。」可知包括婆羅洲全島，俱在東洋領域之內。其鄰近之爪哇島即屬西洋。

二洋

二洋隨東洋、西洋兩名詞而誕生。合併而稱二洋，流行於明清兩代。十六至十九世紀張燮《東西洋考》有謂：「隆慶改元（明穆宗年號，一五六七年）福建巡撫都御史塗澤民請開海禁，准販東西二洋。」明季航海書《指南正海》亦云：「大明唐山並東西二洋山嶼水勢。」

明季遺老屈大均，於康熙二十三年（一六八四）撰〈竹枝詞〉有云：「洋船爭出是官商，十字門開向二洋，五絲八絲廣緞好，銀錢堆滿十三行。」

詞中「十字門」是澳門附近出洋航道。「十三行」是廣州西門外九十三夷館。「二洋」則指東、西洋而言。二洋實指東、西洋，單獨出現者時而有之。明萬曆四十五年（一六一七）蕭基撰《東西洋考》序云：「於是孝廉張紹和父，博物善屬辭，延之參咨搜積。閱月，二洋考成。受梓。」

清人梁廷枏，於鴉片戰爭前二年，查辦禁煙前一年，編成《粵海關志》，其中多用海關舊檔，直接引據如明萬曆十七年（一五八九）云：「巡撫周審議將東西二洋番船題定隻數，歲限八十八隻，給引如之。」

《粵海關志》中最重要一項記載，是康熙二十四年（一六八五）開始於四口設立海關以供通商之際，粵海關監督宜爾格圖奮奏云：「粵東向有東西二洋諸國來往交易，係市舶提舉司徵收貨稅。」無論如何，《粵海關志》的成書年代，當可代表東洋、西洋、二洋等名稱有效行用之最後年代。

南洋

南洋一詞出現，遠比東洋、西洋為晚。明季張燮著成《東西洋考》，確定可知「南洋」絕未形成一個概念。此時是十七世紀。蓋後日之南洋與昔時之西洋是表達同一地區，故而《東西洋考》一書勢不能容納南洋概念存在。

惟在陳倫炯所著《海國聞見錄》中，卻有專列〈南洋記〉一章。其書完成於清雍正八年（一七三〇），已是十八世紀。陳倫炯此書記載地域方位，俱依羅經指向，十分講究，記錄亦真切嚴謹。

根據陳倫炯《海國聞見錄》〈南洋記〉所記，有云：「南洋諸國，以中國偏東形勢，用針取向，俱在丁未之間。合天地包含大西洋。按二十四盤分之，即在巽巳。」

於陳倫炯〈南洋記〉中所稱述諸國，包括越南、占城、交趾、柬埔寨、暹羅、丁噶奴、彭亨、柔佛、麻剌甲、亞齊、葛喇吧（即爪哇）等地。適即元明以來「西洋」之確定界域。

清乾隆初年，廣東道監察御史李清芳具奏陳說謂：「商人往東洋者十之一，南洋者十之九。江、浙、閩、廣稅銀多出於此。」此之謂南洋，實仍為昔日之西洋地域。

乾隆四十八年至五十六年之間（一七八三—一七九一）旅居南洋諸國之漳州人王大海，著《海島逸志》六卷，書中「南洋」、「西洋」兩詞重複迭見。仍多以「西洋」為主，正可見出新舊兩詞交替出現，亦可證明「西洋」一詞一直使用至十八世紀末。如其所謂：

華人自明三保太監下西洋，至今四百餘載。閩廣之人為商留寓者生齒日繁，奚止十萬。衣其衣，食其食，讀其書，與爪亞同風俗。下視爪亞，自稱曰息坔（音納，當為China）。

又記述云：

西洋澤國紆迴聯絡，窮極無際。或木處而穴居，茹毛而飲血。露體文身，奇形異狀，俱無可悉考。惟荷蘭欲胥西洋之地開擴州府。

此兩例固明言舊日西洋領域，王大海則特別用意在爪哇一帶。然其文有所謂：「葛剌巴（即爪哇）南洋一大島國也。」自亦出現於《海島逸志》。於此可以了解，「南洋」一詞雖然創生於十八世紀初。而與「西洋」一詞重複使用者亦當有百年之久，應延伸至十八世紀末。

十九世紀中葉，姚瑩著《康輶紀行》完成於道光二十六年（一八四六），魏源著《海國圖志》六十卷本刊於道光二十七年（一八四七），徐繼畬著《瀛環志略》，刊於道光二十八年（一八四八）。此時期舊有「西洋」之稱不復存在。魏源之書命為「東南洋」與「西南洋」，「東南洋」界域尤為今日「南洋」主體，姚瑩之書，同樣也用「東南洋」、「西南洋」區分。姚氏曾讀魏氏五十卷本《海國圖志》，顯見有所因襲。徐繼畬之書，則明顯使用「南洋」概念。所列「南洋濱海各國」及「南洋各島」，已充分取代昔日「西洋」領域。魏、徐、姚三書，當足以代表「南洋」稱謂之完全通行年代矣。

北洋

「北洋」一詞在中國出現最晚，為時已在十九世紀中葉。當以魏源所著《海國圖志》為先驅代表。魏氏專章介紹北洋各國，俄羅斯佔主要篇幅，此外兼敘普魯士、瑞典、挪威、大尼（丹麥）以及波羅的海日爾曼各國。實指全部北歐地區。

魏源述論「北洋」各國，原不過參考西洋人在華地理譯書，摭拾西人成說，出於傳譯知識，並非華人經驗中醞釀而出。是以「北洋」一詞與「西洋」、「東洋」、「南洋」之創生背景不同。後日外國地理名詞有所改變，「北洋」一詞流傳不久即被淘汰。嗣後「北冰洋」、「北極海」先後出現，「北洋」即失去表達地區之價值，歷史意義亦空洞貧薄。

就另一範疇思考「南洋」、「北洋」之價值意義，在中國近代史上另有其獨特光輝，豐富內容，可以在此合併介紹。

中國近代史上，自道光二十二（一八四二）年及咸豐十年（一八六〇）各分別新設一個臨時官職，沿襲稱為五口通商大臣和三口通商大臣。五口大臣管理長江沿岸及長江以南對外通商口岸。三口大臣管理長江以北沿海通商口岸。由於長江以南口岸，漸習稱為南洋各口，長江以北漸習稱為北洋各口，於是在同治六年（一八六七）前後即將五口大臣改稱為南洋大臣，三口大臣改稱為北洋大臣。沿海地區以長江分界，區別為「南洋」和「北洋」領域。此種表達中國沿海地區之名詞，一直沿襲使用至清末。跨越半世紀歷史，另有不少派生名詞，在此可以不必多說。

泰西水法

中國古代重水利，自下引水上抽，汲泉溉田，對於桔槔、轆轤、水車的使用，多能見於古籍記載。惟日常用水，歷來絕無水塔蓄水技術的使用。因此自來水方法制度，無論在名詞與實際，都是近代歐洲輸入的知識技術，並且是在華西人率先推動開闢。

自來水原理運用，始於明季耶穌會士的介紹，當時通稱為泰西水法。義大利教士熊三拔（Sabbathinus de Ursis）所著《泰西水法》，將抽水機稱為「龍尾車」，泰西水法名稱開始在中國流通。嗣後另一耶穌會士日爾曼人鄧玉函（Joannes Terrenz）來華著成《遠西奇器圖說》，書中也繪圖解說「龍尾車」的結構。由此可知，泰西水法是在明季介紹到中國。不過當時科學家徐光啟對於「龍尾車」的應用，仍然視為農業技術工具，因此也引錄在他所編的《農政全書》之中。

中國正式將泰西水法技術應用在生活之中，最早只有在圓明園的歐式建築中獲得最大效果。在圓明園的長春園，有一組歐式建築，由耶穌會士郎世寧（Josephus Castigliono）、蔣友仁（P. Michael Benoist）以及王致誠（J. Denis Attiret）等三人所構圖設計。在長春園西式建築中，有三處表現水法的重大功能。

一是諧奇趣，這是長春園中最早的歐式建築，於乾隆十二年（一七四七）建成，此組特建有「蓄水樓」在高處供水。「諧奇趣」樓前大水池中央塑有翻尾大石魚一個，口噴水柱達五丈高，環池四周圍有十八隻銅雁，各向池中遙遙噴水。池的四面又有四隻銅洋俱向池中央噴水。大池之外，又有高低兩層各二組的小噴水池。

二是海晏堂，靠此樓後面東西兩座蓄水樓供水。正樓前左右向下遞落石梯環抱中間水池，隨階層一路有噴水管六十四條，向池噴水，樓外兩柱間各有石豹一個向池噴水。池中央有石蛤蜊一座，座上有藉水力旋轉台，台上有兩魚噴水，大池兩旁呈八字分列，兩邊各有石台六座，每座銅塑動物一隻，合為十二生肖。按每日十二時辰，輪翻噴水，每當正中午十二生肖齊噴一次。除中央大池以外，「海晏堂」南北兩方又各有水池兩座，一為下「蜂」「猴」銅像，一為猴打傘銅像，也都噴水。

三是大水法，「大水法」是配合「遠瀛觀」遠景，層層噴水，中注大池。緊接「遠瀛觀」有大牌坊，坊下為七級水盤，層層水池噴水，終接大池。池中央有一銅鹿，作奔逐狀，鹿角枝枒尖端均有噴泉，池岸東西各排銅狗五隻，俱向中央噴水，射中銅鹿。池中東西兩面各有大型翻尾海豬一隻，噴水達三丈遠。此外另有東西兩個小水池，池中建十三層塔，每層四面噴水。塔四周池底有八根大噴水管，八十根小噴水管，一齊向上噴射，水柱達六尺高。

以上是根據近人趙光華所撰〈長春園建築，及園林花木之一些資料〉一文的簡略介紹。所可惜泰西水法只能供富有天下的帝王享受，人民豈會有此財力，作此浪費。

自來水

自來水不過是泰西水法的一個通俗名詞，也可以說是現代白話表達。原理如舊，而功用則是現代生活要角，且又是現代建築體系一個基礎工程。工業發展，都市樓宇，均不可缺少。

歐洲科技知識輸入，中國儒生實有吸收推展，未嘗全數擯拒。徐光啟固是顯例，後繼者頗有其人。近代在鴉片戰爭以前，安徽歙縣儒士鄭復光對於泰西水法的原理有所推闡，並另作新設計，已為自來水工程技術想出一套構造方法，價廉而簡易。

事實上，除了皇帝動用鉅大人力物力，建造蓄水樓，並利用「龍尾車」日夜抽水以外，一般人很少有財力使用自來水。因此，中國人知識技術進展雖早已充分趕上，但卻沒有具現代眼光的人籌募巨款，冒險投資，作此造福世人的善舉。這不免雖在中國境內，也需要靠洋人領先推動。

中國土地上開始使用自來水，首在上海洋人租界內。光緒六年四月初一日（一八八〇年五月九日），旅滬洋人紳董，在工部局議估上海自來水創設辦法。在所錄取三個不同估計價值中，酌定以全市用水一百五十萬加侖為度，蓄水量一般須達三百萬加侖，最高可儲備四百五十萬加侖。於是集合股份，成立公司。洋銀百元一股，發行年息一分利息，預計集資一百五十萬元即可興辦。

上海創設自來水廠，選定楊樹浦江岸建瀘水池。並於吳淞江北建造巨大水塔，由地下鐵管抽淨水儲入水塔，再由分支管道輸進市區用戶。上海租界使用自來水始於光緒七年（一八八一）九月，也代表中國有自來水之始。光緒十年（一八八四年）《點石齋畫報》吳嘉猷（友如）特加稱讚說：

本埠通行自來水，龍頭林立。不但飫知甘者隨地隨時可以啟閉而取攜，而以之救火，實為亘古以來未有之善政。

由此可以想見自來水為上海市民生活所帶來的便利。

洋水龍．藥水水龍

事實上，水龍救火，在自來水廠創建以前，歐洲產的水龍車已在上海廣泛使用。光緒二年（一八七六年）正月即有隆茂洋行登報發售，號稱「洋水龍」。同時間，又有豐裕洋行登報發售大小水龍車，四個人用以至十六個人用皆有之。

此外，豐裕洋行又發售一種藥水水龍，可以單人使用，廣告附有圖形及解說。藥水救火為洋人所慣用，並日益求精；上海則開風氣之先，嘆羨精妙（友如）亦在光緒十年間在《點石齋畫報》有所記述，題稱〈救火妙藥〉：

> 西人救火之具，無一不精。近有美人名耿者，新製藥水一種，攜來本埠。日前在白大橋側試演，尤覺靈妙無匹。其法支松木板架一座於橋之南堍，高約丈餘，闊八尺許，其中木檔縱橫，下鋪木花，上灌火油。維時中西男婦之來觀者　不下千餘人，耿君布置完畢，以竹竿縛竹花，於其梢引火入松棚，一彈指頃，煙燄透頂。俟至不可嚮通，乃將藥瓶二個擲入，瓶遇大碎，火威即殺。又擲二瓶，火遽化為煙，而煙隨風散，火亦消滅。再用二瓶四周一灑，餘燼全歸烏有，真神妙品也。

沖水便桶

民國八十年春曾在聯合報「繽紛」版讀到幾篇討論便所的文章，頗具趣味。其中有一篇李玉遐先生的

〈細說通樂史〉，提到一八七〇年歐洲已流行沖水廁所了。其實沖水便桶傳入中國也在這個時期，名稱就是沖水便桶。

領風氣之先的當然又是上海，若是我的資料不錯，李先生把歐洲陶瓷便桶定在一八八三年是稍過晚了。其實英國費勒公司（John Fell & Co. at Wolverhampton）於一八七六年已在上海登報發售沖水便桶，告白上說：

> 有新式便桶，可置於房屋內。有自來之水能沖淨，毫無臭氣，且不易壞。內為白瓷面，其瓷最冷最熱之時俱不壞。

上海能對沖水便桶得風氣之先，其現代化的迅速與實質，略可推斷而知，今日學者不可不留心考察。

打電報

在一八三〇至一八四〇年代，西方電學突飛猛進。英人惠子登（Charles Wheatstone）發明電線，美國莫爾斯（Samuel F. B. Morse）發明並創造電磁發報機。十多年後，即咸豐元年（一八五一）為在華教士瑪高溫（Daniel J. MacGowan）以中文介紹到中國。

第二次鴉片戰爭（一八五七－一八六〇）法國公使葛羅（Baron Gros）在北京議約之際，向恭親王介紹此項最新通信方法，並允贈送此類法文書籍，但為恭親王所拒絕。和議定後，各國公使駐京，同治元年

（一八六二）俄公使巴留捷克（L. de Balluseck）先是要求在天津與北京之間架設電線，均被拒絕。最後要求如允他國架設電線，應以俄國優先。清廷考慮不周，竟然照會同意，開外國干預中國電權的先例。

中國為阻止各國架設電線，在同治九年（一八七〇）訂下一個原則，即是無論任何國家，不得在中國陸地上架設電線，至於海上水線一概不禁。當時電報英商的大東公司（The Eastern Extension Australasia & China Telegraph Company Ltd.）、丹商大北公司（The Great Northern Telegraph Company, Limited of Copenhagen）只好把電報海線接到各通商港口，置於船中。但往往在租界內偷偷架設木桿，中國官方屢禁難除。

在中國政府創辦電報局之前，上海《花圖新報》在光緒六年十二月（一八八一）介紹中國境內開創電報事業情形，甚有參考價值，可以引證於此，以為知識依據。

> 中國之設電線也，始於同治十二年，由上海達吳淞，長三十餘里。接連海底電線，共有兩路：一通印度及紅海而西；一通日本及東俄而西，以達各國，此為西國所設者也。至中國自設久線，則於同治十三年，由福州城內通至製造局，長三十六里。其經費出自中國，操持仍屬西國。後因臺灣有事，力籌防禦，電線公司請於閩督，欲設電線由省城直達廈門，長四百五十里，俟三十年後，悉屬中國，督憲允諾。及造至九十里，忽焉中止，緣土人屢次毀壞也。至光緒元年，閩督函請公司依舊修造，不期造至一百五十里，民眾喧譁，謂與風水有礙。大憲俯順輿情，因而止息。光緒七年（按：實光緒三年造），將造電之物料，運至台灣，自台灣府城直達大高，約百餘里，皆電報局學

生經辦（即蘇汝灼、陳平國），無西人襄助。現聞福州已由五虎門川石島起，新設電線一條，路沿壺江、金牌館頭、閩安洋嶼、羅星塔、馬尾中歧、鼓山邊、水部等處，通至省垣水關入城，直達憲署。其置電線之柱，已排設林立，將次竣工。亦由華人承造，並無西人代謀云云。

中國自己開辦電報局，是由李鴻章推動，委派盛宣懷招商經營，開辦紳商有鄭觀應、王榮和、經元善、謝家福等人。光緒七年三月開辦，五月動工架設通上海電線，十一月初八日開始發報，名稱叫做中國電報局。他們的技術合作夥伴是丹商大北公司，包括中國開辦的電報學堂，中國人很快全由自已經營，只有少數丹麥工程師為電報局擔任技術顧問。

中國電報局使用電機器材，自是向丹商訂購，自外洋進口，全採用莫爾斯電機。至於中文電報所用電碼，原出自丹商大北公司所創，於同治十年（一八七一）設計完成。茲附《花圖新報》對此的記載：

記得同治十年，大北電報公司西人威君基謌，獨出心裁，曾將康熙字典中所必需之字，由部首一字起至龠字止，共選六千八百九十九字，編成六千八百九十九號，排成電報書籍。如上海與蘇州往來信札，可不用文字，祇以號頭代字，查看甚便。

另外我們尚可在《格致彙編》中見到光緒二年正月大北電報公司所登廣告一則，以見在華西人的生意門道：

啟者：近來西國所設巧妙藝術內，電以有氣通信之法為最，無論遠近，頃刻可達。凡兩處欲通電報者，必用銅線或鐵線，或在地面上或在海洋內，皆可安排之。現有丹國之京師高本哈根所有大北電報公司，已經在中國與日本國數大口之間安排電線而通信矣。即如吳淞口、蛇山、海島、廈門、香港、越南、新加坡、新金山、日本之長崎、橫濱、神戶、箱館，以至印度、歐羅巴、亞美利加數千處。

本公司已經造成華字電報書一本，便於中國人通達電報之用，書內之法，以數目字代中國字。此書存於本公司並各處之分館。凡欲通電報而來館者，即可贈書一本，並能詳細言明其用法，及送信往各處之價目一紙，以便查看可也。此佈

光緒二年正月

上海大馬路電線行內大北電報公司總館啟

至於中國電報局創設之後，立即創設幾所電報學堂，立即自編漢文電碼，號稱「電報四碼新編」，發交各電局各海關各督撫將軍使用。此外並與總理各國事務衙門先後約定，編製幾種電報密碼。其不同密碼本子，按照「天、地、玄、黃、宇、宙、洪、荒」次序定密碼本名。晚清電報文書，常見此種文字，必須知曉。

何以稱之為「打電報」？是與科技本身的使用有關。因發報電機，是以手指打按電掣，使對方接收機上印出長短筆畫痕跡，代表數字，由四個數字譯成漢文，即可閱悉電報內容。由於發電報用手指打出，遂

習稱為打電報。

至於無線電報，到光緒二十九年（一九〇三）駐義大利公使許玨向清廷報告歐洲發明無線電報技術之事，隨後在北洋創設無線電報學堂，向義大利購買「馬各尼」電報機（Marconigraph），當時電報事業由袁世凱主持。光緒三十一年（一九〇五）八月機器運到，十月北洋無線電報學堂學生首期畢業，技術轉移相當順利。於是在翌年中國就開辦了無線電報局，仍稱「打電報」，直到今天。

打德律風（打電話）

德律風原是（Telephone）名詞譯音，輸入中國之後，經過許多年才改稱為電話。電話於西元一八七〇年代通行於美國名都大邑，漸次為歐洲各國仿效。英、法兩國率先行用於首都，漸及其他大城，同時迅速介紹至中國，上海最早得其風氣。江南製造局科學家徐壽在光緒六年（一八八〇）按圖仿造一對，可作為中國接受德律風的開始年代。

德律風傳入中國，只有上海租界接受使用，未能深入中國官紳之家。由於洋人使用，因而一直保留德律風名詞，直到光緒二十五年（一八九九）以後，仍然未改。但上海地方得風氣之先者，已經熟知打德律風的速效。在《點石齋畫報》信集第九十頁，保留一段「打德律風」紀錄，是難得例證，特附錄於後，以備參證：

本埠英美租界，各小車夫因英工部局議加月捐二百文，聚眾歇業。至前日竟糾約若干人，各持扁擔槓棒，會於黃浦灘總會門首。適見某姓塌車滿載而來，該車夫等見而大怒，圍住不放。旋有騎馬印捕上前驅逐，若輩遂遷怒於捕，一聲號召，群起為難。該印捕急吹號叫，中西各捕聞聲趕至，拳棒並舉，各逞雄威。而若輩眾志成城，愈聚愈多，拆毀某洋行鐵欄以為戰具。經總會各西人急打德律風，告知各捕房，各捕房皆鳴鐘告警，召集寓滬各團練及各馬隊炮隊等，至捕房四面駕砲，先將工部局保衛，然後分投往救。停泊浦江之各兵艦，亦燃放齊心炮四響，相率排隊登岸。該車夫等見勢不佳，各鳥獸散。後經中西官設法調停，暫免加捐，已各安業如常矣。

直到光緒二十一年（一八九五）十月，美國公使田貝（Charles Denby）向中國政府要求將上海租界內德律風延伸到吳淞口。那時總理衙門已不太容易欺騙，認為這是中國主權，在同年十一月十五日照覆田貝，告以中國電報局自會兼辦此線，請他不必多管。後來直到光緒二十五年（一八九九）十一月，才經盛宣懷奏准招商局承辦。直到此時，仍稱之為德律風。茲略舉盛宣懷奏陳加以說明：

> 中國之有德律風也，自英人設於上海租界始。近年各處通商口岸，洋人紛紛謀設。吳淞、漢口則設借桿掛線矣，廈門則請自行設線矣。電報公司，竭力拒絕，但恐各國使臣將赴總理衙門要求，又滋口舌，一經應允，為患甚鉅。況西人耽耽逐逐，欲攘我電報之權利而未得其間。沿江沿海通商各埠，若令皆設有德律風，他日由短線而達於長路，由傳聲而兼傳字，勢必一縱而不可收拾。不特中國電報權利必為所奪，而彼之消息更速於我。

在此可以弄清楚，今日所通稱的打電話，實由百年前打德律風而來，那時稱為打德律風，是由那時的打電報而來，承襲淵源，清晰可辨。

石印機

中國木刻板印刷術，據最早文獻記載，於唐文宗太和九年（八三五）川東川西均已有曆日版書，民間廣刻售賣。而今日可見之實物，則有唐懿宗咸通九年（八六八）木刻本金剛經，全卷七紙，長十六尺，完整無闕，現藏大英博物館。

中國雕版印刷術早流行於唐代，此一印刷技術，沿習千年，十九世紀後半，始為西方印刷技術取代，是即石印機之輸入。

近代最早記載，清光緒二年（一八七六）上海創辦徐家匯土山灣印書館，開始使用石印機印書。到現在為止，應該是中國接受西方石印技術最早的年代。

光緒三年（一八七七）十月，上海發行的《格致彙編》以數千字的篇幅詳細介紹了西方石印機應用的技術。題目是：〈石板印圖法〉。內容包括石材的選用，製版的過程，墨料的使用，印刷的技巧，以及磨削的手續。在此可以引錄一小段背景介紹，以為史事的承接：

> 石板印圖，始於乾隆五十八年（一七九三）前有日耳曼國貧儒（據Prof. Harold L. Kahn教授考證，此人名叫Aloys Senefelder）著書無貲刊刻，極思省法，久未能得。偶以洋皂、密蠟、黑炱三件調勻作墨，書字於銅板，乾時稍浸硝強水。見有墨處強水不能蝕入，隨將強水洗淨，加墨印紙，與刊者

無大異，但書字必反，印之始正，非久習之斷難反正如一。後以銅板未便，因取石板任意書字，以硝強水浸試之，見與銅板無別，遂以清水稍加強水，布於石面，乘溼加墨，見有字跡處蝕墨，空處則不黏染，此石板印圖法之所由興也。嗣以反書不便，又取紙作正書，覆印石面，亦甚明晰。至嘉慶二十三年（一八一八），英法二國遂得此法。然各國素慣活字印書，因秘之，故歷久流傳未廣。近二十年間，法遂暢行，而益加精焉。

石印技術輸入中國，洋人捷足先登，首先獲取厚利。這就是英商美查（Ernest Major）於光緒四年（一八七八）在上海開設了「點石齋印書館」，全部使用石印機印書。此局大量印出中國典籍，果然點石成金，獲利不菲。尤以印刷《康熙字典》，數年之間，暢銷八萬部。

石印技術，省去雕刻一層手續，尤其繪畫之作，可以直接上版，更是既逼真又省時省費，減輕成本甚多。我華商界前驅，嗅覺靈敏，紛紛使用石印機印書。著名者若掃葉山房、漱六山莊、拜石山房、同文書局等競印插圖小說，一時成為風氣。惟名都大邑傳布新印刷技術之際，中國傳統技術精雕細鑿的刻工則遭受失業絕糧之苦，雕版印刷成本過高，無人肯用，不免隨之沒落。此是版本學上大事，史家不可不大書特書。

寫字機器

今日習用的打字機，先有英文，後有中文，先有手操，後有電動。惟均先為西方習用工具，傳入中國，成為今日常見之物。

西方打字機剛剛發明使用不久，即介紹到中國，稱為「寫字機器」，丁韙良（William A. P. Martin）為文介紹，稱為「代筆新機」。前後有兩篇文章專門敘述，均附有圖樣，茲舉其中之一：

近西國設立機器極多，無論製造工藝，以及家中日用之事，俱有機器為之。如家中縫衣之機器，十餘年來，設法造器，各國俱用之。寫字之機器，約七年以內設立，其法能寫字較人手更速更易更清。前面有字母與數目之活柄，手按任一柄，則有鐵圖書印其字母或數目於紙面，機器內有自行之法，令紙前進，每印一字母，則進一字母之地步。成一行之後，則紙復其原處，預備印第二行。平常人寫西國字，一分時祇能寫二十字至三十字，此器初用之時，學習者在一分時成五十字，習熟以後，一分時能成一百字。……此器祇能寫西國文字，如中國字因不分字母，故不能用之。如中國人欲抄西國文字，用此機器最為便當，所成之字極為清楚。格致書院採購此器供人觀看，此為近作機器中之最靈巧者。西國多寫信或文件之人，得知有此物，定欲購之。一人能作兩人之工，則數月之內所省之錢，足以補償此器之價矣。

在此不能不贊嘆西洋教士在華之推廣科技新知，他們未嘗不盡全力使西方新發明儘速輸入中國，開拓大眾智能。此中之上海格致書院，尤足以展示西方新科技之總匯。

輕氣球

自前清光緒二年也就是一八七六年，西洋的氣球形狀名稱升空方法被介紹到中國。當時就稱之為輕氣球，後來習稱為「氣球」。出於傅蘭雅（John Fryer）所辦的《格致彙編》第三卷。

光緒六年上海清心堂西洋教士范約翰（Rev. J. M. W. Farnham）所出版的《華圖新報》第八卷，刊載輕氣球改進圖樣三幅，並附加說明：

嘗考氣球之製，創自法國人孟格非羅。以油布或油綢，漆一薄層，令不通氣，紮成一球。外以繩網絡之，下懸一藤床，以備人坐。貯氣滿球，燃火其中，緊紮其口，球即上升。此法不甚穩固，遇火燄甚熾時，輒被焚燒，人多墜死。……後乃改用輕氣，因輕氣較氣輕十四倍，故能上升，或用煤氣亦可。初不過充戲玩之具，今乃知大有濟於用也。

事實進展，接踵而至。嗣自光緒十年（一八八四）起，《點石齋畫報》先後繪圖介紹飛行物體不下十五次之多，其中以英人實邊沙（Spencer）在香港表演實地飛行記載多次。同時亦有人在上海「大花園」表演氣球飛行，港滬華人，自然得以目驗其情，當是實地開了眼界。

值得一問的是，華人在何時開始乘坐輕氣球？估計最晚約在光緒十六年（一八九〇）間，天津武備學堂製造成氣球一具，試放之日，每次二人，乘坐氣球升空。先由海軍提督丁汝昌及總兵劉步蟾乘坐升空。繼由淮軍盛軍將領賈起勝、衛汝成再乘坐升空。凡海軍、盛軍高級將領，輪流升空多次，俱記載於《點石齋畫報》。

空中跳傘

不是有了飛機才有空中跳傘，而自有輕氣球的飛行，就開始有救生跳傘的技術。在中國獲得空中跳傘的知識，也是隨同氣球飛行技術同時輸入。中國人知道空中跳傘這門知識，也是出於美國寓居上海的傳教士范約翰的介紹。

中國人真正能夠親眼看到空中跳傘的技藝表演，約在光緒十六年（一八九〇），由旅滬洋人在上海楊樹浦的「大花園」（卓氏名園）一次大氣球升空，有一女子由氣球在高空中凌空跳下。滬人爭看，圍集人眾，有一小工竟被擊中仆倒。當時畫家金桂繪其真實情景，刊於《點石齋畫報》。

此外，又有英人實邊沙在香港表演放氣球升空。高空中氣球炸裂，實邊沙急張救生傘落下，竟然僅傷脛骨，為人接上小艇，載送醫院救治，並未至於殘廢。

空中照相

西歐人發明輕氣球之後，立即進展到各種用途。最受世界注意的是一八七〇年普法戰爭中，用為偵察敵陣的工具。光緒六年上海美國教士范約翰所發行的《花圖新報》第八卷，首先就介紹它的各種用途：

至西國構兵之際，每用氣球以探敵人蹤跡。普法之戰，法為普所困，輒用氣球以傳遞消息。近時英國兵丁於操演時，用氣球升於天空，以作窺探之狀，並用電線牽連，傳遞消息。又以得律風通於前後各營，敵兵一有舉動，各營無不周知。洵為行軍之利器也。

在同一記載中，並述及空中照相技術的起始，遠在飛機發明之前，原創始於輕氣球上的一種利用，原始動力也是創生於偵探敵情，茲舉其所載錄：

六年前，法國有博物士二人，一名西畢利，一名斯畢納利。用新法將袋盛滿養氣，口含其袋，以通呼吸，升至二千五百丈，安然無恙。並帶照相器具，將數十里山川城郭，頃刻照就。較之繪圖，真而且捷。

此處所說六年以前，不過是一八七四年，而感光印紙技術原是西歐在一八三七年所發明，照相器具的使用更在其後。未料空中照相技術竟能隨氣球應用的改善而創生。可見西方物質文明進步，有一日千里之勢。

豬仔議員

「豬仔議員」一詞，創生於民國十二年十月，是中國近代議會史上一個慣常上口的重要名詞。其所以深入史乘，廣為流布，實受李劍農所著《中國近百年政治史》的影響。

「豬仔議員」一詞之誕生，是由於民國十二年十月五日，由無恥政客吳景濂的拉攏關係，就出席國會的五百五十五位議員投票選舉總統，結果直系軍閥曹錕得四百八十票當選；當時是由吳景濂作中接票，每票用五千元銀元行賄而達此目的。此由郭廷以著《中華民國史事日誌》，可以得一簡明正確的知識。張玉法著《中國現代史》，更說明曹錕賄選曾得到蕭耀南、齊燮元、閻錫山、田中玉等軍閥各捐助四、五十萬元不等的金錢支持。張氏把賄選案的過程、用兩頁半篇幅詳加介紹，這將是最正確細緻的垂世青史。

郭書具精簡綱領，是春秋家史法；張書作詳盡舉實，是左傳家風格。惟只有李劍農一書提出「豬仔議員」一詞，並表示是出於孫中山所創稱。

「曹錕賄選」是現代史上一個顯著綱目，將永世不會為史家略過。惟「豬仔議員」只是其中爆出一個小插曲，形成現代新典，有似開一個玩笑，當作嘲諷戲謔。稍不經意，就會流失不理，輕輕放過。其實十月五日賄選之後，全國各地惡評如潮。消息傳到南方，孫中山對記者談話，態度表明十分清楚。他說：

曹錕串同無恥議員，謀之已久。今日之事，早在人人意料中。日前我曾通電宣言，警告曹氏，冀其覺悟。今竟冥頑不靈，甘冒不韙，只有重行興師北伐之一法。

民國十二年十月七日，孫中山發布：「本黨為曹錕賄選竊位宣言」。十月九日孫氏發布「致列強宣言」。十月十八日，孫氏又發布「通緝附逆國會議員令」。像這些皇皇檄文，立旨嚴正，措詞莊重，竟全部未能見到「豬仔議員」的用語，當知不會出現於正式文牘。

事實上，李劍農之書仍須信賴勿疑。孫中山的創始著作權也不可否認。我們可在民國十二年十月二十一日孫中山在廣州對全國基督教青年聯合會的演說中找到證據，孫氏的講題是：「國民要以人格救國」。孫氏在這次講演中說到：

至於國家的行政，都是由曹錕、吳佩孚任用滿清的官僚和豬仔議員去辦理，人民能不能夠治？能不能夠享？所以現在的中華民國，還是官治，政客治，武人治，不是民治。

至此我們可以確切知道，「豬仔議員」這一新典，是創生於中華民國十二年十月二十一日，為孫中山對青年們講演時所提出。為在中國議會史上，對曹錕賄選的一種嘲諷。

肉桶立委

「肉桶立委」這個新典，醞釀背景又有四年，而正式登場出現於報章，則是民國七十八年之事。如今已是議會史上具有時代典型意義之名詞，不能不將一些珍貴史料表出，一旦隨風而逝，後代高明之家也無法清楚詮釋。

有兩位卓越的記者，對於問題背景提出了立體報告，那就是立委們立法自謀福利的事實，是被呼為「肉桶立委」的根源。在民國八十年十一月二十九日《聯合報》第六版有黃玉振的報告：

中央民代比照政務官適用退職酬勞金條例，最早是於四年前由前立委賴晚鐘等一百零六人，所提

「立監委比照政務官享有退職酬勞金」一案，當時曾引起外界相當非議。日來由於退職酬勞金條例修正案將再度排入議程，部分立委有意趕搭上這班列車，而舊事重提。

同報同一版另一位記者林美玲也有報導云：

立法院八十四會期末，若干不再尋求連任的立委，也曾提出「政務官退職酬勞金給獎條例」修正案，通過修改第二條之一，使增額立、監委一併納入比照實施，並曾三讀通過；不過在民意反對下，最後立委自行複議翻案。此次舊案重提，李宗仁表示這是「時機」已變，因為現在增額立委佔多數，大多會支持該案，中央方面也認為此案可行，在財政上沒有問題。

立委林鈺祥則在上個月的法制委員會中提案，並決議請考試院半年內提出各級民意代表退職金條例草案，他昨天表示，如果要領退職金，各級民代應都可以領，並另行立法規定，不必搭政務官退職金的「便車」。李宗仁認為如果各級民代一併適用，地方財政將無法負擔，應先從中央民代實施起，再逐步適用到各級議會。

除了立委們主動謀求「退職酬勞金」之外，立法院在民國八十年先後動用行政院第二預備金三億二千四百七十八萬多元，也是一個驚人的龐大數字（資料據民國八十年十二月十一日《聯合報》第二版所載，立院秘書長胡濤的報告）。立法院秘書長胡濤說明花錢的宗旨是：「都是提高委員問政品質必須的。」同報第二版並附列一個動用行政院第二預備金細目表，足備參考。

除了以上兩項有關民脂民膏令人肉痛的消息之外，又在民國八十一年一月七日被新科國大代表揭發立委們溢領「延會費」問題。

「肉桶立委」之內涵，比之民初豬仔議員要厚實壯大百倍不止，聲勢尤不同，無怪為民眾詬病，不知是那位天才作家想出這個精妙有味的徽號，兩年來騰冒於報章。在此推薦一篇社論：〈對國會作有效監督的做法〉（民國八十年十二月十二日《聯合報》第二版），及同一版何凡先生的短評「黑白集」。尤其要鄭重推薦的是民國八十年十二月一日，聯合報「副刊」上黃碧端所寫的：〈兩院的角色反諷〉。如此會使我們相信這個時代的民主政治史，為甚麼會出現這樣的一個新典。假如你稍具數學頭腦，你會在十分鐘之內計算出每一個肉桶究有多重，請試試看。

鬼子

近代學人注意力廣泛，鬼字研究，早有章太炎、王國維、沈兼士三位大師，在五十年前相繼談過。再加上董作賓從甲骨文中舉出八個鬼字字形實例，李孝定搜集十三個甲骨文鬼字原形，人們對鬼字形意義的了解已十分透徹，在此無須重述。不過照甲骨文字形看，無論簡體如　、　，繁體如　、　，均是強化頭部，真是大頭鬼本色。

至於中古人士稱佛教為鬼教，近代人士稱基督教為鬼子教，在此也不暇深論。不過有一點訊息應該掌握。就是非中國之物的外來者，就加上一個鬼字來形容。牠的生長依據，自然與上古三代的外國「鬼方」

有關，這個鬼字不是鬼魅之義。而是沿習鬼方稱呼。

「鬼子」一詞的出現，在此可以肯定說一開始就與形容赤髮綠睛的歐洲人有關。歐洲人自一五〇五年進入印度洋佔領臥亞（Goa），一五一一年佔領滿剌加（Malacca），一五一四年到達廣東海面的屯門。自此開始與中國人接觸。此後中國人對於歐洲來人開始有了形容，很自然就稱為「紅毛鬼」。最早的文字記載，見於張燮的《東西洋考》，記載萬曆二十九年（一六〇一）歐洲大船到達澳門的情形：

紅毛鬼不知何國，萬曆二十九年冬，大舶頓至濠鏡。其人衣紅，眉髮皆赤，足踵及趾長尺二寸，壯大倍常。澳夷數詰問，輒譯言不敢為寇，欲通貢而已。

至清初康熙中葉，遺民屈大均《廣東新語》，屢屢記述紅毛鬼，且明指為荷蘭人：

賀蘭從未至，而紅毛鬼者，長身赤髮，深目藍睛，勢尤猙獰可畏。比人數至廣州。其頭目號白丹（Captain）。每多閩漳人為之，其驕恣多不可制。紅毛鬼所居大島在交趾南（此蓋指荷領東印度群島），蓋倭奴之別種也。

歐洲人多出現於廣州，足見鬼子一詞之創生地，必不在遠。十八世紀以後，紅毛鬼子、黑毛鬼子、白鬼、烏鬼、順毛烏鬼、鬈毛烏鬼，相繼出現於公私文獻，自當以廣州、澳門為創始地，當無可疑。

洋鬼子

中國人航海外洋，出洋謀生，宋明以來，習行於印度洋上，平時使用洋字，早有習慣，非決始於近代。自十六世紀歐人東來，最初大多稱番、稱夷，而不稱洋鬼。洋鬼一詞比番鬼出現為晚。其創始時段，應在鴉片戰爭以後，第二次鴉片戰爭以前，即一八四〇至一八六〇年之間。

論者熟見道光二十一年（一八四一）廣東按察使王庭蘭致閩浙總督曾望顏書，其中提到洋鬼一詞，或以為可靠之實據，然實後人傳抄所改。當年之傳抄本，闕康己之《平夷錄》仍用「鬼子」二字，而非「洋鬼」。正式確切論據，當為夏燮之《中西紀事》，其中所載咸豐十年（一八六〇）在祁門之紀實，甚為可靠。

> 自長江通商議起，予（夏燮自稱）以十年冬（咸豐十年）在祁門督師幕中（曾國藩大營），據軍營探報，有洋鬼數名，自河口來至景德鎮，云將赴屯溪、婺源一帶。

同一時期，太平天國諸王口供之中，若李秀成、洪仁玕，提到洋鬼之處者不一而足。相信是在道光咸豐年間醞釀而成。其生產之地，廣州固仍然居首，而上海、江南當尤為迅速傳播之區。

假洋鬼子

今日世人習用「假洋鬼子」一詞，廣泛流行，人人俱知，但決定不會知道此詞來歷之確切，而實淵源有本。此話很容易申說。若不明歷史則如同隔十重簾幙。「假洋鬼子」一詞，肯定於同治元年（一八六二）創始於上海，抑且創始之時並非泛稱，而是確切實指美國人華爾（Frederick Townsend Ward）所組成的「常勝軍」（The Ever Victorious Army）成員。因為常勝軍的帶兵官是真洋鬼子，其軍隊兵勇則全為華人，華人華語卻穿洋人軍服，當時人於是稱呼他們是假洋鬼子。要追究根據，請參考郭廷以教授所著，《太平天國史事日誌》和 Hawks Pott, *A Short History of Shanghai*, p.53。

卷二十二

五簋八盤

數千年古老詞彙仍具活躍生命，今日所見，俯拾皆是。這不在保守，不在復古，而是本於其實用意義與公眾的共喻。決無礙於經濟發展與國家現代化。譬如雲門舞集、大有巴士、輔仁大學、麗澤中學，都是十足現代事物，而無害於採用最古老名詞。

簋與盤都是商周彝器，用於祭祀宴饗。後世日常生活中，形容於飲食餐具。而五簋八盤，則構成中國民間一種普遍席制，南北各省，廣泛應用。直至民國三十八年以後，才漸為人淡忘。

近年來在我們復興基地，人們生活優裕自由，飲食講究。西餐隨西俗，一樣是煩瑣苛細，禮節繁縟。但一切均有法度可依。中餐誇富鬥豔，不免奢靡無度。這就是席例混亂，無所遵循，不知有禮有節的緣故。

我們上下力求富強，尤其講求有效而合理，要想設計共通方便的席制，不可不思考各方面意義。一則反映我們生活富裕；二則反映我們節制有度；三則反映我們禮賓有禮；四則反映我們習尚有本；五則最重要，反映我們質實求效的現代精神。本著這五點原則，依循現代知識分子共趨的心聲，我們全國上下可以共同採行「五簋八盤」的席制。

五簋八盤，又稱五簋八碟，多數廚師均能熟知，但多譌稱之為「五鬼八蝶」。這一制度，民間最為習用。其方式：首先將八盤涼菜一齊上桌。同時上一隻大空盤，號稱冰盤，僅盛調味油醬花椒鹽。客人進食，將八盤中涼菜分批傾入，於空盤中調拌，多少隨意。今日菜館中常見大拼盤一道，就是由此簡化而來，也就是八盤合一。八盤為佐酒菜，此時正宜互相敬酒。五簋是五個大海碗，分別遞次上桌，為席中主菜，內容未有一定，任由東主點選，價值高下，自有差別。五簋先後次序，一般都是海菜最先，魚類最後。這時仍當席間行酒。說部中常見「酒過三巡，菜過五味」這種話，確是酒席真實情景，並無一分虛謊。小說中所謂豁拳，也是真實情景，友情洋溢，快愉歡暢，充滿席間，中國酒席成功，做到盡情盡禮。酒過三巡，菜過五味，而宴席尚未終結，因為接著還要用飯。用飯又必須有佐食之菜，於是又有四碗豐盛菜餚，一齊上桌，稱之為壓桌，飯亦同來，備主客進食。四菜過後，往往又必有一道清湯或點心。到此全席才畢。十二人一席，禮待貴賓，大方豐足，而並不浪費。應為今日最實惠的席例。

我們也許以為古字很不常見，其實不識字的廚師個個都講得出來，雖在書中不常見，卻在生活中常常使用，例子多如牛毛。也許有人以為這樣提倡豈不又是復古？在此必須加以解說。現在且不強調，也不是講大話，就事實來說，這是有現代觀念的學者一直提倡的一種席制。再說得嚴肅一點，這是屬於近代學者提倡生活現代化的一個小部分目標。

近代學者，提倡生活簡約，對於飲食，主張五簋八盤之制，勞乃宣倡議在先，有謂：「今先仿昔賢五簋之約，訂為歲時燕飲品物之限。凡親朋燕集，每席殽蔬五器，佐以果品葅醢八槃，不得逾越。過此限者不赴其招。約定晷刻，如期必到，遲者不候，從人餕餘，不別備饌。」（「桐鄉勞先生遺稿」，卷四）。光緒二十三年（一八九七）譚嗣同創組延年會，親訂章程條規二十項，其中一條有云：「請客筵席，只准五簋八盤，不得奢侈無度。」（「譚嗣同全集」，一四三頁）近代實業先驅南通狀元張謇，創辦紗廠，對於飲食，亦有規定，所立章程有云：「平常執事，飯菜二腥蔬，休息日，加四碟，酒二斤。茶房人等，月兩犒。三節（按即年前、端午、中秋）及客至，五簋八碟四小碗一點。不得踰此。」（「張季子九錄」、

「實業錄」，卷一）以上三人，俱為近代新思潮先進，作此提倡，原在於使生活質簡合理，飲食飽足而有節度。順此思潮趨勢，正足為我們今日所參考。實覺有其深遠意義，絕非任意妄自杜撰。

荷蘭水

讀稗史記載，介紹李鴻章顯達之後生活情狀，有言及李氏飯後必飲一杯荷蘭水之事。此荷蘭水者，在當時必為普通實有之物，究何所指，頗足使初讀者感到困惑。如不細心翻閱他處資料，則只有存疑，雖可一時不加理會，無傷大雅，但總是不免遺憾。

荷蘭水實即今日所謂之汽水，並無若何稀奇。五口開埠通商之後，自歐洲傳入，此名稱即流行於上海。光緒二年（一八七六）出版，葛元煦所著之滬遊雜記有所介紹，載於卷二，第四十至四十一頁：

> 夏令有嗬囒水檸檬水，係以機器貫水與氣入瓶中。開時其塞爆出，慎防彈中面目。隨倒隨飲，可解散暑氣，體虛人不宜常飲。

同一時期，由英人傅蘭雅（John Fryer）主編，在上海發行之《格致彙編》（*The Chinese Scientific Magazine*），並作詳細介紹，包括做法及機器圖形。其所陳敘云：

西人喜飲荷蘭水者甚多，而中國通商各口之西人，恒自帶作此水之器具。華人亦有喜飲者，買其器具，亦能自作，與西人不相上下。荷蘭水共有數種，因其材料與作法不同之故。但作此水之公法：用藥料成炭養二氣，令水多收此氣，盛於瓶內而緊塞之。成氣所用之料：為白石粉與黃強水。此器具之本，價不甚貴；而所用之材料，價值亦賤。故有多人以作此水為業，消場每年加增，故易於發財。如英國內作荷蘭水一百四十四瓶，其費料之價約洋一圓。計開：軟木塞一百四十四個，價洋七角。黃強水四磅，價洋一角六分。鐵絲，價洋六分。白石粉，價洋四分。#粉，每瓶十釐，價洋四分。共合洋一圓。每十二瓶計原價洋約八分三釐，而賣出之價每十二瓶需洋半圓。如學用此器具，兩三日即能學成。第一號器具，一日間能作七百餘瓶，洋價二百餘圓。

所附機器圖樣，茲列於前頁，以備參考。其圖與前引說明，俱載「格致彙編」第二年第一期第八頁。

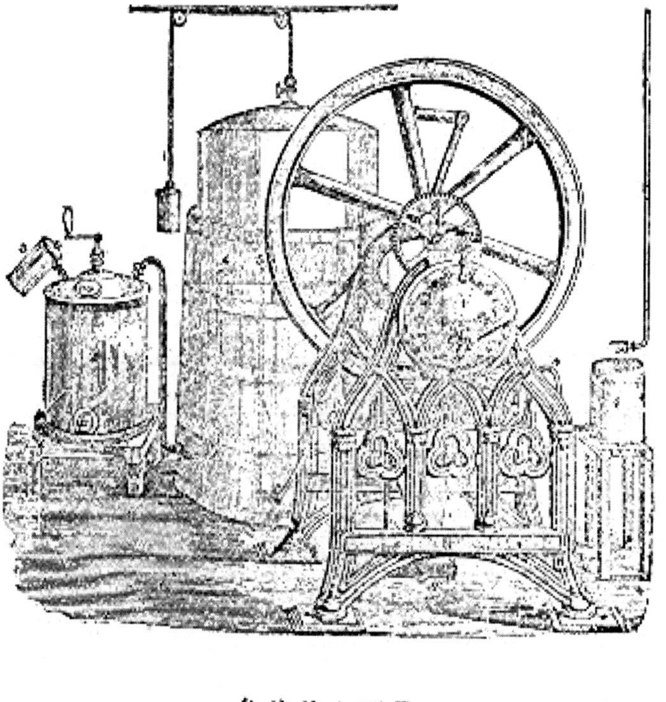

作荷蘭水器具

牛勝油2

閱讀一百年以前總理各國事務衙門文件檔案，或更早至鴉片戰爭前後迄文件，常見「牛勝油」一詞出現。現有成書之中，若「道光朝籌辦夷務始末」，出現在四十七卷十五頁；十七頁。六十二卷十七頁；二十一頁；「同治朝籌辦夷務始末」，出現在四十三卷十五頁；十六頁。稍晚著作之中，則不易見。

初讀「牛勝油」一詞，或不知何所指，實際乃是廣東通商口岸，中外商界對於黑人之譯稱。亦即Negro之譯音。華人沿用，常氾濫致誤，故亦誤指馬來人，往往與馬來族人譯稱「巫來由」混淆不清。「巫來由」一詞，今尚沿用，往昔又稱「馬留」。亦有俗稱「無來由」者。實際應與「牛勝油」有別，即今日印度人錫蘭人亦均清楚加以區別。但在十九世紀之廣東沿海，即凡亞、非二州黑膚之人，皆時稱「牛勝油」，時稱「巫來由」。官方文件亦無從區分。如「道光朝籌辦夷務始末」所示定義有云：「牛勝油者，黑夷之通稱，即華言無來由也。」同書又云：「自急卜碌（Gibraltar）至此（指Singapore），本皆黑鬼地，而英吉利據之。總稱吽勝油，華言無來由也。」事實上當時所有敘海之書，多已引為通用，實無人曾深究其所表達之實義。如此了解，方可知曉當日文件意義。

紅毛泥

第一第二兩次鴉片戰爭之後，頗激起中國朝野對於火器武力的研究，乃至海上防禦的探討。同一時期，出版有關船砲水雷礮台等著作不少。其中言及礮台方面，往往提到用一種「紅毛泥」建築台基的辦法。這個「紅毛泥」詞彙，就是當時廣東通行的譯稱，也就是由歐洲輸入的 Cement，普通譯稱為「紅毛泥」。近時則稱為洋灰或洋泥。後世不同譯稱頗多，如通常譯音的所謂「細棉土」、「塞門德」、「士敏土」、「水門汀」等等；又有意譯的所謂「三合土」一詞；而惟有「紅毛泥」出現最早，載於官私文書。尤其在廣東口語中最為流通，沿用時間最久。粵人不以為奇，他處則已莫知其義。

二成洋稅、四成洋稅、三月一結

如果說起中國近代新工業建設，當必不免要討論十九世紀自強新政，而這些自強新政的資金來源，往往多與中國海關有關。海關資金為總稅務司赫德（Sir Robert Hart）所掌握，對其收入瞭若指掌，對於有關洋務的開支，最願意由海關支持。一來赫氏對於海關收支有把握，有權力。二來凡關洋務必定運用於支付外國，特別是英國。這是為西方工商業增加財源的一條門路，赫德自然十分樂意促成。

近代史以及中國海關史研究，總避不免遇到一些專有名詞，或者很普通，而人們往往只是一知半解。這裏提到二成洋稅、四成洋稅、三月一結三個名詞，表面上並不難懂。這是由海關收入撥付資金一種方法。現在稱為關稅，十九世紀自五口通商以來都稱之為洋稅。不過這些常見的名詞都自有形成的一定來歷。

「二成洋稅」一詞，由於咸豐十年（一八六〇）九月中英北京條約而產生。從中國支付英國賠款的方式，確定全由各口海關收入的洋稅中提供。這一決定並載於中英北京條約第三款。其條文如下：「戊午年原約后附條，作為廢紙，所載賠償各項，大清大皇帝允以八百萬兩相易。其應如何分繳，即于十月十九日在天津郡先將銀伍拾萬兩編楚，以本年十月二十日，即英國十二月初二日以前，應在于粵省分繳三十三萬三千三百三十三兩內，將查明該日以前粵省大吏經丈填築沙面地方英商行基之費若干，扣除入算。其餘銀兩，應于通商各關所納總數內分結，扣繳二成，以英月三個月辦一結，即行算清。自本年英十月初一日，即庚申年八月十七日，至英十二月三十一日，即庚申年十一月二十日第一結。如此陸續扣繳八百萬總數完結，均當隨結清交大英欽差大臣轉派委員監修收外，兩國彼此各應先期添派數員稽查數目清單等件，以昭慎重。再今所定取償八百萬兩內，二百萬兩仍為住粵英商補虧之款，其六百萬兩少裨軍需之費。載此明文，庶免棼糾。」這類規定，並見於同年同月，中法北京條約第四款其條文如下：「今複議定，賠補銀共捌百萬兩。在此數內，已收到去歲粵海關繳銀三十三萬三千三百三十三兩零，其餘銀兩，宜在中國各海關每年收稅銀若干，按五分之一扣歸。其交銀之時，係三個月交一次，首次宜于咸豐十年八月十七日起，而于十一月二十日止。但所交之銀，或紋銀、或洋銀俱可，其銀應交大法國駐紮中國之欽差大臣，或所派之員亦可。」

在中英條約中所開之把各口海關稅收，以及中法條約中規定就中國各口海關按五分之一扣歸，均為「二成洋稅」一詞的正式起源。這意思是，中國各口海關稅入，無論收穫多少，必須先提二成交付英國賠款，同時提二分交付法國賠款。其餘六成才作為清政府真實收入。既為英法兩國各二成，加在一起就是四成，於是也就是「四成洋稅」的正式起源。再因為條約規定三個月交一次。各關自然必是三個月結清一次，於是又是「三月一結」的起源。

中國對英法賠款付清之後，各海關仍把這四成洋稅特別計算，多數被撥付於洋務建設方面。或為二成或為四成，終於成就了這兩個特別名詞。

三成船鈔

唐宋對外通商以來，外洋船隻到達口岸，貨自有稅，船亦納鈔。至明季，澳門通市，船免規制，漸成定例。此與內地江河船隻所納船料意義相同。內地體恤船戶，每有明令，免納船料。惟外洋商船，體大貨豐，海關必收船稅，並必丈量船隻大小，以定納貲多寡。時日積久，往往漫加陋規，名目達三十餘項，形成弊病。清雍正四年（一七二六）起，已作裁併，分別正鈔，規銀兩種，正鈔是為船鈔，規銀則為額外之陋規，改名「歸公」二字。

至於船鈔，徵收方式，凡外洋船隻到口，依其大小，分別三等徵收正鈔，自康熙二十四年（一六八五）早已規定辦法與銀額：見粵海關志（梁廷枏著），卷八，第四十二頁云：「粵海關歷辦稅務，係將夷船分為一二三等，均照東洋船例，減鈔銀十分之二，按船徵收，丈量各船時樑頭長闊丈尺，將應征銀數遞增遞減。凡一等大船，征鈔自一千一百餘兩至二千一二百兩不等。二三等中小船，征鈔八百餘兩至四百餘兩不等。」因是船鈔之制，自清初開始對外貿易已被確定，原即承襲明代舊規，並非新創。

自鴉片戰後，道光二十三年（一八四三），中英制定五口通商章程，船鈔徵收，大為減輕，船隻按噸位計算，每噸征銀五錢。若有千噸之船，不過征銀五百兩而已，一切陋規，均行裁去。此外並於虎門商約中再次補充，議定一百五十噸以上者視為大洋船，按每噸五錢徵收銀兩。一百五十噸以下之小船，則每噸只納船鈔銀一錢。如此貨船負擔大為減輕。次年（一八四四）中美望廈條約，亦有相同規定。

無論古今中外，通商港埠碼頭，本身需有種種標誌建築。維持修護，在在需款。即在當代港口機場，輪船飛機停泊，無論載客載貨，自必徵收一定款費。近代中國，沿海沿江相繼對外開放通商。自始即已確定船鈔之正常徵收，為各海關於貨稅（洋稅）以外之要款。及至第二次鴉片戰爭後，中國開放更多港口，稅鈔均見增加。其時於咸豐十年末（一八六一）創設總理各國事務衙門。戶部撥款微薄，每年僅七千餘兩，不敷應用。乃由恭親王及文祥等於同治元年（一八六二）七月奏請自各關徵收船鈔項下撥款三成，備為總理衙門辦公費用。原始見於同治朝籌辦夷務始末，卷八，第三十一頁，其奏有云：「近年部庫支絀，無款動支。再四斟酌，惟於南北洋各海口外國所納船鈔項下，酌提三成，由海關按照三個月一結奏報之期，委員批解衙門交納，以資應用。此項向不解部，專備各關修造塔表望樓及一切辦公之用。今止酌提三成，於各關辦公不至有誤。如蒙俞允，應請即以奉旨之日為始，行文各海關遵照辦理。」此即構成三成船鈔之由來。所謂三成船鈔者，實際即指海關撥解總理衙門之公費是也。

一塊洋錢

中國為用銀錢之國，明清尤盛。而大錯在不鑄銀幣。明清外洋輸入銀幣，往往回爐燬化，再製銀兩元寶。民間通行碎銀，以天平為輕重基準。但各地天平標準輕重，制度不一，市易混亂。國家以「庫平」為收銀標準，較民間天平，每百兩重三至六兩不等，碎銀又須貼補火耗一成，民受朘削實甚。雖然如此，白銀內流，民間尚足支持。

清朝中葉以後，外洋銀元流入更多，民間通用，向稱便利。尤其南方各省，除官方仍用元寶碎銀，而銀元則廣為民人行用。因是流通諸多名目，或稱花邊、番餅、洋銀、洋錢等等。銀圓以圓形取稱，實為正名。故道光二十二年（一八四二）七月中英訂立江寧條約，約中所列賠款數目，其單位係用銀圓而非銀兩。當知早已形成通行名詞。

銀圓一詞之外，亦流行「洋銀」名目，但僅泛指銀圓，並不作為計算單位。如謂支付洋銀若干圓即是。同時「洋銀」之外又有「洋錢」名謂，意旨等於「洋銀」，而計算單位，則民間習用一塊一塊統計，實為銀圓之外，一種俗用單位，少見於官方文書，而廣為流通民間。自然早已形成鴉片戰爭以前。見於文字者，則有道光二十二年四月初十日，英軍佔領乍浦時所出告示，其文有謂：「大英國陸路提督郭（General Sir Hugh Gough）諭：乍浦居民知悉，本軍門最欲保護百姓，因大清兵弁不肯議和，不得不交戰，倘有匪類搶劫東西，扭稟，即將擊死。如遇惡徒放火，指明者賞給洋錢五十塊。該民仍舊務業，毋需害怕本軍門，此城可全保守也。特諭。」（見夷事眘，第九一八頁）

由此文件證明，可知民間向以塊為計算洋錢單位，當早已通行於鴉片戰爭以前。其時為英軍效力之華人，略曉文理，不免無意中書寫俗稱。

欽差大臣

研讀近代史者，所遇名詞，往往不求甚解，隨文瀏覽而過，大致不成問題。抑且近代史時代較近，文字易懂，再加工具書出版較多，一般而論，研治並不困難。至對於初學者稍生隔閡者，多在於不同時代之政治經濟制度及社會風俗。其中官制最多變化，使人困惑。然而已有各種職官表可查，疑難實易於解決。

有一官名，甚為特殊，是即近代史中常見之「欽差大臣」，所有職官表譜，均不列載，史志中亦無詳確詮釋。最正式之清廷官書「大清會典」，以及私家編著之「清代徵獻類編」，俱為清人所編，均無所載，讀史者不免有所懷疑而滋生問難。

清代任命欽差大臣以清中葉以後為繁，在近代史重大事件中頻頻出現，久為讀者所熟知，往往不求甚解，尚無嚴重阻礙。然近年連連又有更詳密之職官表問世，收錄職官更為全備，學者查考，十分便利。但是新近著作仍然不列欽差大臣名目。終不免導致查考者之疑慮。教授近代史課，又常須另加申解。

欽差大臣，地位尊崇，權勢隆盛，聲威顯赫，當為人所共知。但就清代政府制度而言，欽差大臣並非是一種職官，政府官制系統，並無此項名目。是以職官表譜，向來不予列載，本屬理所應該，毫無可疑。當代命官，雖然同稱大臣，但卻分別官與差兩種。官者，執掌經常一定之職事；差者，受任承擔一種特殊使命。是已經常職司，始入官制，而臨時差命，自然不是職官，亦不入制。故而職官表諸書亦無從列載。以大臣名稱而入於官制者，若中央之軍機大臣，地方之庫倫辦事大臣，駐藏辦事大臣，烏什辦事大臣，科布多參贊大臣，烏里雅蘇台參贊大臣，塔爾巴哈台參贊大臣等名目，有經常執掌事務，均為常設職官。

為特殊使命派遣大臣，最重要者莫如命將出征，在清初則有特別稱號，如征西大將軍、撫遠大將軍。中葉以後，甚至鴉片戰爭時期之靖逆將軍、揚威將軍均屬此例。不過清中葉以後，應付太平天國以至後日之捻回軍務，以及中法中日等戰爭，所有主持戰防統帥，已不再有特別稱號，一般則習用欽差大臣，次要之副帥則用參贊大臣，或幫辦大臣。除戰爭以外之特殊事務亦多用欽差大臣，如林則徐之查辦禁煙，耆英之江寧議訂和約，伊里布之辦理稅餉章程等，均為特殊重大事務之差遣。

欽差大臣使命的意義，除了專門任務為皇帝詔諭特別指示出者外，其權勢甚大，皇帝授予最高權柄，實在地方一切官員之上。有時詔諭中指出某種權力，然雖不指出，亦必受到地方官充分尊重。

欽差大臣之所以必須分別解釋，一則由於無處查考。二則由於所代表使任之雜亂。三則由於在近代史事中時時出現而人物不一。遂使讀者無從確知其使任功能及正確定義。既然是位尊權重，又必定專辦特別重大事件。自應是甚為少見，但在近代史上則絕對象反，有兩大範圍，其事件之發展，常使問題混亂。茲分論於後。

其一，自從太平天國起事，繼之以捻回倡亂，國家要務，軍事列為最先，咸同兩朝屢屢任命欽差大臣及幫辦大臣。前後專授欽差大臣之命者計有林則徐、李星沅、賽尚阿、周天爵、徐廣縉、琦善、陸建瀛、祥厚、向榮、訥爾經額、勝保、托明阿、西凌阿、官文、德興阿、怡良、和春、袁甲三、張玉良、曾國藩、田興恕、李續宜、多隆阿、僧格林沁、李鴻章、左宗棠等二十六人。其次級之督辦大臣、幫辦大臣尚未計算在內。如此紛紛出現，終使讀者無法判別何人負何種特殊責任。

其二，自查禁鴉片起，展開中外息息相通之世局，中國對外之通商及交涉日趨頻繁，為應付外交及通商，包括最初查禁鴉片，此一特別任務之下，又連連派遣欽差大臣不少。其中專任通商事務者，發展成為制度化之五口大臣及三口大臣。實即南北洋大臣。南北洋大臣之特殊，使欽差大臣轉化為常設職官。這兩個職位，前後有三十餘人擔任。（參考出著：南北洋大臣之建置及其權力之擴張。載大陸雜誌，二十卷五期。）再加第一第二兩次鴉片戰爭中派出議和之欽差大臣，為數遠在四十人以上。近代史上如此眾多之欽差大臣，自不免使學者感到混亂與猶豫。

如果知道欽差大臣並非職官，當會解悟職官表中不予刊載之理。如果知道欽差大臣使命各有歧異，當會小心注意其不同專責。這是研讀近代史所當具備之常識。以曾國藩為例，曾氏在咸豐十年（一八六〇）受任欽差大臣兩江總督。十一年十月再命節制江南四省文武官吏，統籌對太平軍之戰防。可以說是一方最高統帥，專門使命即在於此。

若以人數眾多觀之，道光以降授任欽差大臣太頻太濫，實正反映朝廷識斷不足，指命猶疑。曾國藩原本不受重視，轉戰多年，朝廷終在江南大營二次兵潰後大局極危之際，始授曾國藩為欽差大臣。就曾氏言，得來十分不易。當初曾氏率湘軍轉戰江西湖北，一切仰給於地方官，形同乞食作客，很受一些大吏所侮辱。即因欽差大臣之稱謂問題而使曾氏大受侮辱。王闓運記載此事甚為詳盡，也很有趣，可以引括如下：

> 曾侯軍敗靖港（咸豐四年事），湖南藩（布政使）臬（按察使）會詳巡撫，請遣散其軍，專疏劾治。駱撫（湖南巡撫駱秉章）手還其文。明日湘潭報捷，俱慶更生。其時奏捷由提督領銜。朱批嚴詰，何以獨倚曾軍，即罷提督，以曾副將（即塔齊布）代督。官民愕然，知天子明見萬里。又奉詔，調司道隨軍治餉。藩司徐有壬頓首請罪。余（王氏自稱）因建議可即檄徐隨軍。曾侯嘆曰：庸人徒誤我事，何取快一時之意。余悚然敬服，知其必成功也。其後浙撫移文，謬題：欽差大臣。旋以文來（浙江巡撫何桂清來文）云：貴部堂並非欽差，合行更正。曾不堪其侮。憤然辭歸。」（王闓運著，「王志」，卷一，第三四頁）

王氏所記，確為實錄，咸豐七年六月，曾國藩奏陳朝廷，對其所受官場上之傾擠玩侮，均有敘及。在此略舉少量，備作參證：

臣前後奉援鄂皖籌備航（船）砲肅清江面諸諭旨，皆係接奉廷寄，未經明降諭旨，外間時有譏議，或謂臣係自請出征，不應支領官餉，或謂臣未奉明詔，不應稱欽差字樣；或謂臣曾經革職，不應專摺奏事；臣低首茹歎，但求集事，雖被侮辱而不辭，迄今歲月太久，關防之更換太多，往往疑為偽造，釀成事端。」（黃濬著：「花隨人聖盦摭憶」，第二百十五頁）

欽差大臣既為皇帝特遣，一般習常稱呼，多尊為「星使」或「欽使」，旨在負有特殊使命之意。然即為特殊使任，而並非固定職官，則凡受任欽差之人，實必自有其一定本職。譬如第二次鴉片戰爭中，咸豐皇帝派兩位欽差大臣到天津議訂和約，其一桂良，本職是大學士，其一花沙納，本職是吏部尚書。主辦軍務也不例外，對太平軍用兵，向榮以湖北提督佩欽差大臣關防，和春以江南提督佩欽差大臣關防。以曾國藩為例，先在咸豐十年四月任兩江總督，後在六月才授任欽差大臣。朝廷付予威柄，授以關防為印信，並以王命旗、牌、令箭、令旗為表徵。曾國藩記載其形制、資料、大小甚詳，足資參考：

部文須到令箭十二支。令旗十二面。箭壺一個。架子一個。王命旗十道，纓杆俱全。牌十面。旗牌均有令字清漢文。旗以藍繒為之。方二尺許。繒粗與夏布無異，旗杆用小竹油硃，下有鐵腳，上有油紙帽。綴纓。均極草減。蓋近來官物類偷窳矣。（按王命旗定制用藍緞，此時用繒，自是偷減。）令前長五尺許，令旗黃緞為之，上用泥金寫：『江南欽差大臣兵部尚書銜兩江總督』字樣。有黃綢方套一個，畫龍黃油布套一個，略精整，不似王命旗之偷減。（曾文正公手寫日記，同治元年正月初十日記）

關於王命旗、王命牌以及令旗式樣大小，已備載於「大清會典圖」第七十二卷，茲引據於後俾供參考：

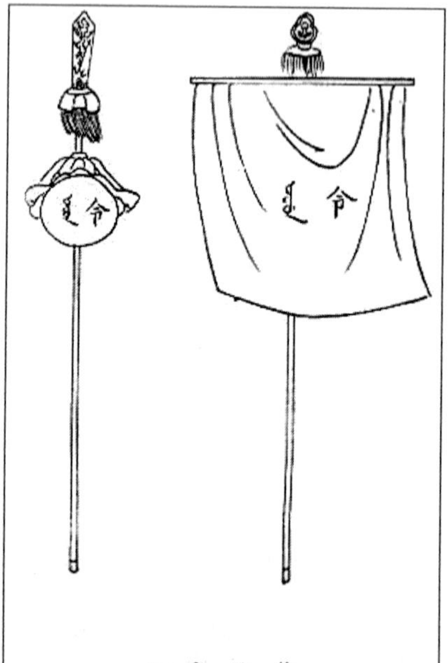

王命旗牌

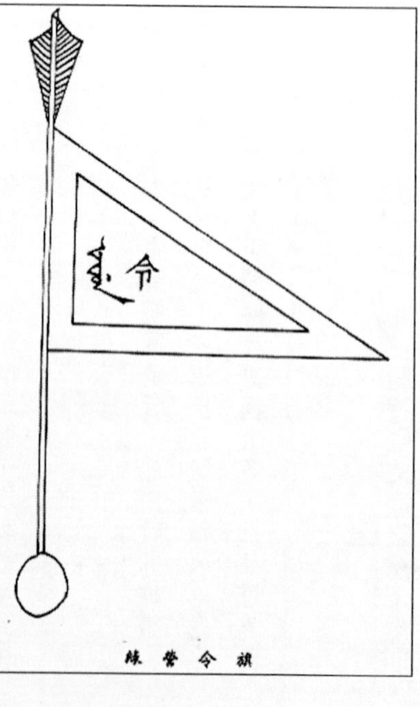

綠營令旗

按會典規定，王命旗用各邊均二尺六寸正方藍緞製成，中間以金字書寫滿漢文字「令」各一。鈐兵部印信，木杆長八尺，髹朱，注朱旄。王令牌用椴木製成，牌面圓徑七寸五分，髹朱，外圈上面刻成蓮葉形，髹綠。牌中鐫刻滿漢令字各一。懸繫長槍之上，槍用榆木製成，長八尺，鐵頂冒木，髹黃，繪龍，注朱旄。牌及槍旁俱鐫刻令字若干號，滿漢文並行。同卷令旗圖並附引於前頁俾供參考。

歲次辛酉正月二十二日（一九八一年二月二十六）於香港中文大學

卷二十三

九經三事殿

大清康熙在位期間，在京城北郊興建「暢春園」（在圓明園之外），此園正殿宏敞，康熙親筆題正殿匾額，曰「九經三事」，即是暢春園殿名。清朝除京西宮殿不計，其城外之北城及西苑各建園囿不下三百餘所，但就康熙治國用心言，惟有九經三事殿最具重大意義。

所謂九經，出自《中庸》一書，其所載言曰：「凡為天下國家有九經，曰：修身也，尊賢也，親親也，敬大臣也，體群臣也，子庶民也，來百工也，柔遠人也，懷諸侯也。」凡中庸所言，俱是儒家治國政術。康熙君臨天下，實一心履行儒家治國之道。

所謂「三事」，出於《尚書》，三事乃是：「正德，利用，厚生」。正德者，乃是以德行治國政，以恩恤撫萬民。利用者，乃是開天地之大利，為躬行之政務。厚生者，乃是家給人足，國力富饒。凡此亦是儒家主政之宗旨。

吾人之所以特看重康熙建造九經三事，足以證明康熙能為大清順、康、雍、乾之一百五十年之盛世，國力遠邁漢、唐，特別是服膺儒家治道。自可見其用心之深矣。

御門大典

御門大典，實為皇帝親自問政之行為。所言御門，乃是每日晨起在辰時初刻，皇帝親至乾清門升座問政。乃滿清自世祖順治至咸豐朝之親政方式，但自同治朝太后垂簾聽政，即不再有御門大典之事。

清前期順治、康熙兩朝每日必行御門大典，凡六部、都察院、理藩院以及九卿、詹事府司官俱來奏陳公務，各部門總以六部為大政本位，故問政多對六部而為。

在六部之中又以刑部及吏部政務最繁，習慣刑部排在第三，吏部排在第六。此為刑部多以死囚勾決為重，皇帝及大臣特別看重人命之關天，需要慎重審理。死囚或斬或絞，自須慎重勾決。當時有四個裁斷原則。其一是：情實應決；其二是：緩決；其三是：可矜；其四是：可疑。凡此區別，足見用刑慎重。（此類記載，詳見清吏（君臣督撫）吳振棫所輯：《養吉齋叢錄》卷五，頁五七－六〇。詳述清帝之御門聽政之要領。）

叫起

叫起一詞，不可輕忽，原是大清皇帝問政，召大臣前來當面問對。由於各項政務彼此不同，乃必須一起一起分別召見。就自要分出一起、二起、三起等次序，故分起召對，即稱之為「叫起」。一般情況軍機大臣多必排在頭起，其他官員則二、三、四、五分起召見。

大抵自雍正初年創始軍機處，俱關繫於軍國機密，勢不能御門聽政，乃另在殿中升座問政。遂自須分起召對。其後自同治初年太后垂簾聽政，乃不再有御門大典，一般在養心殿分起召見大臣。此一種方式一直沿用至清亡。自不能不定之為今典。近代史家往往在史料中得見一些政爭之大消息。

紅頭簽、綠頭簽

此處提稱紅頭簽、綠頭簽，與前面之叫起密切相關。

叫起以軍機大臣優先排在頭起，而其後來之各起，多為王公大臣召對，若要排在後面各起，每人必須將其姓名籍貫以及所有履任官位，一一開明在簽牌上。凡是親王、郡王、貝勒、貝子等王公，一律填寫紅頭簽，而其他大臣雖是封侯如曾國藩亦須俱填寫綠頭簽。史料所見曾國藩在同治七年由兩江總督調任直隸總督，他到京陛見，太后召對，一連用三天時間到內廷應召對話。曾氏兒子曾紀澤受命出使英、法兩國，在光緒五年赴任前召見，也填綠頭簽交往內廷。但只問對一次，即起程出京。

晚清時大清使用之國旗

在第二次鴉片戰爭中國戰敗接受屈辱之《天津條約》及《北京條約》，遂至接納英、法、美、俄四國公使到北京闢建使館。故自一八六一年起，中外恢復和平。沿海沿江亦增開通商口岸。而各國亦各派領事在各口岸開設領事館。此等史實常識國人共知，無待詳述。各國既開放使館領事館，勢必懸掛各國國旗。而在中國本身竟是無國旗懸掛。其時總理各國事務衙門已經成立，恭親王主政，認為我國亦必須懸掛國旗，遂與兩江總督曾國藩問計，事在同治元年（一八六二），為時當在六月，今可舉證湘省文人朱德裳所著《三十年聞見錄》，直引其八十三頁原文，以見曾氏主張：「兩江總督曾國藩復恭王（奕）訢書有云：各處兵船仿外國豎立旗號之例，概用黃色龍旗，使彼一望即知，不敢妄動，誠可省無數事端，且於行軍並無窒碍。擬即咨商各處，所有各營旗幟照常豎立外，每船另添龍旗一面。」

曾國藩既明告中國地方軍營可以添一幅龍旗誠為當然。恭親王遂亦上奏朝廷此項辦法，同年閏八月奉准。

《京報》

中國近代「新聞紙」是從西方輸入，本書早立詞目，不待再有記述。嘉慶、道光之間，西洋教士已用華文刊報紙為量甚多，後時年年增多，直至清末，實俱民間報紙。原自無須列為今典詞目。但是《京報》不同，一則此報原為中國故有，非外洋輸入。再則此報僅載大清朝廷每日由內閣發鈔之奏摺及上諭，其他一切私家之事決不登載。

誰會購讀《京報》，其銷量甚大，卻俱是京外地方大小官吏要閱看，因為國家朝政，直接關涉各地官吏之切身行事，時時留意朝廷變化是其宗旨。大抵官位越高越要自《京報》探測政情。

《京報》非官方之報，而乃由市井文士天天赴內閣抄錄奏摺上諭，然後付之校刻，刊印出供，價極便宜。地方各官上自督撫、布政使、按察使、兵備道、海關道，以至知府、縣令，俱要購閱《京報》。

惟至一八六一年以後，英、法、美、俄四國根據條約可在北京開放公使館，各國爭先恐後建立使館，惟英國用心最深，故自一八六二年（同治元年）以後，每日必購存《京報》，用心探測中國政情。就把《京報》譯為 Peking Gazette。英使館重視情報資料，即最下層一文銅錢買來之《京報》亦不丟棄，竟一一裝訂成冊（每月訂成兩冊）儲存下來。後來民國時中英斷交，英方將使館文獻全部運回英國。文獻公文資料收存入國家檔案局（Public Record Office），惟《京報》裝成書，則另存於大英博物館的一間倉庫輯滿上架。我在此館見到《京報》原樣。是全部廉價白紙，印成三十二開本。

以夷制夷

中國古代未有以夷制夷觀念，近代中國習稱外國人為夷，而至鴉片戰爭結束以後，湖南文士魏源《海國圖志》（一八四四年問世）書中就提出「以夷制夷」這條對外策略。有學者非議這個「以夷制夷」論點不切實際，徒逞唇舌。在此不暇評論。

歷察今世列國之間的外交折衝，西方列強無不使用「以夷制夷」策略。直至今日，亦未嘗不用此策。在此自是不能舉實，將淪於長篇大論。

鄙人並不主張以夷制夷，亦不讚賞「以夷制夷」，而是相信今世之列強各國莫不以此術對付他國。中國亦須冷靜看清這一情勢。

師夷之長技以制夷

魏源著《海國圖志》一書，多具時代新識，其最可貴者，則在書中提到：「師夷之長技以制夷」之一個特識。當年清廷上下盲昧無知，未加重視。同時兩廣總督林則徐因應對抗英軍來犯，亦因其船堅砲利而提出「師敵之長技以制敵」之見。魏氏、徐氏俱亦重視領悟英人之所長，我人須加學習。但在當年朝野竟全無警覺，殊可嘆也。

魏源高見，在晚清一代未能見重，直到民國之初，孫中山對西方熟悉，因而提出「迎頭趕上」之說。所謂迎頭，乃是不須跟在人後，從水蒸氣科技來學，你有電氣，我學電氣；你有原子，我學原子。在陸能造高速火車，在海能造航空母艦，在空能放人造衛星，交戰能發洲際飛彈，如此才是迎頭趕上。而根本用心，自一定是師夷之長技以制夷也。

中學為體，西學為用

今時列陳「中學為體，西學為用」，乃是思想史重視，不可迴避不談的一個觀念。卻實在是在簡明詞目上能夠簡化說清楚。我早在五、六十年前已撰寫一文〈清季知識分子的中體西用論〉，收載於拙書《晚清政治思想史論》，敬請識家指教。（以下本文皆不提拙書）我於文中已就此種思想詳慎解說，不具重述。但於其在史學上影響，指出在光緒二十二年，清廷創設京師大學堂以及盛宣懷同年在上海創設南洋公學，而此兩校均奏明按照中學為體，西學為用宗旨辦學。（參看上舉拙文）

學界熟知，中體西用思想經張之洞在光緒二十四年刊布所著《勸學篇》書中詳論「中學為體，西學為用」一說，隨即通行全國，成為文人學士引論之學說。梁啟超視為重要思想，乃寫入於所著《清代學術概論》，中體西用觀念廣受文家注意。凡治思想史者，若不進而研究，亦必須知其梗概。

中體西用既被公認為近代重要思想，立即有一疑問存在，就是此一觀念創生於何時？究是由何人創說？在同道中迴避不過，要弄明白。

吾今引據上海史家易惠莉所著《西學東漸與傳統知識分子》，其副標題為：沈毓桂個案研究。此書達三八八頁應是鉅著。易教授之書，第十五章題為：中學為體西學為用之辨。在此一章中就指出沈毓桂是在一八九一年（光緒十七年）提出中學為體西學為用，其說刊載於五月分之《萬國公報》。沈毓桂之言：習中學以培其體，通西學以達諸用。此自是創始之辭，為天下先。而易教授同書繼舉，於一八九五年沈氏所撰「救時策」竟是直書：中學為體，西學為用之詞。到此之時，自可從信沈毓桂為最早創說之人，為時在一八九一年。

現代化

先說現代化與近代史含意相同，只因史家蔣廷黻先生在民初開講中國近代史，乃最先主張中國必須「近代化」，而民國初年北京亦並流行「現代化」之語詞，近代亦即是現代。

再說，前時晚清一代並無現代化一說。

又再說，現代化一詞並非歐美輸入之詞，即非外來詞，而是創生於中國。須知現代化乃是落後民族一種想望，而在於加強國家之現代化，以求趕上歐美列強。

民國初年所能在文字上見到「現代化」之語詞，乃是民國十八年（一九二九）新文學女作家凌叔華所提出。這年她同夫婿陳源教授赴山東遊泰山乘火車到達山東泰安，住進車站賓館，凌女士對旅館之設備誇稱之為現代化。（凌女士大文載於其〈遊泰山記〉，當刊布於世，後人亦有收集）惟應知「現代化」一詞當早流行於民初，但願同道能再查到更早之文字。

不要怕二十世紀五、六十年代有美國出現幾位現代化理論大師，可承認只是理論而已，不必受其玩弄。

蔣廷黻民初開講中國近代史，主張中國需要近代化，但其見諸文字，已在四十年其所著之《中國近代史》一書。而後在一九五〇年八月方有郭廷以教授所撰〈中國近代化的延誤〉一文登於台北之《大陸雜誌》連載兩期。郭氏本人自然也是主張中國必須現代化之一位先驅。

一九五五年二月郭廷以教授受聘創設近代史研究所，其帶領門生後進接受其近代化之主張。因是在二十世紀七十年代由十位門人設計合力分工研究中國之區域現代化，原計三年完成，而此十位學者即是近代史研究所同仁：李國祁、呂實強、王樹槐、張朋園、張玉法、陳三井、林明德、王萍、趙中孚、蘇雲峰等人。每人各擔承一地區領域，至足代表郭廷以夫子學問思想之繼承。

切勿輕視中國現代化主張，在二十一世紀之今天（二〇一七年十月）大陸政治領袖刻意要努力推進中國之現代化。他期盼在二〇三五年完成中國之現代化。

不纏足

像不纏足這樣很俗淺的文句，也是不能輕視，因為這是一種婦女平權的要求，在近代思想上必須認真討論。

我國纏足陋習極待消除，自嘉慶朝以後，西洋教士來華，已開始批評纏足之戕害健康，信教之家，原多貧苦，女子須作重活與男子相同，乃願不再纏足。而富有之家，官宦巨室自仍令女兒纏足，此項風俗勢難化除。滿清入關之時，亦下令解放纏足，漢人臣民，並不聽從。

光緒二十年甲午戰敗之後，在野紳民文士開始倡組不纏足會，首倡者以上海在光緒二十二年成立不纏足會，接著在光緒二十三年自廣東為首多處成立，而福建、湖南、湖北、江蘇均有多處組織不纏足會，至光緒二十四年達於高潮。可惜戊戌八月政變，新思想大受撻伐鏟滅，乃使不纏足會亦受到沉重打擊。有清一代直至大清消亡女權運動保留一點正義聲息。

白話文

二十世紀二十、三十年代，文界俱稱胡適提倡白話文最力，推為領袖。此固實情，然多人不知早在清晚期光緒二十四年（一八九八）在江蘇無錫已有人組織「白話學會」，他們以裘廷梁為首，有顧述之、吳蔭階、汪贊卿及丁福保會同組會，並發刊《無錫官音白話報》，實見應早於胡適二十餘年。且在白話尚未通行之時出而倡率，應是先知先覺，值得讚揚。

此外，在此更早一年，在光緒二十三年九月，在上海有學者組織「蒙學公會」，乃由曾廣銓、葉瀚、汪康年、汪鍾霖會合組成，並發行《蒙學報》以饗讀者。

但凡白話學會、蒙學公會之創立俱是知識與文化之一種表現。

國語注音符號

鄙人於近代國語運動，曾撰長文報告。前面詞目「喚醒民眾」中已有提示。不須重述。

今談國語注音符號，即是國語運動之成果與貢獻。

國語運動發軔於光緒二十一年，自此一年算起，直到一九五〇年（民國三十九年）前後推展可以分為六代以見學界愛國之士，對於國人語言文字改善工具之努力，其愛國家重傳承之高尚志節令人欽服。

在拙文之前，在此項語文學問之資料，可參閱黎錦熙著《國語運動史綱》，及白滌洲等人發行《國語週刊》，以及倪海曙著《清末漢語拼音運動編年史》，大可了悟國語注音符號形成之固有來歷。

詞目需要簡明，但此一國語統一運動卻是經歷不少變化，可說清末民初直至台灣光復，百年間我國之語言文字學家無慮一兩百人俱被此問題吸引進於語文議論之風潮中。

自甲午戰爭中國慘敗之後，中華有識之士，要喚醒民眾，團結禦侮。其立即思考到文字語言之進步普及，即在接著一年（光緒二十一年）先有盧戇章提出其強化語言文字之拼音法，用以推廣庶民快速識字能力。接著光緒二十二年以至二十四年，先後有吳稚暉（名吳朓字稚暉）、蔡錫勇、王炳耀、沈學、力捷三、宋存禮（又名宋恕）等人先後各自發明拼音字母，用來提升平民識字能力。代表先知先覺之一致用心與盡力。應可列為第一期。

接著進入二十世紀初，有進士王照（甲午進士）及浙江桐鄉人勞乃宣，同治十年進士，任吳橋縣令，與王照分別在一九〇四、一九〇五年倡說並新造拼音字母，以教導平民識字。王照及勞乃宣應是國語運動之第二期代表。

在王照、勞乃宣二人之後至清末又有章太炎出而推動文字語言之平民化。章氏乃近代文字音韻學大家。繼承段玉裁，並精研究中國文字（章氏有《文始》一書）。章太炎（名炳麟）與前人不同，乃就中國古來固有文字擇其筆劃簡單者，選出聲母符號三十、韻母符號二十二，用作注音符號。故章氏以年代在後，應可列為第三期代表。

清亡於辛亥革命，一九一二年建立中華民國，在民國元年七月教育部召議國語拼音辦法，主張推用符號注音。同年十二月成立國語統一委員會，集合全國精於文字學、音韻學學家八十人組成，推舉吳稚暉為會長，王照為副會長，開會制定國語注音符號，一致同意接受章太炎所選定符號制定一個注音符號字表，大抵直到民國七年方完成定下一套國語注音符號表，至此方算是第四期之成就。

茲開列注音符號於次：

ㄍ、ㄐ、ㄉ、ㄅ、ㄈ、ㄗ、ㄓ、ㄏ、ㄌ、ㄎ、ㄑ、ㄊ、ㄆ、ㄞ、ㄘ、ㄔ、ㄒ、ㄖ、ㄫ、ㄬ、ㄪ、

ㄇ、ㄙ、ㄕ

此下介母有三：

ㄧ、ㄨ、ㄩ

此下韻母有十二：

ㄚ、ㄟ、ㄡ、ㄣ、ㄛ、ㄞ、ㄢ、ㄥ、ㄝ、ㄠ、ㄤ、ㄦ

凡以上聲母、介母、韻母，即民國七年經政府議定而公布之國語注音符號，在完善識字而言，乃是成效最大發音正確，認字快速，在台灣中、小學通行多年，十分有用。

三家村老夫子

世人熟知「三家村老夫子」這一語詞，一般只在譏嘲他人之才疏學淺，但卻自命不凡之士。同時凡遇到用典用成語有錯誤者，一概被譏稱為三家村老夫子識見。

至於「三家村老夫子」一詞傳之久遠，屢見不鮮。是否有學者看重，而引入於著作之中？鄙人至今曾見到大清同治前期，有位任職總理各國事務衙門之章京方濬師（凡章京在總理衙門任事，俱自六部中之下級官吏如郎中、員外郎等被調來衙門任事，其本薪之外另給一筆現銀津貼，故招來者多幹練之才）。方濬師著有《蕉軒隨錄》一書，多談清代掌故。在其書中曾提到「三家村老夫子」一語。鄙人恃為依據。

世人所論無不譏嘲醜詆三家村老夫子。到今只有鄙人願以忠誠之態，忠告世人略陳如次：

三家村乃極言其小，而實際天下遍地鄉村或百餘家或數十家乃為常見，兒童在貧苦之家自難入學識字，而稱得溫飽之家，亦必送兒童入學三個月最多半年，能識多字及打算盤即可，到別地當學徒，其稍有田產者自將隨父母下田工作。

看來三家村夫子實是收入不豐，有點學問，也不高深，也自能安身立命。

全國寒村累億萬計，藏身於鄉村之老夫子，實成為一村鴻儒，鄉人多必敬重為其地之學問宗師，凡人間應世種種帖啟之類，自必請教老夫子。老夫子卻亦熟知儒家四書五經，雖用不上，都是只能緊靠儒書。

對於同鄉男女兒童亦必恃為教材。由是可知，比如西洋傳教士之走遍窮鄉僻壤傳說聖經。中國億萬鄉村民人，在這些鴻儒大家薰陶之下，多少是受到教化，這真是對中國文化之普及，造成重大效益。

再轉一個方向看問題，天下先後有億萬老夫子，是會全部漠漠無聞嗎？經我之考察，認為有清一代以至民國抗日戰爭以前，實有兩人可以敘入文史之籍。

第一位最偉大，乃是蒲松齡，蒲氏著有《聊齋誌異》一書，已達於世界文學之地位，與《紅樓夢》、《儒林外史》齊名。國人研究蒲氏有成。鄙人不敢多言。

另一位鄙人在香港中文大學任教十二年，於當地發現，在九龍新界海下村，有位老夫子翁仕朝，靠教蒙童為生，同時又兼開藥局為鄉人治病。

翁老夫子珍惜字紙，一生不棄片紙，而可議者，他大教蒙學，其所藏書並沒有五經、四書，他卻有三字經、四字書、五字書。可奇者他收到香港英政府發給香港小學教育章程規例，一概用不上，全束之高閣。光緒二十四年香港擴界到新界，他方二十五歲，卻一生絲毫未被洋化。他一生不用阿拉伯數字，教數學全用蘇州碼，如不寫一九三八年而寫〡〩〣〨年。我為之撰兩文介紹他之特異志行。

孔乙己

凡讀私塾家館，兒童啟蒙須讀《三字經》、《百家姓》、《千字文》等書，實際老師更於各書之外又另有施教，如：《童子詩》即是。尚有一種識字口訣，如「上大人，孔乙己，化三千，七十士，爾小生，八九子，佳作人，可知禮也。」似此兒童教材人人熟知，不須多論。

鄙人幼讀私塾家館有五年半，到一九三七年抗日戰爭爆發，先父不久逝世，我即不讀私塾，改入同城之「樂善小學堂」讀高小之部。（三年後升到中學，遠赴外地就讀，此自無關本文）

余在樂善小學，高班級任老師于祥瑞先生喜愛新文學，尤其推重魯迅，為我班同學選授魯迅之文「秋夜」及「孔乙己」，我們生徒只能跟隨老師，卻於魯迅之文了悟不多。不久忘懷。

我之中學自初中至高中更換三個學校，俱是大教育家朱紀章先生所創辦，他並不任校長，我在高中畢業後方為逃內戰而流亡到台灣。

我在台灣有幸考上台北師範學院史地系，畢業後又因業師郭廷以教授召喚到中央研究院近代史研究所以歷史為畢生專業，同時也在各大學教歷史。

我做歷史研究六十餘年，憑近代史識見，對於魯迅所寫之大文「孔乙己」產生重要見識，茲呈獻同道方家求其指教。

魯迅大文有時代意義與世情轉變之價值。願進一說如次：

原始動因啟於光緒三十年（一九〇四）清廷下令停廢科舉，但凡州縣之考秀才，各省會之考舉人，以及北京之考貢士、進士，一概不再舉行。從此文人仕進之路斷絕，所受打擊可想而知。

清代科甲考試，俱考八股文、試帖詩，這種本領不是生來就會，必須投師學習，而凡名師則身價高，脩金貴，這一業只有進士之做官不做老師。此中師資多為舉人、秀才。曾見康有為記載，他說到單是廣州省會一地，教八股文老師有三千餘位，若合十八省而計，此類老師不下五萬餘位。大清尚未完結，人人總盼望有恢復考試之日，尚未肯放棄八股文。可惜七年之後，辛亥革命，中華民國建立，恢復考試萬無可能。

故當民國十年前後，各地五、六萬八股文老師亦已五十歲以上。生平所積勢將用盡，養家活口全無著落，遂至各地出現孔乙己，如魯迅所記述，一位衣衫補綴的老儒，白天就到茶館冷坐，默默無言，偶而喃喃數語又歸沉寂，勢必至過午，方會起身回家。魯迅大文多個文家測猜不斷，魯迅乃有聲名，以謂未嘗影射他人，亦無更深別意。吾深信其言，並尊為重大貢獻。

近東、中東、遠東

西歐人站在大西洋岸向西看，一片汪洋無盡海疆。轉頭向東望山川湖泊，陸地有多樣多彩之感，誘出一組統合簡化概念，是謂「近東」、「中東」、「遠東」，真可謂是籠統概觀。此言雖在分遠近，而決無褒貶之意。西歐之人也非自我尊貴，傲慢自大。

世勢流變，近東之說竟無人提，而中東（Middle East）則在近十年間十分走紅，但凡各類新聞，必能提及到 Middle East 一詞。其地域即是亞洲西部。

近東（Necr Fast）一詞少用而未淘汰。至於遠東（Far East）當指中國、日本。惟就中國人之反應，對於遠東實多歡迎。尤其上海、台灣，俱有「遠東公司」之商家。台灣尚有「遠東圖書公司」專門出版洋文書，足為證。

瓜分中國

列強瓜分中國，令國人驚心動魄。但在歐洲，無論大小國家，實早為慣常習性。他們早已瓜分非洲、美洲各地，經驗自亦豐富。只是要瓜分中國，小國不敢插手，因為只有英、法、德、俄四國才會捷足先登。

英法侵華，中國戰敗，割地賠款。帶來影響，使各國饞涎欲滴。光緒二十一年中國敗伏，日本得利，而在光緒二十二年，德國即下手侵佔膠州灣，俄國租借旅順、大連，英國進取威海衛，法國進佔廣州灣。凡此豈非動手瓜分？我人看此情況已是驚惶萬分，殊不知此是交涉之妥協結果，其在英國原要求代中國保護長江、浙江七省，中方不願。因為把中國置為英國之保護國，我人決不同意。

當年國人已知有位英國國會議員來中國，名叫貝思福（Besford）著有一書名為「中國將分裂」（原名未詳），當即為《萬國公報》華人編輯蔡爾康譯成中文，書名定為《保華全書》，在上海出版。此書在中央研究院近代史研究所收有一個傳抄本，鄙人曾閱讀。而近年上海史家易惠莉教授曾在著作中引據《保華全書》，當是最初原本。

後記

今典釋詞至此（二十三卷）結束，不再續寫。我已高年，且亦江郎才盡。自不會再接著寫下去。釋詞並不以此二十三組為全，十年之前亦在《歷史月刊》發布若干期，將可合併成集。

先感謝讀者耐心閱讀，可以看到我的貢獻何在？功力何等？若是待之為雕蟲小技，此技卻得之匪易。須知我不寫出，上網也難能查到，更不能知其原委。既是今典，就最重時間，於此考察我的年代學造詣，皆可憑文覆按。不敢妄自稱雄，卻敢說學界朋友多不能及我的年代學造詣，包括學者教授院士文豪，皆可以實物比較。我既寶劍出鞘，不怕與人過招。

再要感謝《歷史月刊》給我刊布園地，再要感謝王壽南教授向《歷史月刊》引介。再要感謝王夫人吳涵碧女士督勸我結集出版。再要感謝魏秀梅教授、張秋雯女士在台北為我料理文稿、校對文稿。我則躊躇志滿，善刀而藏之。

丁亥中秋節（二〇〇七年九月二十五日）收筆

中英名詞對照

丁韙良（William Alexander Parsons Martin）
三拂齋（Samboja）
大同學（sociology）
大東公司（The Eastern Extension Australasia & China Telegraph Company Ltd.）
工部局（Shanghai Municipal Council）
丹商大北公司（The Great Northern Telegraph Company, Limited of Copenhagen）
丹麥（Denmark 黃旗國）
互動（interaction）
公董局（French Municipal Council）
天地會創始人萬雲龍考（The Identity of Wan Yun Lung Founder of the T'ien-ti Hui）
太史巷路頭（Ta Sze Loo-tow）
巴留捷克（L. de Balluseck）

巴麥尊（Henry John Temple Palmerston）
幻燈機（magic lantern，projector）
弔詭（paradox）
引擎（engine）；般勤（Steam engine）
戈登（Charles George Gordon）
方登筆（fountain pen）西洋鋼筆
日國（Spain）西班牙
比利呢布顛剃衣彌（Plenipotentiary）
比來納山（Pyrenees Mt.）
水仙宮路頭（Suy Seen Kung Loo-tow）
火輪船（steam ship）
牛勝油（negro）
王致誠（J. Denis Attiret）
般那畢地（Napoleon Bonaparte）
丙次阿不爾（Prince Albert）
世紀（century）
不但（Patent）

不登（patent）
以西巴尼亞（Espanaia）
包令（John Bowring）
包臘（Edward C. Bowra）
德善（Emile de Camps）
司鐸火木（Stockholm 瑞典國）
炒扣來（chocolate）
布萊頓（Brighton）
未士洛云（Viceroy）
民主（democracy）
玉罕泰祿（John Tyler）
田貝（Charles Denby）
由吝爬雷斯（Union Parish）
由吝爬雷斯（Unit Place 有人誤譯）
白丹（Captain）
伍浩官（Howqua）
冰積凌（ice cream）

合信（Benjamin Hobson）
因地密特（intimate）親密的、交好
夷務、洋務（foreign affairs）
米憐（Rev. William Milne）
自主之權（sovereignty）
艾約瑟（Rev. Joseph Edkins）
艾棠（B. Edan，伊擔）
伯理璽天德（President）
伯駕（Peter Parker）
克蘭頓（Lord Clarendon）
利瑪竇（Matteo Ricci）
均勢（balance of power）
李泰國（Horatio Nelson Lay）
李提摩太（Timothy Richard）
沙・外廉巴駕（Sir William Parker）
沙・有哥哈（Sir Hugh Gough）
沛根（Pagan）

汪瑞炯（W. S. K. Waung）

狄考文（Rev. Calvin W. Mateer）

秀（show）

育奈士（United States）

迂特來（Utrecht）

里弗爾布拉（Liverpool）

亞羅船（Arrow）

治外法權（extra-territoriality）

孟振聲（Bishop Joseph Martial Mouly）

孟德斯（Münster）

押巴顛（Aberdeen）

押米婁（Admiral）

臥亞（Goa）

芝罘（Che-foo 煙臺）

芭槐國（Bavaria）

阿屯姆，原子（atom）

阿博爾立真里斯卜羅德克升蘇賽野得（Aborigines Protection Society）

阿爾熱八達（Algebra）
阿禮國（Rutherford Alcock）
保險（insurance）
威妥瑪（Thomas Francis Wade）
急卜碌（Gibraltar）
洋灰（cement）
科學主義（scientism）
紅毛泥（Cement）
美士克勒白（Mask Club）
美查（Ernest Major）
范約翰（Rev. J. M. W. Farnham）
范斯法尼（Westphalia）
郎世寧（Giuseppe Castiglioni）
郎世寧（Josephus Castigliono）
島美路頭（Taou Mei Loo-tow）
息坴（China）
挽銀（remittance）

根鉢子（gunboats）
格致彙編（The Chinese Scientific Magazine）
班地文（Van Diemen's Land）
納慎阿爾畢覺爾嘎刺里（National Picture Gallery）
馬各尼（Marconigraph）
馬儒翰（John Robert Morrison）
馬凝接（Major General）
馬禮遜（Rev. Robert Morrison）
馬釐士列（Magistrate）
馬戞爾尼（George Macartney）
煙時披里純（inspiration）
偉烈亞力（Alexander Wylie）
匿名揭名（anonymous placard）
國家檔案局（Public Record Office）
常勝軍（The Ever Victorious Army）
梅輝立（William Frederick Mayers）
條約口岸（treaty port）

莫爾斯（Samuel F. B. Morse）
康無為（Harold L. Kahn）
郭士立（Karl Friederich August Gutzlaff）
郭穎頤（Daniel Y. Kwok）
陸路提督郭（General Sir Hugh Gough）
麥士尼為能（William Mesny）
麥都思（Walter Henry Medhurst）
傅蘭雅（John Fryer）
博爾都葛爾雅國（Portugalia）
惠子登（Charles Wheatstone）
惠頓（Henry Wheaton）
斯的分孫（George Stevenson）
斯賓塞爾（Herbert Spencer）
普魯士（Prussia）單鷹國
智囊團（brain trust）
港仔口路頭（Kiang Tsae Kow Loo-tow）
渣甸（William Jardine）

發牌衙門（Patent Office）
華爾（Frederick Townsend Ward）
費勒公司（John Fell & Co. at Wolverhampton）
奧國（Austria 雙鷹國）
奧斯勃盧克（Osnabrück）
愛迪生（Thomas Edison）
新路頭（Sin Loo-tow）
新聞紙（newspaper）
楊格非（Rev. Griffith John）
楓丹白露（Fontainebeleau）
溫莎宮（Windsor Castle）
瑞典國（Sweden 藍旗國）
聖約翰書院（St. John's College）
葛羅（Baron Gros）
葛顯禮（H. C. J. Kopsch）
實邊沙（Spencer）
幣鈔（bank notes）

慢吉斯德爾（Manchester）

漢堡（Hamburg）甚波立國（咸伯國）

漢撒同盟（Hanseatic League）

漢諾威（Hannover）

滿剌加（Malacca）

熊三拔（Sabbathinus de Ursis）

瑪高溫（Daniel J. MacGowan）

裨治文（Rev. Elijah C. Bridgman）

赫胥黎（Thomas Henry Huxley）

赫德（Sir Robert Hart）

銀館（bank）

鼻連士阿剌巴（Prince Albert）

德律風（Telephone）

德貞（John Dudgeon）

德璀琳（Gustave Detring）

撥駟達（post office）

模型（model）

潘啟官（Puan Khequa）

熱爾瑪尼（Germania）

蔣友仁（P. Michael Benoist）

衛三畏（Samuel Wells Williams）

鄧玉函（Joannes Terrenz）

儒蓮（M. Stanislas Julien）

勳章（decoration）

學會（societies）

憲法（constitution）

樸鼎查（Henry Pottinger）

錢納利（George Chinnery）

鴨那吉思（anarchist）意譯就是無政府主義者

魏灑（Versailles）

羅伯聃（Robert Thom）

羅亞爾科里叱阿甫非西昇斯（Royal College of Physicians）

羅洛堅（Royal General）

贊你□（General）

攝政太子（Prince Regent）
攝政園（Regent Pavilion）
護照（passport）
顧盛（Caleb Cushing）
鬘娜娃（Manoa Valley）
皐華麗號（Cornwallis）

史地傳記類　PC0770　讀歷史85

今典釋詞【新訂本】

作　　者／王爾敏
責任編輯／洪仕翰
圖文排版／楊家齊
封面設計／蔡瑋筠

發 行 人／宋政坤
法律顧問／毛國樑　律師
出版發行／秀威資訊科技股份有限公司
114台北市內湖區瑞光路76巷65號1樓
電話：+886-2-2796-3638　傳真：+886-2-2796-1377
http://www.showwe.com.tw
劃撥帳號／19563868　戶名：秀威資訊科技股份有限公司
讀者服務信箱：service@showwe.com.tw
展售門市／國家書店（松江門市）
104台北市中山區松江路209號1樓
電話：+886-2-2518-0207　傳真：+886-2-2518-0778
網路訂購／秀威網路書店：https://store.showwe.tw
國家網路書店：https://www.govbooks.com.tw

2018年11月　BOD一版
定價：410元

國家圖書館出版品預行編目

今典釋詞【新訂本】/ 王爾敏著. -- 一版. -- 臺北市 : 秀威資訊科技, 2018.11

面； 公分. -- (讀歷史 ; 85)

BOD版

ISBN 978-986-326-610-5(平裝)

1. 漢語 2. 詞彙

802.18 107016539

讀者回函卡

感謝您購買本書，為提升服務品質，請填妥以下資料，將讀者回函卡直接寄回或傳真本公司，收到您的寶貴意見後，我們會收藏記錄及檢討，謝謝！如您需要了解本公司最新出版書目、購書優惠或企劃活動，歡迎您上網查詢或下載相關資料：http:// www.showwe.com.tw

您購買的書名：________________________________

出生日期：________年________月________日

學歷：□高中（含）以下　□大專　□研究所（含）以上

職業：□製造業　□金融業　□資訊業　□軍警　□傳播業　□自由業

□服務業　□公務員　□教職　□學生　□家管　□其它_____

購書地點：□網路書店　□實體書店　□書展　□郵購　□贈閱　□其他

您從何得知本書的消息？

□網路書店　□實體書店　□網路搜尋　□電子報　□書訊　□雜誌

□傳播媒體　□親友推薦　□網站推薦　□部落格　□其他__________

您對本書的評價：（請填代號　1.非常滿意　2.滿意　3.尚可　4.再改進）

封面設計____　版面編排____　內容____　文／譯筆____　價格____

讀完書後您覺得：

□很有收穫　□有收穫　□收穫不多　□沒收穫

對我們的建議：________________________________

____

____

____

請貼
郵票

11466
台北市內湖區瑞光路 76 巷 65 號 1 樓
秀威資訊科技股份有限公司 收
BOD 數位出版事業部

(請沿線對折寄回，謝謝！)

姓　　名：＿＿＿＿＿＿＿＿　年齡：＿＿＿＿　性別：□女　□男

郵遞區號：□□□□□

地　　址：＿＿＿＿＿＿＿＿＿＿＿＿＿＿＿＿

聯絡電話：(日)＿＿＿＿＿＿＿＿(夜)＿＿＿＿＿＿＿＿

E-mail：＿＿＿＿＿＿＿＿＿＿＿＿＿＿＿＿